「미안. 이야기가 끝날 때까지 기다리고 있어줘」

스바루는 렘을 안심시키려는 듯이 머리를 쓰다듬었다.

Priscilla
프리실라

Crusch
크루쉬

Emilia
에밀리아

Anastasia
아나스타시아

Re: Life in a different world from zero

The only ability I got in a different world "Returns by Death"
I die again and again to save her.

CONTENTS

Re:제로

Re: Life in a different world from zero

부터 시작하는 이세계 생활

나가츠키 탓페이 지음
오츠카 신이치로 일러스트
정홍식 옮김

표지 · 본문 일러스트
오츠카 신이치로

제1장 『유치한 교섭』

1

 이번의 '사망귀환' 현상은 스바루에게 도합 세 번째가 되는 루프 현상이었다.

 첫 번째는 소환 첫날의 휘장(徽章) 도난 사건에 관련된 루프.

 두 번째는 로즈월 저택에서의 마수(魔獸) 소동이 중심인 루프.

 "이번이 세 번째……. 더구나 벌써 두 번이나 죽었는데 난 뭘 하고 있었어?!"

 이전까지 겪은 루프에서 스바루는 '사망귀환' 할 때마다 얻은 정보를 정리해 속수무책이라 여겨지던 사태를 타개해왔다.

 그런데도 이번에 스바루는 두 번이나 되는 '죽음' 을 멍청하게 맞이하고 말았다.

 루프에 이르기 전에 맛본 '죽음' 의 전모, 그마저도 아직 아무것도 알지 못하는 상태.

 다만 그런 구제할 도리 없는 '사망귀환' 이어도 딱 한 가지 확실한 정보를 얻었다.

"페텔기우스 로마네콩티……!"

마녀교라는 이상자 집단을 이끌며 마을과 저택에 참극을 불러일으킨 모든 일의 원흉.

그 가증스러운 광인을 말살하겠다는 의지만이 현재 스바루가 품은 행동력의 원천 전부였다.

루프를 벗어나기 위해서도 조각조각 흩어진 기억 바닥의 바닥까지 샅샅이 훑을 필요가 있다.

──1회째와 2회째의 죽음을 증오로 지펴 살의라는 불길을 키우면서.

"우선 중요한 건, 내게 허용되어 있는 정식 타임 리미트야."

저택과 마을이 마녀교의 습격을 받은 건 스바루가 마을에 도착하기 전, 반나절 동안이다.

얄궂게도 두 차례의 죽음에서 스바루 본인이 마을에 도착하는 시간에는 큰 변화가 없다.

"역산해서 제한 시간은 닷새…… 아니, 나흘하고 반나절쯤인가?"

입 밖으로 꺼내 보고서 그 적은 시간에 이를 간다.

왕도에서 저택까지 가는 이동 시간을 고려하면 실질적으로 쓸 수 있는 시간은 이틀도 안 된다. 한정된 시간으로 마녀교를── 페텔기우스의 숨통을 끊어야만 하거늘.

"한탄하는 건 뒤로 미뤄. ……다음은 루프 돌파의, 이번의 승리 조건이다."

반드시 피해야만 하는 사항이, 저택과 마을에 일어나는 참극.

원인은 마녀교로, 이번 운명이 스바루에게 들이민 난제에 대한 모범 해답은——.

"페텔기우스를 쳐죽이라는 거지."

광인을, 모든 악의 근원을, 그 악랄한 살인자를 죽임으로써 모든 걸 구원할 수 있는 것이다.

그리고 심플한 조건의 클리어에는 심플한 대답이 요구된다.

——요컨대, 힘이다.

페텔기우스가 이끄는 마녀교에 대항하려면 이쪽도 집단으로 도전할 필요가 있다.

그렇게 생각하자면 에밀리아 진영이 가진 전력은 사실 매우 부족하다. 애초에 스바루는 영주인 로즈월이 사병을 이끄는 모습을 본 적이 없다.

본인이 너무 강하기 때문인지 오히려 영지를 지키기 위한 전력을 갖추지 않은 걸지도 모른다.

"생각해 보니 로즈월은 그 습격 때, 어디에 있던 거지……?"

1회째, 2회째 루프 모두 스바루는 로즈월의 모습을 목격하지 못했다.

그 마법사는 외견도 전투 방식도 화려하다. 그가 전력으로 싸웠으면 그 흔적은 반드시 저택 주변에 남는다. 하지만 그런 흔적은 아무 데도 없었다.

"로즈월이 없는 타이밍을 마녀교가 노렸다? 그렇지 않으면 갑자기 로즈월이 암살이나 기습이라도 당해서 싸우지 못하게 되기라도 했나?"

후자라면 마녀교의 주도면밀함에, 전자라면 로즈월의 때를 못 맞추는 꼴에 한숨밖에 나오지 않는다.

"……그리고 2회째의 막바지, 저택을 때려 부순 괴물에 대해서도 모르는 판국이군."

직전의 '죽음' ─── 저택으로 착각할 정도의 거구를 지닌 네발 짐승의 모습이 떠오른다.

세계를 얼리는 짐승의 숨결. 스바루는 그 냉기 때문에 얼어죽은 것이리라. 그 괴물도 마녀교의 전력이라고 가정하면.

"더더욱 싸우기 위한 힘이 부족하기 짝이 없다는 뜻이지."

마녀교도, 페텔기우스, 그리고 마지막에 대기하고 있을 가능성이 있는 눈보라의 괴물.

역시 전력이 압도적으로 부족하다. 다 제쳐놓고서라도 전력을 충실하게 채울 필요가 있다.

─── 그 전력을 어디서 찾아야 할지, 스바루는 알고 있었다.

2

왕도의 중층, 상점과 노점상이 줄짓고 있는 시장거리에 잠깐 빠졌다가 스바루 일행이 크루쉬의 저택에 귀환한 것은 저녁때에 접어들 무렵이었다.

"돌아오셨습니까."

붉은빛으로 변해가는 하늘 아래 손을 잡고 있는 두 사람을 저택 정문에서 맞이한 사람은 빌헬름이다. 검은 예복을 갖춰 입은 노집사는 가까이 붙어 있는 스바루와 렘을 보고 파란 눈을 가늘게 떴다.

"스바루 님. 품이 넓은 건 남아인 까닭에 어쩔 수 없다 싶으나, 저 개인으로서는 그다지 탐탁지 않군요."

"건 또 웬 말씀이래요, 빌헬름 씨. 미아 방지를 위해서 렘더러 손을 잡아달라고 했을 뿐이라고요. 그치, 렘."

"네, 물론 그래요. 스바루 군은 주의력이 산만해서 눈과 손을 떼면 렘은 무척 걱정돼요. 저택 안이어도 방심 못할 것 같아요."

"아니, 그건 아무리 그래도 말이 지나치다 싶지만."

빌헬름의 농담기 섞인 말에 스바루와 렘도 너스레로 응수했다. 렘의 대답에 약간 진심이 어린 점에 스바루는 쓰게 웃으면서 저택 문 앞에 힐끔 눈길을 주었다.

"누가 또 크루쉬 씨를 만나러 왔나 보죠?"

그 물음은 쇠로 된 정문에 가로 주차된 용차를 보고 나온 말이었다.

차체의 장식은 화려한 면모가 부족하지만 섬세한 구석이 있다. 용차 소유자의 품격을 표시하는 듯했다. 객차를 끄는 붉은 지룡도 비늘 달린 살갗이 매끈하게 보였다.

차부(車夫)의 예복도 말쑥하고 묵례 말고는 잡담 한마디 하지 않고 있다.

"예, 그렇습니다. 왕선(王選)에 참가한다는 소식이 공포된 이

후로 크루쉬 님을 뵙고자 청하는 분이 끊이질 않습니다. 하기야 크루쉬 님 쪽에서 초대한 분도 계십니다만."

"미래의 임금님이 될지도 모를 상대에게 알랑대자는 무리란 거군. 뭐, 그런 사람들은 그런 사람들끼리 이래저래 고생도 있는 거겠지."

스바루가 단적으로 사실을 표현하자 빌헬름이 무심코 쓰게 웃었다.

그리고 노인은 표정을 다잡았다. 파란 눈이 내심을 살피듯이 스바루의 눈을 들여다보았다.

"스바루 님. 거리에서 무슨 심경의 변화라도 있었습니까?"

"예에? 갑자기 왜 그러세요. 불과 두세 시간 만에 말쑥해지기라도 했어요?"

"눈 속에 수라가 도사리고 있습니다. 진짜배기인, 헛것이 아닌 것이."

그 말에, 너스레로 응수하려던 표정이 바뀌었다.

애매한 웃음이, '진짜배기'의 웃음으로.

"왜 또 그래요, 빌헬름 씨. 저한테 뭔가 요상한 변화가 생긴 것 같잖아요."

"작은 변화라고는 말하기 어렵겠지요. 그 어두컴컴한 빛을 눈동자에 드리우려면 그만한 이유와 계기가 필요합니다. ──저는 그 사실을 누구보다도 잘 알고 있습니다."

끄덕인 빌헬름의 눈에서 스바루가 여태껏 알아채지 못했던 빛이 보였다.

빌헬름 또한 뭔가 용서하기 어려운 존재에 대한 살의를 끓어올리는 인물인 것이다. 그 때문에 스바루가 품은 증오의 불길을 알아챌 수 있었으리라.

"절 쫓아내실 거예요?"

"아니오. 스바루 님이 하시고 싶은 대로 하시면 되겠지요. 종전까지의 당신과 비교하면 지금의 당신 쪽이 제게는 훨씬 더 바람직하게 느껴집니다."

음울한 미소를 교환하는 두 사람. 서로 속을 털어놓지 않았으나 허울만은 이해한 사이다.

"스바루 군. 못된 얼굴을 하고 있어요."

"헤헤헤…… 근데 아파 아파 아파! 잠깐, 렘 양! 끊어지거든요!"

귀를 잡아당기는 통증에 칙칙한 대화가 중단된다.

"렘을 불안하게 만들지 마세요."

"웬일이야. 렘이 조르는 건 무진장 드문 일인데 너무 막연한걸. 하지만 안심해도 된다고, 렘. 내가 전부 싹 다 어떻게 잘 해결해줄 테니까."

이야기를 따라잡지 못해 불안해하는 렘. 스바루는 최대한의 친애를 담아 웃어 보였다.

해야 할 일을 알고 있는 이상, 지금의 스바루에게 불안할 요소는 없다.

──죽여야만 할 상대를 죽이기만 해도 된다니, 이렇게 마음

이 편할 수 있을까.

그런데도 렘은 왜 표정에 더욱더 불안을 드리울까.

눈에 당혹감을 떠올린 렘이 무슨 말을 입에 담기 직전이었다.

"아무래도 손님께서 돌아가시는 모양입니다."

빌헬름이 중얼거린 대로, 저택 현관을 빠져나온 남성이 이쪽으로 걸어오고 있었다.

장신에 빛바랜 금발을 기른 인물이다. 질이 좋은 예복으로 몸을 감싸고 천박하지 않을 수준으로 장식품을 걸치고 있다. 나이는 서른 안팎일까. 몸가짐에서 유능한 남자의 분위기를 풍기고 있다.

남성은 세 사람의 시선을 느긋하게 받으며 문 앞에 도착해서 반듯한 턱수염을 만졌다.

"아니 이거. 드문 얼굴께서 마중하셨군요."

부드러운 미소에 온화한 말투. 자연스럽게 마음에 파고들어가듯 낮은 미성이다. 남성은 친밀하게 쳐다보지만 스바루 쪽에 면식은 없다. 자연스럽게 미간에 주름이 잡혔다.

"이거 실례했습니다. 저는 러셀 펠로라고 합니다. 앞으로 잘 부탁드리겠습니다.――나츠키 스바루 님."

"……정중한 인사 고맙습니다. 그 김에 '왜 내 이름 알고 있는데요.' 라고 물어도 될까요? 전 몰개성으로 먹고 사니 이름이 퍼졌으면 창피해서 밖에 못 돌아다니는데요."

"대수롭잖은 연줄이지요. 왕선의 무대에서, 후보자인 에밀리아 님의 기사임을 자칭한 인물은 유명합니다. 단지 그 인물이 지금 크루쉬 님의 저택에서 요양 중이라는 사실까지 알고 있는 사람은 한정적입니다만."

스바루의 경계에 러셀은 이죽거리는 기색 없는 얼굴로 대답했다.

하지만 그 대답이 도리어 스바루를 경계하게 만들었다. 의도적으로 마음의 준비를 하게 만드는 화술에, 그다지 호감을 품지 못할 상대라는 인상을 받았다.

"러셀 님. 크루쉬 님과의 대화는 잘 풀리셨는지요?"

자칫 살벌한 분위기가 될 뻔한 상황에 빌헬름이 슬쩍 옆에서 참견했다.

러셀은 어깨를 으쓱이며 고개를 가로저었다.

"아니요. 안타깝게도. 크루쉬 님은 매서운 분이십니다. 역시 그분이 저희에게 겨누는 눈총은 날카롭고 말씀은 혹독하더군요. 지금까지 일도 있으니 쉬이 풀리진 않겠지요."

"그렇습니까. 안타깝군요. 당신이 꺾이지 않는다면 다른 분들의 동의를 받기도 지난할 테니 말입니다."

"공작가의 지위와 빌헬름 님이 있으면 다른 후보자분들이 가엾어질 조건이지요. ······지금은 빌헬름 트리아스라고 이름을 대고 계셨던가요."

빌헬름은 러셀의 말에 주억이고 주름 깊은 얼굴을 내리깔았다.

"지금의 제가 아내의 집안 이름을 대는 건 너무나 가당찮은 일이니까요."

"당신 또한 매서운 분이시지요. 그렇게는 살지 못하는 제 눈으로 보면 눈부실 만큼. 그래도 여러분을 응원해드리고 있습니다."

외야는 알지 못할 대화를 매듭지은 러셀은 문 앞의 용차로 걸어갔다. 그리고 올라타기 전에 그는 고개를 돌려 입을 열었다.

"이번 크루쉬 님의 목표가 성취된다면 그건 저희에게도 반가운 일입니다. 빌헬름 님에게도 비원이시겠지요. 기대하고 있습니다."

그런 말을 남기고 러셀은 용차에 올라탔다. 말없는 차부가 묵례한 뒤 용차를 몰자, 고삐 잡은 이와 비슷하게 무뚝뚝한 지룡은 놀랄 만큼 조용히 달려갔다.

"빌헬름 씨, 지금 그 사람은…?"

스바루는 멀어지는 용차를 배웅하며 빌헬름에게 방금 인물의 내력을 물었다.

"러셀 펠로. 왕도의, 상업 조합을 책임지는 회계 담당자입니다. 직함은 일개 상가의 주인에 불과하지만, 왕도에서 오고가는 재화의 표면과 이면의 움직임에 몸담은 수완가입니다. 스바루 님도 이름 이상의 정보가 알려졌다고 생각해두시는 편이 나을 겁니다."

"으헤에. 여자애도 아니고 저런 아저씨한테 알려져봤자 설레지도 않는데."

"흠, 그건 동감이군요. 그럼——."

진저리 친 스바루의 말을 너스레로 받은 빌헬름은 다시금 돌아섰다.

　"오늘의 방문자도 지금의 러셀 님으로 끝이 되겠지요. 슬슬 안에 돌아가 보려는데…… 스바루 님, 뭔가 하실 말씀이 있지 않으십니까?"

　빌헬름이 일부러 주선을 해주자 스바루는 겸연쩍어져서 머리를 긁었다.

　물론 말귀가 빠르다고 생각하면 나쁠 거라곤 아무것도 없지만.

　"미안하지만 오늘의 마지막 방문자는 저입니다. 크루쉬 씨랑 얘기를 하고 싶어요. ──의제는, 제게 힘을 빌려주지 않겠느냐는 걸로."

　　　　　　　　　　3

　"오늘의 마지막 방문자가 경이라는 것도 재미있는 취향이로군."

　예정이 어그러졌음에도 불구하고 크루쉬는 왠지 기분 좋게 그런 말을 하며 웃었다.

　응접실 의자에 깊이 앉은 남장 차림의 크루쉬는 긴 다리를 우아하게 꼬고 있다. 그윽한 녹색 머리카락을 매만지며, 호박색의 눈을 이쪽의 속내를 들여다보듯 가늘게 뜨고 있었다.

그 날카로운 눈빛에 스바루는 일전의 자신이라면 볼썽사납게 당황했을 거라고 생각했다. 지금은 렘과 둘이 나란히 그녀와 정면으로 대치하는 일에도 불안감은 없어졌다.

그 크루쉬 뒤에서 야옹이 귀를 쫑긋거리고 있는 페리스는 불만스럽게 스바루를 노려보고 있지만.

"다행히 저녁 시간까지는 유예가 있어. 그때까지는 문제없이 경과 어울리지."

"사전에 아무 언질도 없는데 갑자기 이런 시간은 비울 수 없다구. 스바루 큥은 크루쉬 님의 너그러운 마음씨에 땅바닥에 처박을 만큼 감사해냥."

"걱정하지 마라. 나는 감사도, 땅바닥에 처박는 일도 요구하진 않는다."

"아이, 크루쉬 님도 참 대장부처럼 관대하셔서 반해버리겠어요. 홀딱⋯⋯."

페리스의 악담을 크루쉬가 타이르며, 주종이 평소의 촌극을 벌이고 있다.

"질질 끌며 얘기해 봤자 끝이 안 나고, 크루쉬 씨도 그건 좋아하지 않을 것 같군."

말을 꺼내는 데에는 신중할 필요가 있지만 에두른 대화는 크루쉬의 기분을 해칠 것이다.

"경이 먼저 요구한 회담이네. 어떻게 시작할지는 경에게 맡기도록 하지. ──무엇을 바라나?"

정말로, 말귀가 빠른 상대다.

마른 입술을 핥아서 축인 스바루는 심호흡하고 말을 했다.

"마녀교라는 놈들이 로즈월의 영지 습격을 꾀하고 있어. 그걸 때려잡기 위해서 크루쉬 씨의 힘을 빌리고 싶습니다."

단도직입적으로, 스바루는 목적을 달성하기 위해 필요한 조건을 꺼냈다.

마녀교에 대항하기 위한 전력—— 로즈월에게 이를 기대할 수 없는 이상, 다른 곳에서 끌어낼 수밖에 없다. 스바루는 크루쉬라면 그 조건에 적합하다는 사실을 알고 있다.

"과연. 마녀교라."

실내에 있는 이들이 저마다 스바루의 말에 반응하는 가운데, 당사자인 크루쉬가 끄덕였다. 나긋한 미소에는 교태가 어려 있어서 스바루는 그녀의 새로운 일면에 살짝 놀랐다.

그 반응은 스바루가 한 예상 중 어느 것과도 다르다. 하지만 포문은 이미 열었다.

스바루는 급해지는 심장박동을 다스리며 크루쉬의 다음 행동을 기다렸다. 그러자.

"왜 그러지? 말하지 않았나. 경이 이야기할 장면이라고."

스바루의 대기 자세에 크루쉬는 미소를 머금은 채로 갸우뚱했다. 그 반응이 예상 밖이라 스바루는 희미하게 당황했다.

"아니, 그러니까…… 그건 방금, 말한 거랑 같은데."

"설마 요구만 들이대고 끝이라고도 할 셈인가? 경이 그 요구를 바라는 이유는? 바란 결과 어쩌고 싶지? 그 요구에 응함으로써 우리 쪽에 어떤 메리트가 있는가. 그런 것들이 제시되지 않으면 교섭이라고는 할 수 없어."

'으극.' 하고 말문이 막힌 스바루를 바라본 크루쉬는 따분한 듯이 한쪽 눈을 감았다.

그 몸짓만으로도 스바루는 자신의 얕은 생각을 통감했다.

"그야 그렇군. 죄송합니다. 실례했습니다. 그, 뭐냐. 저도 이런 교섭 같은 일은 경험이 없다 보니, 좀 정신이 없어서요."

"미숙한 자신을 이해하는 것도 필요한 행위지. 신경 쓸 필요는 없어. 하나, 회담은 저녁 식사 전까지로 구분 짓고 있네. ──그건 잊지 말도록 하게."

관대함을 드러내면서 타임 리미트를 언급하는 구석이, 당근과 채찍을 가리고 있다.

"우선 힘을 빌리고 싶다고 부탁한 이유 말인데, 그…… 단순히 전력 부족입니다. 마녀교도의 수에 비해 우리 수가 한참 모자라요. 그 결과, 습격에 대항하지 못하죠."

"확실히 단순한 이야기로군. 하나 그 부분은 메이더스 경만으로 족하지는 않고? 그 인물의 대(對) 집단 섬멸력은 루그니카에서도 으뜸이야. 마녀교쯤 대수로울 것도 없지."

"상대가 한 덩어리라면 그도 맞는 말이지만, 그렇게 넘어가지도 않아요. 로즈월의 몸이 한 개밖에 없는 이상, 두 군데 습격당한 시점에서 외통수이기 때문이죠."

적어도 마녀교가 마을과 저택 두 군데를 덮칠 건 확정되었다.

몇 번쯤 '사람을 물렸다.' 운운하는 말을 주워들은 기억도 있다. 놈들은 지나가는 용차와 행상인에게도 위해를 가했을 가능성이 있었다.

"과연. 이해가 안 가지는 않아. 그러나 그건 메이더스 경이 영주로서 나태한 게 아닌가? 영지를 지키기 위해 무력을 보유하는 건 영주의 의무지. 만약 자신의 힘을 과신해서 이를 소홀히 했다면 변경백에 대한 평가를 낮출 수밖에 없겠어."

"그 부분은 정말이지 그 말씀이 옳다고 할 수밖에. 아무튼 그런 이유 때문에 닥치는 대로 집적이는 마녀교의 술수에는 저항할 수 없어요. 전력을, 수의 힘을 원하는 건 그런 이유죠."

스바루는 전력이 부족하기는커녕 로즈월이 아예 자리를 비웠을 가능성을 덮어두고 교섭한다.

힐끗 빌헬름을 곁눈질한다. 요구가 먹힌다면 빌헬름은 꼭 빌리고 싶은 전력 중 한 명이다.

스바루의 시선에 어린 의미를 짐작했기 때문인지 크루쉬는 생각에 잠기듯 한숨을 내쉬었다.

"그나저나 마녀교라. 역시 움직이기 시작한 모양이로군."

"그러게요. 뭐, 하프엘프인 에밀리아 님이 공식적으로 나선 시점에서 그쪽 문제는 예상된 바와 같지만요."

크루쉬가 중얼거린 말에 페리스가 동의한다. 주종이 함께 수긍하자 스바루는 눈썹을 찡그렸다.

하지만 그 말을 캐묻기보다 스바루의 의식은 옆에 먼저 쏠렸다. 옆에 앉아서 말없이 입술을 앙다문 렘에게서 격정의 여파가 넘쳐흐르고 있었다.

감정을 의도적으로 배제한 옆얼굴이 도리어 그 출렁이는 내심을 증명하고 있다.

렘에게 혐오해 마땅한 대상 같은 마녀교는, 지금은 스바루에게도 가장 큰 적이 되었다. 스바루 또한 분명히 그녀와 비슷할 만큼 험악한 눈을 하고 있으리라.

"사정은 파악했다. 다음은 협력자로 당가를 선택한 이유와…… 그 근거로군."

"협력자로 크루쉬 씨 쪽을 선택한 이유는 까놓고 말해 지금 상황에서 가장 가능성이 높을 것이기 때문이죠. 저랑 렘이 이렇게 신세를 지고 있는 것도 있고, 다른 후보자들보다 손을 잡기 쉬운 관계라고 보고 있어요."

이쪽 질문은 답변을 준비했던 부분이다.

단지 본심으로 따지면 크루쉬보다 더 만만한 상대는 따로 있다. 그러나 현 상황에서 접촉하기 쉽다는 이유와 스바루 본인의 심정을 우선한 결과가 지금 이 장면이었다.

"만만하다, 이 말인가."

"아아, 맞아요. 그러니까 크루쉬 씨에게 이야기를 제시해서……."

"나츠키 스바루. 한 가지 정정하겠다."

그런 스바루의 대답을 받은 크루쉬는 의미심장하게 웃으며 손가락을 세웠다.

"경들을 손님으로서 대우하는 바람에 오해를 부른 모양이로군. 그건 사과하지."

"……오해라니, 무슨 말인데요."

"나는 경들을 적으로서 대우하고 있지 않아. 하나 에밀리아는 이미 나와 정적(政敵)인 관계야. 알겠나? 나는 이미 에밀리아와 적대하고 있네."

"아니, 하지만 이렇게 우리를 받아들여주어서……."

"그건 계약을 맺었기 때문이지. 경들의 대우에 관해서는 약정이 있어. 그게 있기 때문에 경들을 저택에서 대접하기도 하지만, 그 테두리 밖이라면 서로 다툴 입장임은 변함이 없다."

1회째 세계에서도 크루쉬는 계약을 파기한 스바루에게 또렷하게 적대를 선언했다. 그건 성실하다고도 할 수 있고, 융통성이 없다고도 할 수 있다.

"즉, 손을 잡아줄 가망은 없다, 그런 뜻인가?"

"그것과 이것은 관계없다는 말이지. 말하지 않았나, 나츠키 스바루. 교섭이라면 피차 납득해서 동의할 수 있을 만한 메리트를 제시하라고. 여기까지는 아직 이유를 포함해 전제 조건을 확인했을 뿐에 지나지 않아. 근거와, 순수하게 우리가 그쪽에 전력을 빌려줄 이점을 들려주어야지. 하기는――."

거기서 크루쉬는 한 번 말을 끊고, 팔걸이에 턱을 괴었다.

"근거에 관해서는 필요 없다고도 할 수 있지. 에밀리아의 내력이 저잣거리에 퍼진 시점에서, 마녀교가 움직이기 시작할 건 예상한 사항이야. 그 정보의 출처가 확실하든지, 가령 상상의 산물이든지, 어느 쪽이든지 간에 확증에 가까운 게 있다."

크루쉬는 '마녀교가 움직였다.'라는 이 교섭의 전제 조건을 의심하지 않는 모양이다.

그건 이 세계 특유의 상식이라고 해야 할 인식으로서, 그 인식이 스바루에게 유리하게 작용하고 있었다.

"그리되면 교섭의 초점은 쌍방의 이점이지. 경들의 경우에는 당가의 힘을 빌림으로써 마녀교라는 위협을 배제할 수 있다. 그렇다면 당가는 어떻지? 그걸 들어보지."

"수, 순수하게 사람 살리는 셈 치고……."

"그것만을 이유로 움직일 수 있다면, 어떻게 보아 그 또한 이상적이긴 하네만."

스바루의 대답을 몽상이라고 잘라낸 크루쉬는 연기푸 날을 세운 시선으로 치명상을 노린다. 스바루는 베이기 전에 어떻게 필사적으로 머리를 굴렸다.

"아―, 그게 말이지. 예를 들어 이번 궁지에 힘을 빌려주는 걸로, 우리 진영에 어마어마한 빚을 지울 수 있다거나……."

"――그 제안을 받아들일 경우 그건 에밀리아가 왕선에서 탈락함을 의미하는데, 그걸 알고서 하는 발언인가?"

"엑?"

날카로운 지적에 찔린 스바루는 입을 쩍 벌렸다.

"당연하지 않나? 자기 영지의 위기를 다른 곳의 영주에게 모조리 떠넘기다니, 왕의 그릇 이전의 문제다. 법과 무력으로 영민을 지키지 못하고서 어떻게 나라를 걸머지고 설 수 있으랴. 나츠키 스바루. 한 가지 더 착각을 바로잡지."

손가락을 세운 크루쉬는 입을 다문 스바루에게 찌르듯이 끝을 겨누고 말을 이었다.

"경은 에밀리아의 명운을 짊어지고 이 교섭을 하고 있다. 경이 한 발언의 옳고 그름은 전부 그녀에게 얹히고, 경이 한 발언은 에밀리아가 하는 발언의 무게다. 판단은 섣부르게 할 게 아니고, 입에 담은 말을 쉽사리 번복하는 행위도 해서는 안 돼."

"……아, 으."

"이를 감안하고 재차 묻겠네. ——이번 건으로 빚을 지겠다면, 그건 에밀리아 진영의 패퇴를 의미한다. 그걸로, 정말 괜찮겠나?"

뒤늦게나마 스바루는 자신이 서 있는 장소의 참 의미를 이해하기 시작했다.

스바루가 있는 곳은 아무 책임을 질 필요가 없는 속편한 토론장이 아니다. 발언 하나로 많은 사람들의 입장이 요동치고, 왕국의 추세조차 좌우하는 대무대인 것이다.

"하지만, 그래도……."

뒤늦기 짝이 없는 자각이 두 어깨에 책임이라는 무거운 돌을 얹는다. 하지만 스바루는 이를 앙다물었다.

크루쉬가 한 말대로, 그녀의 힘을 지금 조건으로 빌리겠다면 그건 돌이킬 수 없는 실태이며—— 에밀리아의 왕선은 여기서 막을 내린다.

그러나 크루쉬의 힘을 빌릴 수 없다면 기다리는 건 마녀교의 광신자들이 저지르는 유린, 그리고 참극이다.

저울은 흔들리고 스바루의 뇌에는 자꾸만 아픔과 삐걱거림이 찾아든다.

스바루는 그 감각에 머릿속이 헤집어지면서도 고민하고 침음하다가 대답을 내놓았다.

"──그래도, 힘을 빌려줬으면 해."

"……왕선의 탈락을 의미한다고 해도 말인가."

"목숨이 붙어있는 만큼 낫잖아. 죽어버리면 전부 다 끝장이니까."

어깨를 축 늘어뜨린 스바루는 무력한 자신에게 낙담과 실망을 감추지 못한 채로 대꾸했다.

죽어버리면 끝장이다.

마을의 참상. 옆에 있는 렘의 처참한 최후. 그 모습을 한 번 더 볼 용기 따위 없다.

고개를 숙이고 굴욕을 참아서, 그래서 목숨만이라도 살 수 있다면 응당 그렇게 해야 하는 것이다.

"알았다. ──그렇다면 칼스텐 가문은 경에게 전력을 일절 빌려줄 수 없다."

4

──순간, 스바루는 무슨 말을 들었는지 알지 못해 얼어붙었다.

"──뭐?"

터져 나온 목소리에는 물음표야 붙어있었으나, 이해하고는 너무 동떨어져 의미를 이루지 못하는 단순한 잡음이다. 하지만 크루쉬는 그 말을 듣고 훤칠하게 긴 다리를 꼬았다.

"반복하지. 당가는 경의 요구인 메이더스령에 대한 조력——나아가서는 에밀리아에게 전력을 빌려달라는 제안을 거부하도록 하겠네."

재차, 스바루가 알아들을 수 있게끔 하나하나 풀어서 말한 크루쉬의 발언.

그 조리 있는 말투가 도리어 약 올리는 인상을 주어 스바루를 격분시켰다.

"말 같잖은……! 왜, 그렇게 돼……?!"

"먼저 한 가지. 경이 이쪽에 제시한 메리트이자, 고뇌 끝에 수긍한 에밀리아의 왕선 탈락 말이지만…… 이건 이 교섭에서는 패로 쓸 수 없어. 이해하겠나?"

"왜, 왜 그런데. 라이벌이 줄어드는 건 그쪽에게도 충분한 담보가 되는데……."

"말하면서 눈치채지 못하나? 에밀리아의 탈락에 관해서 말하자면, 내 관여 여부에 상관없이 발생하는 사항임을."

"무슨……."

'소리야.' 라고 말을 이으려다가 스바루는 눈치챘다.

"경이 말한 대로, 아무 조력도 없으면 에밀리아는 영지인 메이더스령을 지켜내지 못해. 그건 곧바로 에밀리아의 왕선 탈락을 의미하지. 내 관여와 관계없이."

"_____."

"오히려 섣불리 손을 대서 내가 에밀리아의 탈락에 관련되었다는 인식이 다른 후보자들에게 퍼지는 쪽이 문제다. 아는 바대로, 이 왕선에서 현재 가장 유리한 입장에 있는 건 당가야. 여기서 다른 후보자들을 밀어내는 짓을 했다가 다른 진영에게 일제히 눈엣가시 취급 받는 건 피하고 싶군."

지켜보고만 있으면 크루쉬는 스바루가 제시한 이점을 흠결 하나 없이 손에 넣을 수 있다.

그러기 위해 구태여 위험을 무릅써서 불 속의 밤을 줍는 짓을 할 필요는 없다.

하지만 그래서는──.

"마녀교에 습격당하는 로즈월의…… 영지에 사는, 그 마을 인간들은 죽도록 놔두겠다는 거야?!"

부르짖는 스바루. 하지만 크루쉬는 차가운 눈길로 꿰뚫었다.

"한 가지 착각을 바로잡지. 그리고 화제를 호도하지 마라, 나츠키 스바루."

"욱……."

"영지를 지킬 힘이 없는 건 에밀리아고, 무능해서 민초를 잃는 것도 에밀리아다. 결단코 내가 아니야."

무력, 무능──. 매서운 말에 스바루는 얻어맞은 듯한 충격을 느꼈다.

크루쉬의 주장에 반론해야만 한다. 그런데도 떠오르는 건 오로지 유치한 감정론뿐이고, 크루쉬의 정론에 저항할 힘이 솟아나오질 않는다.

"아무래도 하고 싶은 말은 끝났나 보군."

크루쉬는 응접실 문 위에서 노란색으로 빛나는 마각결정(魔刻結晶)의 시간을 확인한다.

"이제 곧 지시(地時)에 들어간다. 저녁 식사 시간이야. 예정한 시간대로군."

자리에서 일어서려고 하는 크루쉬의 태도에 스바루는 초조감에 내몰리는 채로 외쳤다.

"기, 기다려!"

대화를 중단하는 크루쉬를 손으로 제지하며 필사적으로 머리를 굴려 교섭을 이어가려고 시도한다.

"지, 진짜로 버릴 거야? 마을 녀석들에게는 아무 잘못도, 죽을 이유도 없는데!"

그러나 스바루의 입에서 나온 건 어디까지나 상대의 온정에 기대는 소극적인 말뿐.

치졸한 감정론을 들은 크루쉬는 그 눈에 희미한 실망을 머금었다.

"말하지 않았나. 힘이 모자란 건 내가 아니라……."

"알고서 저버린다는 건! 악이 아니야?! 힘이 있다면, 구할 수 있다면 왜 구하지 않아?! 구하는 게 뭐가 잘못이야! 다른 영지 얘기라면 모르는 척하는 거냐?!"

"잠깐 가만히 듣자 하니, 너……."

"페리스, 됐다."

"하지만 크루쉬 님! 지금 건 암만 그래두."

"훤히 드러낸 기개다. 응답하지 않으면 내 신조에 반해."

페리스는 불만스럽게 신음하지만, 크루쉬의 명령에 따라 사뿐히 물러섰다.

그 모습을 눈초리 끝에 담으며 크루쉬는 다시금 의자에 앉았다.

"못 본 체하는 건, 죽게 놔두는 건 악이 아니냐라."

담담히 한숨을 내쉬면서 크루쉬는 스바루의 발언을 되새겼다.

"그래! 임금님 지망한다며?! 나라 전부를 걸머지겠다며? 그럼 마을 하나 저버리고 왕이라 할 수 있겠느냐고!"

"한 가지, 생각을 바로잡지."

천박한 스바루를 비난하듯이 손가락을 세운 크루쉬가 눈길로 꿰뚫는다.

"경의 제안을 기각했을 때, 먼저 한 가지라고 말했을 텐데. 또 한 가지 이유로, 경이 품은 의문 대부분은 풀릴 것이다."

크루쉬가 스바루의 제안에 귀 기울이지 않는 이유. 에밀리아를 저버리는 이유. 그것은.

"그건——경의 이야기에 당가를 움직일 정도의 신빙성이 없기 때문이다."

지금까지의 교섭이, 그 전제가 뒤집힐 발언이 스바루를 후려쳤다.

"뭐, 어?"

"마녀교라. 과연, 움직이는 일은 있을 수 있겠지. 놈들의 교의와 지금까지의 활동. 그것들을 감안하면 추측은 성립돼. 하나, 문제는 그다음이다."

"그다음……?"

"간단한 이야기지. 왜, 놈들이 다음에 노릴 장소와 일시를 경이 특정할 수 있나?"

세운 손가락을 스바루에게 들이댄 크루쉬는 칼날 같은 목소리와 눈초리로 말한다.

"놈들의 정체 모를 속성은 불가해할 만큼 철저하다. 지금까지 놈들이 얼마나 많은 피해를 낳아왔는지. 그러고도 근절하지 못하고 몇 백 년씩 존속해온 게 좋은 증거지. 그런 놈들의 다음 악행을 경은 어떻게 알 수 있었지?"

"그건…… 하지만 당신도 아까는 그런 말….."

"그렇게까지 필요성을 느끼지 못했을 뿐이다. 하나 그래도 경이 납득할 수 없다면, 이쪽이 납득할 증거를 제시해줘야겠어. 그럴 수 없다면 가능성은 한 가지."

입을 다문 스바루를 대신해 크루쉬가 천천히 잘 알아듣게끔 타이르듯이 말을 이었다.

"경 또한, 마녀교라면 알 수 있는 게 당연하다만?"

"말 같잖은——!"

이번에야말로 참지 못할 격정이 절규로 변해 목을 치고 올라온다.

하지만 그건 또다시 직전에 멈추었다. 스바루의 자제심과는 관계없이.

　"＿＿＿＿＿."

　그것은 여태까지 내내 스바루와 크루쉬의 대화를 말없이 지켜보고 있던 소녀.

　렘이 말없이 뿜고 있는, 숫제 귀기(鬼氣)라고 해야 할 농밀한 기척 때문이었다.

　"크루쉬 님, 희롱은 접어주십시오."

　그 렘은 평소와 다름없는 음색으로, 다소곳하게 크루쉬를 보며 고개를 기울였다.

　"스바루 군이 마녀교라니, 그럴 리가 없지 않나요."

　"그런가? 나츠키 스바루의 발언을 감안해서, 알 수 있던 이유를 입에 담지 못하겠다면 그렇다고 단정할 도리밖에 없지. 경은 그와 같은 속짐작을 한 적은 없나?"

　"——없습니다."

　찰나의 주저가 있던 것을 크루쉬는 과연 알아챘을까.

　스바루에게서 마녀의 냄새를 감지하는 렘만이, 지금의 크루쉬의 별 뜻 없는 떠보기에 걸리는 구석을 느끼고 말을 지어냈다.

　"어쨌든 간에. 그 이유들이 신빙성을 떨어뜨리기 때문에 당가가 에밀리아에게 힘을 빌려줄 수는 없어. ——애당초 경은 교섭 역으로서의 권한을 받은 것도 아니겠지?"

　"윽……."

　"조금 전에는 경의 어깨에 에밀리아의 진퇴가 없었다며 위협도 했다마는. 실상은 그 이전의 문제다. 경이 짊어질 거라곤 지금 이 자리에는 아무것도 없어."

――맘대로 독주하고, 맘대로 지키려다가, 제 맘대로 실패하고 있다.

크루쉬의 말은 냉철하게 스바루의 헐벗은 마음을 파헤치고 찢어발긴다.

"……지금의 경에게는 나를 움직일 힘이 없다. 얌전히, 여기서 지켜지도록 하게."

"――큭!!"

그건 여러 번, 여러 번 수도 없이 거듭거듭 얻어들은 말이다.

스바루에게 무력하단 사실을 인정하게 만들고, 무지하다는 사실을 들이대고, 한심한 꼴을 강요하고, 터무니없고 생각 없고 사려 없는 추태를 비웃어가는. 썩어빠진 동정심이다.

이거저거 다 원하는 대로 풀리는 것이 없어 스바루를 수치스러운 심정이 지배했다.

뭘 잘못했다는 말인가. 옳은 일을 하려고 했을 터인데. 옳다고 생각하고, 구할 수 있다고 믿고, 소원하고 빌고 청해서, 그것을 실행하고 있을 터인데.

"마녀교는 온다고! 그놈들이, 마을 사람들을 몰살한단 말이야……!"

목이 터질 정도의 분노를, 슬픔을 담아서 스바루는 호소했다.

보아온 광경이 있었다. 맞닥뜨린 죽음이 있었다.

가까운 사람들이, 소중한 존재가, 세계 전부가 얼어붙어 하얀 결정으로 변모한다.

그건 확실하게 일어날 사실인 것이다. 방치해두면 반드시 일어날 무자비한 현실인 것이다.

왜, 그걸 알아주지 않는가.

왜, 비극을 저지하게 해주지 않는가.

아무도 방해하지 않고 밀어닥치는 최악의 운명을 스바루가 막게 해주지 않는 것이냐.

"죽여……. 죽이면 돼! 마녀교 놈들 따위, 그놈들 따위 모두 쳐죽여버리면 된다고! 그러면 전부, 전부 원만히 수습된다고! 알잖아?! 그놈들 따위 살려두면 안 돼! 놈들을 죽이겠어! 힘을, 빌려달라고오!"

그 자리에 무릎을 꿇고 바닥을 기며 애원한다.

땅바닥에 이마를 문대며 탄원해서 동정해준다면, 광대라도 되겠다.

비웃고 업신여겨서 힘을 빌려준다면, 얼마든지 머리를 숙여 보리라.

개 흉내든 짐승 역할이든 뭐든지 떠맡겠다. 그렇게 해서 이 살의가 이루어진다면──.

"──경이 하는 행동의 원천은 그것인가."

하지만 그런 스바루의 치욕을 주저하지 않는 애원은.

"마녀교가 밉다. 그것이, 경이 에밀리아에게 접근한 진짜 이유인가."

──판단에 사적인 정을 섞지 않는 권력자에게는 한 점의 연

민도 품게 하지 않았다.

5

차가운 목소리와 눈초리에 찢겨나간 스바루는 소리도 없이 어깨를 떨었다.

그것이 분노 때문인지, 서러움 때문인지, 한데 뭉친 감정의 분류에 삼켜진 스바루는 더 이상 알 수 없다.

"아니야……. 나는, 제대로, 모두를 생각해서……."

크루쉬의 단언은 헛다리를 짚었다.

마녀교에 대한 증오로 움직이고 있다니, 엉뚱한 억측일 뿐이다.

스바루의 마음은, 그 시발점은, 언제나 누군가를 위한 것이었음이 분명하다.

그런데도 말은 무엇 하나 뒤로 이어지지 않는다.

"자신조차 속이지 못하는 거짓말로 타인을 속일 수는 없다. 지금 경의 눈에 어린 빛을 광기라고, 살의라고 부르지 않고 뭐라고 하지? 깨닫고 있나, 나츠키 스바루."

크루쉬의 눈은 엄격하기도 하며, 가엾어하는 것 같기도 했다.

"경은 저택에 돌아왔을 때부터 줄곧 그 눈을 하고 있었단 말이다."

메마른 지적에 스바루의 반응은 극적이었다.

무심코 눈시울을 만져 보이지 않는 그것을 확인하려고 해버렸다.

　그 행동을 한 시점에서 크루쉬의 말을 부정할 수 없다는 증명밖에 되지 않는데도.

　"경이 마녀교에 구애되는 이유는 모른다. 마녀교에게 인생이 뒤틀린 자도 많아. 경 또한 그중 한 명일지도 모르지. 그 분노와 미움은 정당한 것일지도 몰라. 하나 그건 이 교섭에는 아무 관계없다."

　"가령── 가령, 내가 마녀교를 미워하고 있다고 쳐도, 그래서 어떻게 되는데. 그래. 그놈들은 이 세계의 해충이야. 한 마리 남김없이 싹 죽여버리는 편이 훨씬 나아. 그렇게 생각하고는 있어. 생각하곤 있지만, 그게 교섭을 중단할 이유로는, 저버릴 이유가 되지는 못하잖냐고……!"

　"또 화제가 비껴났군, 나츠키 스바루. 경의 행동의 원점을 증오라고 의심하는 건 확실히 교섭의 시비와는 관계없다. 다만 경이 교섭 상대로 부적격하지 않느냐는 점에는 크게 관계하지. 교섭 내용의 정당성도 의심스러워지니까."

　"부적격……이란 건, 무슨 의미로."

　스바루는 피가 밸만큼 이를 악 다물고, 매달리듯이 연거푸 물음을 던졌다.

　대화의 끝이 교섭의 종결을 의미한다. 그 공포에 재촉 받으면서.

　"경의 행동의 원점이 마녀교에 대한 증오라고 가정하면, 애초에 경이 에밀리아에게 접근한 것마저 그러기 위한 발판에 지나지 않는 게 아닐까 생각할 수도 있다."

"내가 그 애에게 접근한 것이, 발판……?"

"에밀리아가 왕선에 참가해 그녀의 내력이 공공연해지면, 교의로 보아 마녀교가 움직일 건 명백하지. 보통이라면 그 활동의 실마리도 잡을 수 없는 놈들을 휘어잡을 수단으로, 이만큼 확률을 높일 수 있는 방책은 썩 없지."

"내가! 에밀리아를 미끼 삼아 놈들에게 복수하려고 한다는 뜻이냐?!"

주먹을 눈앞의 테이블에 내리치고 가당찮은 트집에 노성을 터트린다.

"지금 경이 한 행동으로, 아니라고 외쳐도 설득력이 있다고 보나? 경의 눈에는 증오가 어렸고, 말 하나하나에 살의가 배어 있어. 그 어느 것 모두 깊이 칠해져서 벗겨지지도 흐려지지도, 하물며 잊을 수도 없는 부류의 것이야."

──아니야! 아니야, 아니야, 아니야, 아니야!

결단코, 크루쉬의 발언은 스바루의 본질을 포착하진 못했다.

"내 증오와 놈들의 사악함은 관계없어! 그놈들은! 살아 있으면 안 된다고! 그러니까 몰살해야 해! 그래서 모두가 구원받아! 모두 산다고! 아무도 죽지 않고 넘어가니까, 놈들은 죽어야 마땅하다고!"

"말했을 터다, 나츠키 스바루. 자신조차 속일 수 없는 거짓말로는 타인을 속이지 못한다."

눈에 핏발을 세우고 거친 숨을 내뱉는 스바루에게 반론하는 목소리는 차갑다.

크루쉬는 눈을 가늘게 뜨고 어깨를 들썩이는 스바루를 앉은 상태로 쳐다보며 말했다.

"증오로, 살의로, 마녀교에 대한 증오로 움직이고 있지 않다고 발언하기에는 설득력이 없어."

"어째……서……."

"알지 못하겠나?"

쉰 스바루의 목소리에 크루쉬는 연민임을 똑똑히 알 수 있는 감정을 두 눈에 머금었다.

하지만 크루쉬가 무슨 말을 하고 싶은지 이해하지 못한 스바루는 눈썹을 찡그릴 뿐이고, 그 반응에 그녀는 낙담과 실망을 감추지 못하는 기색으로 눈을 내리깔았다.

그리고 말했다.

"──경은 한 번도, 에밀리아를 구하고 싶다는 말을 하지 않았다."

"……아?"

"경의 말은 누군가를 구원하고 싶다고, 타인을 지키고 싶다고, 그렇게 허울만을 치장한 내면에 검은 감정을 펄펄 끓이고 있다. 적어도 왕선의 홀에서 보았던 모습과는 겹치지 않아."

들은 말의 의미를 이해 못한 스바루는 시선을 공허하게 내돌렸다.

──스바루가, 에밀리아를 구하고 싶다는 생각을 하지 않는다?

"_____."

그럴 리 없다. 스바루는 언제나, 이 세계에 떨어져서 처음으로 그녀에게 그 목숨을 구원받았을 때부터 줄곧 에밀리아를 위해 살아왔다.

왕선의 홀에서도, 연병장에서의 사건도, 지금도 그렇다. 이 상황을 방치해버리면 그녀와 마을은 잃어버린다. 이를 구원하기 위해 행동하고 있는 것이다.

결단코, 결단코, 결단코, 증오에 마음을 빼앗기다니──.

"그 이상 앞으로 나서는 건 허락 못 하겠군요."

그 목소리는 느닷없이 침묵을 깨트리며 스바루에게 날아왔다.

의식이 출렁이며 현실로 돌아온 순간, 스바루 앞에는 자세를 바로잡은 빌헬름이 서 있었다. 노인은 탁자를 사이에 두고 크루쉬 옆에 서서 주름 깊은 얼굴에 연민을 띠고 있다.

그 연민에 찬, 내려다보는 눈길이 지금은 묘하게 신경을 긁었다.

"──스바루 군."

불현듯 소매가 잡아끌렸다. 렘이 슬픔을 눈에 머금고 스바루의 소매를 손끝으로 잡고 있었다.

"진정해주세요. 여기서 날뛰어도 아무 해결이 되지 못해요. 만약 날뛰더라도 렘으로선 빌헬름 님을 결코 당해내지 못해요."

"……날뛰어? 무슨, 소리야? 날뛰다니, 그런 짓……."

"잠깐 잠깐. 그럼 그렇게 단단히 티스푼 같은 걸 잡구 어쩔 셈이었는데? 부모님 교육이 안 좋았을지도 모르지만 그 잡는 방식은 마뜩찮은걸?"

페리스의 지적에 비로소 스바루는 자신이 오른손에 스푼을 움켜쥐고 있음을 깨달았다. 그것도 거꾸로. 마치 뭔가를 찍으려는 듯 난폭한 방식으로.

──도대체, 어느 틈에 자신은 이런 짓을.

"정곡을 찔렸다구 날뛰는 짓은 관두지그래. 여기서 난동을 피워두 렘이 견제하는 사이에 빌 영감한테 두 동강 나버릴 뿐이구냥."

"그리고 난 그런 명령을 하고 싶지 않은 바다. 며칠 동안 함께 지내온 사이고 정치적인 문제도 발생하지. 이곳의 융단은 아버지에게서 선물 받은 거라 더럽히고 싶지도 않군."

행패를 당할 뻔했음에도 스바루를 보는 크루쉬의 태도에는 여유가 있다.

그것은 그릇의 크기를 표시하는 것 같기도 하며, 이런 조그마한 금속에 분노를 맡길 수밖에 없는 무력한 스바루를 비웃는 것 같기도 했다.

그것들 전부가 몹시, 신경을 긁었다.

그래서 사과하기보다 우겨대는 말이 먼저 입을 비집고 나왔다.

"……절대 힘은 빌려주지 않는다고 했군?"

"그래. 경의 발언은 신빙성이 낮고, 협력해 봤자 이쪽이 얻을

수 있는 것은 매력적이지 못해. ──따라서 지켜보도록 하지."

"마녀교는, 온다고. 그렇게 됐을 때, 그 마을의 사람들을 죽이는 건 너야. 알면서도 아무것도 하지 않은 너의 '나태' 가 그 마을을 죽인다."

스바루는 내쳐야 할 광인의 대명사를 주워섬기고 크루쉬를 노려보았다.

"퍽이나 오만한 말투로군. 그렇다면 나도 한 가지만."

스바루의 탁해진 시선을 받고 일어선 크루쉬는 스바루의 눈을 똑바로 쳐다보았다.

"나는 마주한 인간이 거짓말을 하고 있는지 아닌지, 얼추 간파할 수 있다. 옛날부터 교섭 무대에서 타인에게 속은 경험이 없는 게 자랑이라지."

느닷없이 그런 말을 꺼내기 시작한 크루쉬.

그녀는 의심스럽게 빛깔을 바꾼 스바루의 눈, 그 안쪽을 들여다본 채로 마저 말했다.

"그 경험에 입각해 말을 해 보자면, 경은 '거짓말' 을 하고 있지는 않아."

"그, 그럼……!"

"스스로 거짓말이라고 생각하지 않는 망언을 진실이라고 고집스럽게 맹신하고 있다. ──그건 이미 광기의 소산, 광인이라는 것이야. 나츠키 스바루."

지금 이 순간에, 스바루는 확실하게 이 교섭이 결렬되었음을 이해했다.

"———큭."

악물고 있던 입술 끝이 찢어져 스바루의 턱에 피가 흘렀다.

그 참혹한 모습을 본 크루쉬가 눈을 가늘게 떴다.

"페리스, 치료해주도록."

"집어치워!"

페리스가 움직이기보다 빠르게 그 행동을 거부한 스바루는 의자를 발로 차듯이 일어섰다.

"지금부터 저녁 식사 시간이지만, 동석하지 않을 건가?"

"광인과 같은 식탁에 앉다니 소름 끼치는 얘기 아냐? 댁이 얼마나 풍류인인지 괴짜인지 모르겠지만, 좀 지나친 노릇이지."

이죽임에 이죽임으로 응수한 스바루가 응접실의 문을 잡았다. 그 스바루를 뒤따르듯이 차림새를 바로잡은 렘도 크루쉬 일행에게 정중히 고개를 숙였다.

"짧은 기간이었지만 폐를 끼쳤습니다. 당가의 주인을 대신해 감사의 인사를 드립니다."

"그것이 경의…… 아니 메이더스 경의 대답인가."

"네. 스바루 군의 의사를 전부 존중하도록 분부를 받고 있기에."

의미를 알 수 없는 대화이고, 스바루 쪽에서는 크루쉬의 얼굴은 보이지 않는다.

하지만 이별을 고한 렘에 대한 크루쉬의 목소리에 적지 않은 통한이 어려 있었다.

스바루에게 보낸 단절과는 다른 감정이고, 그 또한 지금의 스바루에게는 화를 자아낸다.

"렘, 가자고."

스바루는 잰걸음으로 다가오는 렘에게 말을 걸고 문을 열었다.

"그 밖에 기댈 곳은 있나?"

"열심히 좋은 임금님이나 되시지. 약자를 저버리는 독재자 같은."

등에 닿은 마지막 말에 토해내듯이 대답하고, 스바루는 난폭하게 문을 닫았다.

　　――이렇게 교섭은 참담한 모양으로 막을 닫았다.

　　　　　　　　　　　　6

교섭이 결렬되고서 귀족가로 가자고 스바루가 뛰쳐나간 건 저녁때 넘어서였다.

이미 해는 서쪽 저편으로 매몰되어 세계에는 천천히 밤의 기척이 닥쳐들고 있다. 결정등(結晶燈)의 조명이 길거리를 밝히기 시작하는 가운데, 스바루는 철책에 등을 기대고 욕지거리를 주워섬기고 있었다.

"젠장할. 이놈이고 저놈이고……."

뇌리를 스친 건 크루쉬와의 대화. 그리고 끽소리도 내지 못한 굴욕이다.

"말귀 못 알아듣는 것들이…… 왜, 내가 옳다는 걸 알지 못하는 거야……!"

가슴속에 소용돌이치는 건 자신의 길을 방해하는 그녀들에 대한, 증오와 비슷한 감정이었다.

크루쉬는 그 참극을, 무정함을, 악랄한 광인의 가가대소를 보지 못했으니까. 듣지 못했으니까. 피부로 실감하지 못했으니까 알지 못하는 것이다.

"이제 됐어. 이제 됐다고. 실패한 일은, 인정머리 없는 녀석 따윈 잊어. 지금은 눈앞의 일을 더 우선해……!"

지나간 일을 후회하며 발을 멈추기보다, 조금이나마 더 전진하기를 선택해야 한다.

손에 든 패가 적은 스바루에게는 시간마저도 틀림없이 아까워해야 할 보물이므로.

"기다렸죠? 스바루 군."

그때, 짜증을 내며 다리를 떨고 있던 스바루 쪽으로 렘이 대문을 넘어 돌아왔다.

크루쉬의 저택에서 체재 중에 챙긴 짐을 정리해 들고 나온 것이다. 큰소리를 치고 나온 스바루는 렘이 그것을 회수해오기를 기다리던 상황이었다.

"……미안해. 짐, 이리 줘. 나도 들게."

"괜찮아요. 무겁지 않고, 스바루 군은 아직 환자니까요."

스바루의 제의를 고사한 렘은 짐을 떠안았다. 평소의 스바루라면 물고 늘어지겠지만 사고의 리소스를 따로 할애한 지금, 그렇게까지 매달릴 수 없다.

"그러고 보니 렘은 이곳을 나가는 데에 반대하지 않는군."

"네. 그게 스바루 군이 선택한 일이라면."

"뭐, 그만큼 저지른 다음에 능청스럽게 치료를 계속 받을 수도 없으니. 빚이니 어쩌니 하는데, 에밀리아에게는 미안한 짓 해버렸군."

에밀리아는 뭔가를 제시해서 스바루의 치료를 준비해주고 있었다. 그런 에밀리아의 온정을 번번이 헛되게 만드는 일에는 약간의 죄책감이 있다.

하지만 괜찮다. 궁지를 구원한 다음의 스바루라면 에밀리아와 화해할 수 있고, 이 일도 분명히 용서받을 수 있다.

그러기 위해서도 페텔기우스는 절대로 죽어줘야만 한다.

"스바루 군. 그, 크루쉬 님과의 교섭 건은……."

"신빙성이니 이익이니, 어려운 소리만 하면서 얼렁뚱땅 넘겨대긴. 사람의 마음이 없는 거야. 그따위로 거들먹거리는데 누가 따라붙겠냔 말이지."

무슨 말을 하고 싶은 듯한 렘을 가로막고 악담을 뱉은 스바루는 그 뒤로 이야기를 중단했다. 다시 거론하고 싶지 않은 스바루의 심정을 읽어냈는지 렘은 다른 화제를 들고 나왔다.

"앞으로 어떻게 하겠어요? 스바루 군의 이야기가 사실이라면, 한시의 유예도 없어요."

"사실이라면?"

"──우. 한시의 유예도 없어요. 로즈월 님의 저택에 돌아가 겠어요?"

걸리는 말에 스바루가 토를 달지만, 렘은 그에 상대하지 않는다.

렘의 이어진 물음에, 스바루는 고개를 가로저었다.

"아니. 지금, 우리만 돌아가도 별다른 일은 못 해. 빈틈없이, 대항할 수 있는 전력을 끌고 돌아가야겠지. 그게 아니어도 대체 수단이 없으면 안 돼."

스바루와 렘만 돌아가서는 지금까지 겪은 전개를 뒤따를 뿐이 다.

출발이 전보다 이르면 마녀교와 조우하지 않고 저택에 돌아갈 수 있을지도 모른다. 하지만 저택에 남은 전력만으로 마녀교를 요격하기는 필시 버거울 것이다.

"수가, 전력이 모자라. 로즈월은 뭘 하고 앉은 거야……."

그 한 명만 있으면, 그것만으로도 마녀교의 전력을 몰아낼 가 능성마저 있다.

그런데 가장 중요한 대목인 이 순간, 그 궁정 마도사는 어디서 뭘 하고 있단 말인가.

"스바루 군. 실은 로즈월 님 말인데…… 요 며칠간은 저택에 계시지 않을 가능성이 매우 높아요."

"──?! 알고 있었어? 로즈월이 저택에 없는 게 예정대로라 는 건."

"로즈월 님은 가필이…… 으음, 저, 영내의 관계자가 있는 곳 을 방문하기로 되어서, 며칠은 머물 예정이라."

"제길, 타이밍 개판! 그게 습격에 대처하지 못하는 원인인가!"

근심을 뒷받침하는 렘의 대답에 스바루는 머리를 쥐어뜯으며 저주의 말을 내뱉었다.

로즈월이라는 최대 전력을 기대할 수 없는 이상, 먼저 어림잡은 바와 같이 압도적으로 전력이 모자라다. 이건 스바루와 렘이 빠른 시기에 귀환해도 매한가지다.

"역시 원군을 데리고 돌아가지 않으면 방법이 없어."

처음 결론으로 돌아온 것을 확신하고, 스바루는 자신을 응시하는 렘에게 끄덕였다.

방침은 정해졌다. 그리고 시간의 유예도 없다. 전 회차와 전전 회차의 결말을 웃돌고자 한다면, 적어도 내일 중에는 왕도를 출발해야만 한다.

지금이 밤이 되기 시작한 시간임을 감안하면, 앞으로 반나절 정도가 리미트다.

"좌우간 다른 협력자를 찾을 수밖에 없어. 렘, 왕도의 지리에 빠삭해?"

"몇 번쯤 건너 와봤고, 며칠 동안은 스바루 군과 함께 둘러보고 있으니 그럭저럭 알아요. ……하지만, 누구를?"

"우선 여관부터 찾고, 그다음에 얘기하자. 늦어도 내일 안에 왕도를 벗어나지 않으면 때를 맞추지 못해. 아무튼…… 뒷일은 전부, 지금부터 생각하겠어."

할 수 있는 최대한의 준비를 완벽하게 해야 한다고, 스바루는 그럴싸하게 렘에게 이른다.

　렘이 조용히 그 제안을 받아들이는 걸 곁눈으로 본 스바루는 말없이 하늘을 쳐다보았다.

　저 멀리 밤이 다가드는 왕도의 하늘—— 그 닥쳐오는 어둠이, 불길한 것으로 느껴진다.

　마치 스바루가 가는 길의 먹구름을 암시하는 것처럼, 으스스하고 느릿한 움직임이어서——.

제2장 『돼지의 욕망』

1

"──소녀는 이래 봬도 뜻밖에 책을 좋아해서 말이다."

호화로운 의자에 앉아 팔걸이에 한 팔을 올린 소녀가 그렇게 얘기한다.

올린 팔의 반대쪽 손에는 공들여 장정된 책을 펼치고 있다. 이미 후반부에 접어드는 책을 눈으로 좇는 모습은 왠지 그때까지 보아온 소녀의 분위기와 달랐다.

네글리제 같이 얇은 붉은색 잠옷을 입고 같은 색의 어깨걸이를 걸치고 있다. 풍만한 몸의 곡선이 아낌없이 드러난 상태지만 남자의 시선을 받으면서도 소녀에게는 그걸 의식한 낌새가 없다.

내객을 맞이하고 있다는 생각이 들지 않을 만큼 자연스럽게 소녀는 책의 세계에 몰두하고 있었다.

"─────."

스바루는 그 엄숙한 행동에 무심코 넋 놓고 바라볼 뻔한 자기 자신이 있음을 느끼고 있었다.

낭창하고 하얀 손끝이 글씨를 덧쓰고, 눈이 글씨를 좇는 모습을 한없이 쳐다보고 싶어지는 기분이 들고 만다. 그 감상은 혹시 눈앞에 있는 소녀의 다른 일면에 홀렸기 때문에 드는 걸지도 모른다.

"————."

방치된 스바루는 융단이 깔린 바닥을 운동화로 밟고서 막막하게 서 있었다.

안으로 안내받은 건 좋은데 정작 방 주인은 스바루에게 관심을 보내지 않는다. 억지로 이야기를 시작하려고 하니 첫머리의 한마디가 돌아왔을 뿐.

설마 책을 다 읽기를 기다리라는 말을 들은 상황은 아닐까.

"아무리 그래도 그건……."

그 불안을 부정하고 싶지만 페이지를 단아하게 넘기는 모습을 보고 있으면 그 또한 마뜩지 않다.

스바루는 실제로 소녀가 그런 부조리한 말을 할 수도 있는 성격임을 알고 있다.

태양을 비추는 듯한 주황색 머리카락에, 눈에 비치는 모든 것을 불사르는 불꽃 같이 붉은 두 눈. 뽀얗게 하얀 피부에 여성적인 기복으로 풍만한 몸매. 농밀하게 감도는 색향은 독과도 비슷하며, 조용히 책에 시선을 기울이는 모습은 필설로 형용하기 어렵도록 아름답다.

그 인품이 만인에게 사랑받는 것이었으면, 신은 얼마나 그녀를 편애했던 것이었을까.

──소녀의 이름은 프리실라 바리에르.

왕선 후보자 중 한 명이자, 스바루가 다음 협력자로서 대화를 청한 상대였다.

2

크루쉬의 저택을 떠나 렘이 여관 확보에 나설 동안, 스바루는 스바루대로 지푸라기라도 잡는 기분을 맡긴 인물── 라인하르트의 왕도 부재를 확인하고 어깨를 떨구고 있었다.

왕도에 마련된 아스트레아 가문의 별장에는 관리를 위임받은 노부부가 주재하고 있었다.

두 사람은 연락 없이 방문한 스바루를 환영하며 요청에 귀를 기울여주기는 했으나.

"도련님께서는 이틀 전에, 주군이신 펠트 님과 그 가족분을 모시고 현재 본가로 돌아가셨습니다. 저희 쪽에서 연락을 드릴 수는 있습니다만……."

라인하르트의 부재는 그가 크루쉬 저택을 방문했을 적에 얘기해준 바와 같았다.

그걸 알면서도 한 오라기 희망을 걸었지만, 스바루의 소원은 닿지 못했다.

만약 연락이 닿아도 왕도에서 아스트레아 본가까지 떨어진 거리와, 그곳에서 메이더스령까지 떨어진 거리는 치명적이다. 라인하르트의 참전은 절망적으로 볼 수밖에 없다.

"로즈월도 라인하르트도, 중요한 순간에 도움이 안 돼……."

노부부에게 작별 인사하고 저택이 보이지 않을 즈음에서 스바루는 머리를 부둥켜안았다.

이번에는 모조리 다 타이밍이 최악이다.

협력자 후보가 잇달아 사라짐에 따라 스바루에게서 진짜 의미로 여유가 사라진다.

하다못해 '사망귀환'의 기점이, 라인하르트와 일별한 밤까지 돌아갔더라면――.

"없는 걸 졸라봤자 어쩔 수 없지……. 생각해라. 생각해, 생각해, 생각해, 생각해라, 나. 힘도 수도 시간도 다 부족하다고. 내게는 머리를 짜내는 수밖에 없어."

필사적으로 머리를 굴리며 스바루는 차선책을 산출하려고 열심히 생각한다.

크루쉬와 라인하르트가 후보에서 벗어나면, 스바루에게는 고를 수 있는 패가 거의 없다.

크루쉬와 나눈 교섭의 전말을 고려하면 기사단에 호소해도 결과는 똑같을 것이다. 그리고 현재, 스바루는 왕국 기사단에 불신감밖에 품고 있지 않다.

――적지 않게 양호한 관계를 쌓았다고 여겼던 크루쉬에게 버림받는 걸로 말미암아 스바루 마음속에는 타인에 대한 끊임없는 의심이 소용돌이치고 있었다.

알아서 선택지의 폭을 좁히고도 그 사실을 깨닫지 못한 스바루가 떠올린 지인은 앞으로 두 명. 하지만 그중 한쪽은 기사단 이상으로 밉살스러운 '가장 뛰어난 기사'. 머리를 숙이다니 생각도 할 수 없다.

따라서 이미 스바루에게 후보는 단 한 명밖에 떠오르지 않았다.

"스바루 군, 앞으로 어쩌겠어요? 렘은……."

"괜찮아. 내게 맡겨만 둬. 렘은 아무것도 하지 않아도 돼. 하지 않아도, 되는 거야. 쭉 내 뒤에 있어줘. 그것만으로도 좋아."

합류한 렘이 골똘히 생각하는 스바루를 보다 못한 것처럼 말을 걸었다.

그 행동을 차단한 스바루는 허약한 웃음을 렘에게 보내면서 생각을 거듭했다.

──렘을 전면에 세우는 짓은 반드시 피해야만 한다.

스바루를 지키기 위해서라면 렘은 그 몸을 내던져 목숨을 밑거름으로 삼는 짓을 주저하지 않는다는 걸 알고 있다. 그녀의 생명은 반드시 지켜낸다.

그것이 렘을 구원해내어 의존심을 품게 만들고 만 스바루의 의무다.

그녀를 잃어버리는 결과가 찾아오는 것만은 회피해야 한다.

스바루가, 자신이 해야만 하는 것이다. 그렇지 않으면 렘은 지키지 못하고, 에밀리아와 마을 사람들을 구원해내는 것도 의미가 없으며, 페텔기우스에 대한 증오를 풀 수도──.

"어라, 뭔가……."

한순간, 몹시 불온한 생각이 떠오른 느낌이 들어 스바루는 관자놀이를 만졌다.

지금의 생각은 마치 에밀리아와 다른 사람들을 구원하는 것보다 페텔기우스의 말살을 더 우선하는 것 같다. 그래서는 영락없이 크루쉬가 지적한 바와 같지 않은가.

"괜찮아. 괜찮다고. 나는, 제대로, 옳은 일을, 하고 있어. 하려고, 하고 있어."

자기 자신에게 타이르듯이, 찬찬히 이해시키듯이, 보인 것을 보지 못한 걸로 하듯이, 심연에 뚜껑을 덮듯이 스바루는 자신을 긍정한다.

긍정하지 않으면, 나츠키 스바루는 제정신을 유지할 수 없으니까.

3

이튿날 아침, 여관에서 하룻밤을 보낸 두 사람은, 한 오라기 희망을 의탁해 귀족가로 돌아가고 있었다.

왕도 상층의 귀족가는 휘황찬란한 건물이 줄지어 선 한 귀퉁이다. 스바루 일행이 방문한 대저택도 그 화려한 이미지를 배신하지 않는 외관으로 둘을 맞이해주었다.

아니, 화려하고 휘황찬란한 점에 관해서는 기대 이상의 외관이었다고 해도 되리라.

"주위에 묻고 다닐 필요가 없을 만큼, 알기 쉽게 자기주장하는 저택이로군……."

어이없어하는 스바루의 눈앞에 있는 저택. 멀찍이서 봐도 그 저택의 호화현란한 자태는 눈에 아로새겨질 정도다.

아침 해를 난반사하는 대저택의 지붕은 금색으로 칠해졌으며, 건물의 벽면에는 섬세한 조각이 여럿 새겨져 있었다. 눈에 띄는 창문 전부에도 부조가 장식되었고, 정원에 점점이 박혀 있는 건 전위 예술이라고 해야 할 석상들이었다.

벼락부자 취미가 여기서 극에 치닫노라——. 저택 임자의 취미가 여봐란 듯이 반영되어, 강요하듯이 자신을 주장하는 광경에는 마른 웃음이 절로 나버린다.

대문 앞에서 우두커니 선 스바루 옆에선 웬일로 렘도 기가 막힌 표정을 짓고 있었다. 내객에게 충격을 주는 게 목적이라면 그건 충분히 달성되었다고 할 수 있다.

"설마 이게 전 임자의 취미이지는 않겠지? 불쌍하게도."

"자, 자, 자. 실제로 이건 공주의 취미지만. 꽤 강행 공사였다고? 밤새워가며 일한 놈들에겐 동정하겠는데, 금화 자루로 뺨따귀를 맞으면 불평도 못하지."

"아니, 돈다발로 맞는 거하고 다르니까 분위기로 넘어가지 마. 금화 자루라면 폭력이잖아."

스바루의 딴죽에 문 건너편에 선 인물이 낄낄 웃었다.

굵은 손가락을 검은 쇠투구 틈새로 넣어 뒷덜미 언저리를 긁고 있는 남자다.

머리 부분을 가리는 칠흑의 투구에 목 아래로는 산적풍의 러프한 복장. 해괴해서 눈길을 끄는 남자지만, 가장 인상적인 건 어깨부터 잃어버린 왼팔일까.

얼굴을 가린 외팔이에 경박한 인상을 가진 남자. ──목적한 인물의 시종을 맡고 있는, 알이다.

용병임을 자칭하는 그는 스바루와 비슷하게 지구에서 소환된 동포이기도 하다. 그 까닭도 있어선지 이상하게 스바루에게 친밀하게 굴어서, 이른 아침에 저택을 방문한 두 사람에게도 우호적인 태도다.

"그래서, 이런 아침 댓바람부터 무슨 용무시래. 보는 바대로 내가 좀 저혈압이라 아침은 진짜 약골이거든? 사냥 한 탕 뛰자는 권유라면 좀 빡세다."

"그런 패밀리 레스토랑 가자는 분위기의 얘기가 아냐. 오늘은, 그쪽 공주님에게 할 말이 있어서."

"공주한테에?"

검은 투구 너머라 얼굴이 보이지 않는 알이 무슨 눈빛을 날리고 있는지 알 수 없다. 품평 받는 불쾌감을 맛보며 침묵의 시간을 잠시 보낸다. 그러자.

"아─, 메이드 아가씨 성분 보급도 했으니, 됐나. 말 전해주마."

"생각한 것 이상으로 씨알머리 없군. 아니 그보다 메이드 아가씨쯤 이 저택에도 있을 거 아냐."

"이봐, 이봐. 넌 공주에 대해 뭘 모른다고. 자기가 최고로 귀엽다 생각하는 공주는 메이드 따위 데리고 다니질 않아. 저택에 있는 건 쇼타 집사뿐이야."

"듣기만 해도 최악이군……. 평가가 쭉쭉 떨어지지만, 일단 말 좀 전해줘."

예입―하고 맥 풀리는 탁한 목소리로 응수한 알이 저택 안으로 터덜터덜 사라진다.

곁에 있는 렘은 한 걸음 물러선 곳에서 침묵을 고수하며, 얼굴은 무표정으로 다잡고 있었다. 그러나 다소곳이 스바루의 옷자락을 잡는 손끝에서는 숨기지 못하는 불안이 배어나오고 있었다.

렘의 불안을 털어내주고 싶지만, 같은 기분을 품고 있는 스바루는 그럴 수가 없다.

"시간도 시간이니까……. 약속도 없이 아침 시간. 그 여자의 경우, '소녀의 귀중한 수면 시간을 방해했겠다.' 라는 말을 서슴없이 꺼낼 것 같―."

"어이― 만나도 좋댄다―."

수많은 불안 요소들이 저택 현관에서 얼굴을 내민 알의 속 편한 목소리에 가로막혔다.

예상 밖의 빠른 회답에 한순간 어안이 벙벙해졌다.

"꽤, 꽤나 쉽사리 약속 잡았군?"

"뜻밖일지도 모르겠지만 공주 실은 아침에 강하거든. 그 대신, 밤은 무지막지 일찍 자지만. 어쨌든 이쪽이야, 이쪽."

주춤한 스바루에게 웃어 보인 알이 스스럼없이 저택 안으로 안내한다. 그 등을 따라 저택에 들어가니, 건물의 실내장식도 제법 외관에 지지 않는 임팩트가 있었다.

문외한 눈으로도 알 수 있는 비쌀 것 같은 예술품과 세간살이가 걷기 거추장스러울 만큼 복도에 전시되어 있고, 조명과 액자 테두리까지 귀금속으로 장식된 몰골에는 광기적인 집착마저 느껴진다.

"처음에는 눈이 따끔거릴지도 모르겠지만 익숙해지면 별거 없어. 지금은 아침이니까 꽤 낫지만, 밤의 복도는 진짜로 무섭다고."

"애도 아니니까 밤의 복도가 무섭단 소리는 마라, 다 큰 어른이."

"석상의 눈이 밤에 막 빛나는데?"

"그건 네 주인의 머리가 이상한 거고."

쳐다보니 복도를 사이에 두듯 서 있는 석상의 눈에는 보석 같은 게 박혀 있었다. 어두워지면 저게 빛나는 것이리라. 구입자도 제작자도 정신이 나갔다.

둘의 등 뒤에서는 따라오는 렘이 자꾸만 코를 실룩이고 있다. 후각이 뛰어난 렘은 뭔가 수상한 냄새를 맡은 눈으로 앞서 가는 쇠투구의 등을 응시하고 있었다.

그런 뒤죽박죽인 세 사람의 도정도 건물 안에서는 금세 끝났다.

"공주가 있는 곳은 저택의 최상층. 한 층 통째로 방으로 삼고 있는 호화판 사양이야."

"어디 호텔 스위트 룸 같군. 들어가도 되겠어?"

"형제는, 말이지."

계단에 접어들어 위층을 엄지로 가리킨 알이 의미심장하게 대답했다.

그 불온한 어감에 스바루가 경계 어린 눈으로 그를 보았다.

"아니아니아니, 심술로 말하는 게 아냐. 공주가 만나는 사람은 형제뿐이라고 해서 그래. 아가씨는 손님용 방으로 안내하고."

"아까 메이드 성분 보급이라고 말하던 놈한테 안심하고 맡길 수 있을 줄 아냐……?"

"그 소리 들으면 기가 죽지만 나도 공주의 방 앞에서 대기하고 있을 테니 안심해둬. 분하고 아쉽지만 아가씨의 안내는 슐트 선배한테 맡길 테니까."

스바루의 염려를 앞질러서 알이 쓴웃음의 여운을 목소리에 담으며 손가락을 튕겼다. 그러자 계단 저편에서 분홍빛 곱슬머리에 붉은 눈동자의 소년이 모습을 드러냈다.

'미소년'이라는 형용사밖에 들어맞지 않는 소년이다. 조그만 몸을 집사복으로 감싸고, 직무에 충실하자고 얼굴을 굳힌 모습이 어딘가 도착적인 분위기를 피운다.

"그럼 손님께 소홀함이 없게끔 부탁하고."

"예. 맡겨주시지 말입니다."

알이 소년의 어깨를 가볍게 두드리자 단정하게 대답한 쇼타 집사가 렘을 에스코트하려고 한다. 렘은 한순간 당황한 듯이 스바루 쪽을 쳐다보았다.

"미안. 이야기가 끝날 때까지 기다리고 있어줘. 이 저택의 위험인물은 거기 투구 쓴 사람을 포함해 계단 위에 모일 테니 안심하고 쉬고 있어도 돼."

"위험인물이란 건 너무한걸, 형제. 수상한 인물이란 말은 자주 듣지만 말이야."

스바루는 삐친 목소리의 알을 무시하고 렘이 안심하도록 머리를 쓰다듬었다. 쓰다듬는 손길에 렘은 낯간지러운 듯이 눈을 가늘게 뜨고, 어쩔 수 없다는 양 고개를 주억였다.

"알겠습니다. ——저 사람을, 특히 주의해주세요."

끄덕인 다음에, 슬쩍 몸을 기대고는 속삭임으로 경고를 덧붙인다.

렘의 눈이 딱 한순간 알을 바라본다. 아무래도 그는 렘의 경계심을 거세게 자극한 모양이다.

"응, 알았어."

동향의 인연으로 알을 믿고 싶은 게 본심이지만, 신뢰도는 당연히 렘 쪽이 더 높다.

크루쉬의 별장에서 나눈 대화를 감안하면 이곳도 적지라고 의식해야 마땅하다.

렘은 끄덕인 스바루에게 미소 짓고, 쇼타 집사에 이끌려 복도 저편으로 사라졌다.

"휴으—. 좀 하는데, 형제. 사랑받고 있잖아."

"기왕 할 거면 제대로 휘파람 불어. 나랑 똑같이 못 부는 거냐."

휘파람의 SE를 입으로 발음하는 것만큼 썰렁한 짓도 별로 없다.

옛날부터 아무리 연습해도 휘파람을 불지 못하고 있는 스바루에게도 애달픈 기억이 있다.

"아—. 입술이 멀쩡하지 않다 보니. 제대로 부는 건 무리여."

"그, 그러냐. 그거 미안한데."

생각 이상으로 헤비한 대답이 나와서 스바루는 그 이상의 추궁을 포기했다.

"뭐, 저 아가씨를 바람맞히게 두는 것도 가엽고, 공주를 너무 기다리게 해서 역린을 건드리는 건 더 위험해. 냉큼 위에 가시지라."

"얘기가 빠른 건 달갑군. ……참고로, 오늘의 프리실라 기분은 촉이 어때?"

상대가 프리실라라면, 그 기분이 다이렉트로 결과에 영향 줄 것 같은 점이 무서웠다.

"음—. 좋지도 나쁘지도 않다고 보지만, 그거야말로 별로 믿을 게 못 되는데? 공주의 기분은 대화 전후, 중간, 상하좌우로 홱홱 바뀌니까. 좋아하는 수다 내용도 정해진 게 없거든. 애드리브력으로 잘 극복해주셔."

"운수소관이라……. 내가 가장 쥐약인 부분이군."

계단을 올라가서 층계참을 빠져나간 앞에 방의 문이—— 장식이 과도한 문이 있었다.

"이 안이, 공주의 지나치게 넓은 프라이빗 룸이야. 난 안에 불리지 않은지라 여기서 기다리고 있어줄 테니 가봐라."

끝까지 속 편하게, 알은 문 앞의 계단 턱에 걸터앉았다. 그와 함께 허리 뒤춤에 차고 있던 청룡도를 풀어서 무릎 위에 올리며 입을 열었다.

"너무 수틀리게 하지 마라? 애먼 화풀이 당하는 건 사양이고, 속 뒤틀리면 엄한 요구 팍팍 해대서 피곤해진다고."

"……미안한데, 나도 꽤 엄한 요구 하러 온 거라서."

알의 진정에 매정하게 대답한 스바루는 심호흡한 다음 문을 밀어젖혔다.

그리고——.

4

——그리고, 시간은 첫머리의 프리실라와의 대치로 돌아온다.

방에 들어간 스바루는 넓은 공간의 가장 후미진 곳에서 대기 중인 프리실라와 대면했다. 그러나 그녀는 한 단 높은 곳에서 의자에 앉아 우아하게 독서하는 채 스바루에게 눈길도 주지 않는다.

계기를 잡지 못하는 중에도 시간은 진행되고, 초조감과 당혹이 스바루를 지배해가고 있었다.

"——그래."

따라서 갑자기 책을 덮는 소리가 방에 울려 퍼졌을 때, 스바루는 놀라서 어깨를 들썩거렸다.

마치 자신의 약한 마음을 직시당한 느낌이 들어 스바루는 작게 이를 갈았다. 프리실라는 그 모습에 눈길도 주지 않고, 덮은 책의 표지를 천천히 손가락으로 어루만지며 말했다.

"재미없는 이야기였다."

"……그런 데에 비해선 몰두하며 읽던 것 같던데."

"읽는 중에는 책의 세계에 몰두하는 게 바른 독법 아니겠느냐. 그리고 이야기를 다 읽은 다음에 얻은 것을 말로 언급한다. 읽지 않고 재미없다고 하다니 어리석은 종자의 소행이지."

'책을 좋아한다'라고 자칭한 말에 거짓은 없는 모양이다. 읽지 않고 비판하는 것을 어리석다고 단언한 프리실라는 다 읽은 책을 대뜸 공중에 내던졌다.

"——아."

어안이 벙벙한 스바루 앞에서 던져진 책이 느닷없이 불타오른다.

어마어마한 화력에 쬐여 책이 불타 없어지고, 검은 재만이 거물거물 날았다.

"그래, 소녀의 귀중한 아침 독서 시간을 빼앗은 게야. ——최소한 지금 본 책보다는 소녀의 관심을 끌 만한 이야기를 들고 온 것이렷다?"

야릇하고 악랄하게 웃으며, 가는 다리를 바꿔 꼰 프리실라가 하얀 손가락으로 스바루를 가리켰다. 손끝에서 나온 열기가 이마에 꽂힌 착각을 맛보며 스바루는 마른 입술을 억지로 움직였다.

　"――너와 같은, 왕선 후보자 에밀리아. 그녀를 둘러싼 지금 상황을 타파하기 위해서 힘을 빌려줬으면 해."

　"――――."

　스바루의 말에 한쪽 눈을 감은 프리실라가 말없이 뒷말을 재촉한다. 붉은 눈길에 평상심이 흔들리면서 스바루는 열심히 준비해두었던 말을 얘기하는 데에 집중했다.

　그렇게 스바루가 말을 주워섬기고, 결론에 이르기까지 몇 분.

　"마녀교라……. 흥."

　팔걸이에 올린 팔로 머리를 받치고, 다른 한쪽 손으로 무릎을 두드리는 프리실라.

　크루쉬 저택에서 얘기한 내용에, 얼마쯤 개선한 의견을 첨부한 이야기를 다 들은 그녀는 어딘가 감개 어린 음색으로 중얼거리고 눈을 감고 있다.

　"그래, 마녀교야. 그놈들은, 방치해두면 많은 사람들을 해쳐. 피해는 에밀리아만으로는 그치지 않아. 그렇게 되기 전에 놈들을 쓰러뜨리고 싶어. 그러기 위해서 힘을……."

　"크크, 흐."

　"――?"

　갑자기 고개 숙이고 있던 프리실라의 어깨가 희미하게 떨렸다. 그 입에서 새어 나온 잠긴 숨결에 눈썹을 찡그린 스바루 앞에서, 프리실라는 힘차게 고개를 쳐들고 입을 열었다.

"하하하하! 재미있어! 재미있군, 네놈. 과연, 방금 책 따위보다 훨씬 더 소녀의 마음을 흔들었어. 광대도 예까지 오면 한 가지 재주로서 완성된 노릇이로고!"

프리실라가 웃고 웃으며 스바루를 비웃는다.

흉포한 육식동물이 띠는 부류의 웃음이다. 고양이가 쥐를 발톱으로 괴롭히다가 죽일 때, 아마 짓고 있을 웃음이라고 본능이 이해했다.

"──큭! 뭐가 재미있단 거야."

"그걸 알지 못하는 우스꽝스러운 꼴이 말이다. 이봐라, 네놈. 설마 자신이 지금 얼마나 지리멸렬한 행동을 하고 있는지 알지 못하는 게냐?"

프리실라는 자신의 주황색 머리카락에 손가락을 집어넣고 빙글빙글 머리카락을 감으며 즐겁게 웃었다.

그, 스바루의 내측을 꿰뚫어본 듯한 말투에는 기억이 있다. 크루쉬의 저택에서 수도 없이, 이해력이 낮다는 말이라도 하고 싶은 듯 스바루에게 날아온 것과 똑같다.

"의지할 상대가 없다는지 뭐란지 모르겠지만, 네놈이 하는 짓은 자기 진영의 약점을 다른 진영에 가르쳐주고 다닐 뿐인 이적행위다. 이게요, 이게 이래서 힘이 부족해서 힘들어요······. 그래 가지고 도움받으려 하다니, 머리 한번 속 편하구나."

프리실라는 손가락으로 관자놀이 부근을 두드리며 스바루의 필사적인 탄원을 조소했다.

쌀쌀맞게 대해질 가능성은 고려했다. 하지만 이렇게까지 명백하게 매도당할 줄은 예상하지 못했다.

"앞뒤 가리지 않는 건 좋지. 하나 생각이 모자라. 너무 모자라다. 도우려다가 아군을 궁지에 몰아넣고 적을 거든다……. 네놈의 행위는 무능한데 부지런한 자 그 자체로군. 감당이 안 돼. 죽는 편이 그나마 낫지."

마음껏 떠든 프리실라가 일어나, 단상에서 스바루 앞까지 내려왔다.

"차라리── 소녀가 목을 쳐주어도 되노라."

다음 순간, 프리실라의 가슴에서 뽑힌 부채가 스바루의 목덜미, 오른쪽 경동맥에 사뿐히 닿고 있었다. 공격 순간이 보이지 않고, 언제 팔을 휘둘렀는지도 알 수 없는 달인의 기술이다.

부채는 날붙이도 아님에도 스바루에게 몸을 꿈틀거린 순간에 목이 떨어진다는 착각을 주었다.

"눈으로 쫓는 것도 못 하는가."

프리실라는 무심코 숨을 집어삼킨 스바루에게 따분한 듯이 말하고 부채를 치웠다.

"미련한 데에다 우둔하기까지 하면 정녕 구제할 도리가 없군. ……하나 이렇게까지 지독한 대접을 받으면서도, 주군을 염려해 행동하는 네놈의 충의만은 가상한 것이야. 거기서."

소리를 내며 부채를 펼친다. 눈을 가늘게 뜬 프리실라는 입가를 그 붉은 장막으로 가렸다.

"네놈의 행위를 비웃기만 하고 내쫓기는 아무리 소녀라도 꺼려지는군. 따라서 기회를 주겠다."

"……기, 기회?"

"그래, 기회니라. 챠안스라는 것이로군."

알에게서 들었는지 현대어를 조악한 발음으로 주워섬기면서 프리실라는 도로 접은 부채를 스바루에게 뻗었다. 올곧게, 조용히 다가오는 그것을 왠지 스바루는 피하지 못하고, 부채 끝에 이마가 밀려 그대로 엉덩방아를 찧고 만다. 그리고.

"핥아라."

눈앞에, 신발을 벗은 프리실라의 맨발이 내밀어졌다.

"————."

말뜻을 알 수 없어 스바루의 시선이 프리실라의 얼굴과 발 사이를 헤맸다.

그런 미아 같은 스바루를 내려다보며 프리실라는 머리 나쁜 아이에게 타이르듯이 자상하게, 노예를 지분거리듯이 악랄하게 말했다.

"바닥을 기며, 수치와 굴욕을 곱씹고, 꼴사나운 들개처럼, 어미젖을 빠는 갓난아기처럼 소녀의 발을 핥아라. ——그럴 수 있으면 네놈의 제안을 고려해주마."

"뭣——?!"

"싫다면 상관없다. 자신의 가소로운 긍지를 우선해 꼬리를 흔들던 주인을 황야로 내버리겠다면 그도 좋지. 어느 쪽이든 간에 소녀에게는 한 재미니라."

어떻게 굴러가도 자신은 즐길 수 있다고, 프리실라는 입가를 가리며 코웃음 친다.

그런 프리실라의 악의밖에 없는 태도에 스바루의 오장육부가 분노로 끓어올랐다.

하지만 언성을 높여 감정이 가는 대로 행동하는 짓은 직전에 참아냈다. 여기서 감정에 맡겨 내쳐버리면, 교섭은 또다시 파탄난다.

"————."

눈앞에 내밀어져 있는 발과, 조소하는 프리실라의 얼굴을 번갈아 쳐다본다.

눈을 감으면 에밀리아가, 람과 베아트리스가. 마을의 아이들과 어른들의 얼굴이 잇달아 떠오르고, 배 속에서 끓어오르는 마그마가 조금씩 진화된다.

고민. 당혹. 나온 결론은———.

"아, 알았……어."

굴욕을 참고, 스바루는 무릎 꿇어 프리실라의 발을 손에 잡았다.

에밀리아와 마을 사람들이 받을 고통에 찬 죽음을 생각하면, 이 자리에서 스바루가 맛볼 굴욕 따위 얼마나 되겠는가. 그 절망의 미래를 회피하고 도달해야 할 세계를 볼 수 있다면, 개가 되든지 뭐가 되든지 아무 상관없다.

떨리는 입술이 하얀 발등에 다가들고, 그 빨아들이는 듯한 살결에 닿는다. ──그 직전.

"아아, 정녕코 네놈── 시시하고 시시한 남자에 불과한 모양이로군."

콧등이 정면에서 발로 찌부러지고, 스바루는 하늘로 훨훨 날아가고 있었다.

"────."

세로로 회전해 시야가 상하를 잃고 돌아간다.

스바루는 무슨 일이 일어났는지 이해하지 못했다.

어마어마한 충격에 머리가 나가떨어지고 찾아온 부유감은, 직후 온몸이 딱딱한 것에 내동댕이쳐진 감촉이 다가와 두절되었다.

바닥에 대(大) 자로 누워 있음을, 잠시 의식이 애매한 시간을 거치고서 뒤늦게 알아챘다.

주르륵. 끈적거리는 액체가 콧구멍에서 대량으로 넘쳐 나오고 있었다.

"네놈의 그건 충의도 충성심도 아니다. 더 너절한, 개와 같은 의존과 돼지와 같은 욕망이야. 원하기만 할 뿐인 나태한 돼지 놈. 돼지의 욕망이 가장 추하지."

끊임없는 이명과 구역질이, 두개골 안에서 종횡무진 날뛰고 있다.

어디선가 프리실라의 목소리가 들리지만 내용이 머릿속에 들어오질 않는다.

"가령 마녀교를 물리쳤다고 하더라도, 네놈 같은 짐승새끼를

거느린 진영 따위 쇠약해졌을 때 내가 쳐 없애주마. 네놈의 경솔한 소행과 태도가, 소녀에게 그런 마음을 먹게 했다."

드러누운 멱살이 그러잡히고 거칠게 몸이 일으켜진다.

상체가 일으켜진 스바루의 코에서 더욱 피가 흘러나오고, 숨이 막혀 기침하는 스바루에게 인정사정없는 말이 지척에서 퍼부어졌다.

"──자랑하도록 하여라. 네놈이 그 여자를, 에밀리아를 파멸로 꾀어낸 것이라고."

힘껏 떠밀린 스바루의 몸은 바닥 위를 미끄러져 입구의 문 앞까지 굴러갔다.

굴러간 자리 이곳저곳에 피의 흔적이 남지만, 프리실라는 그 혈흔보다 스바루 자신을 보는 쪽이 더 불쾌하다는 말이라도 하고 싶은 듯한 표정으로 입을 열었다.

"──알데바란!"

앙칼진 목소리로 외치자 바깥과 이어지는 유일한 문이 건너편에서 열렸다.

얼굴을 내민 알이 문 앞에서 피범벅이 된 스바루를 바라보았다.

"이봐, 이봐. 이건 웬 난리야……."

"그 불쾌한 머저리를 끄집어내라. 뭐하면 베어버려도 상관없다."

"그건 상관해야지, 여러모로……. 자, 가자고, 형제."

분개하는 주군에게 항변하지 않고 알은 쓰러진 스바루를 훌쩍 둘러메고 냉큼 문을 넘어갔다.

하지만 떠날 적에 슬쩍 방 안의 프리실라에게 얼굴을 돌리고 말했다.

"그렇게 화내지 말고, 공주. 귀여운 얼굴이 흉포함 때문에 가치 떨어지잖아?"

"네 붕괴 낯짝을 더욱 파괴하고 싶지 않으면 냉큼 끌고 가라. 두 번은 말하지 않겠다, 알데바란."

"그 이름으로 부르지 말라니깐."

아무렇게나 대충 말을 남긴 알은 스바루를 둘러멘 채로 냉큼 문을 닫았다.

잰걸음으로 계단을 내려가면서 알은 어깨 위의 스바루를 염려하는 목소리로 말했다.

"일단 서둘러 도망쳐두는 편이 나을걸. 공주라고. 금방 마음이 바뀌어서 목을 치란 말이 나올지도 몰라. 베지 않아도 될 동안에 도망쳐둬라."

"아, 흐어……?"

"이거 글렀군. 일행 아가씨 불러올 테니, 나머지는 바깥에서 어떻게 해줘."

의식이 몽롱해진 스바루의 모습에 알은 까다롭다는 듯이 요령 좋게 어깨를 으쓱였다.

그 뒤에 속도를 더욱 높여 계단을 날듯이 뛰어내려갔다.

"——스바루 군?!"

저택의 대문에 기대놓아 앉힌 스바루의 모습에 낯빛을 바꾼 렘이 달려왔다.

렘은 맥없이 풀썩 주저앉은 스바루를 만져 그 부상 수준을 확인하면서 치유 마법을 영창했다. 뿌연 빛이 스바루의 얼굴 상처 자국을 감싸기 시작한다.

"위에서 무슨 일이 있었나요?"

"아——, 거시기. 아무래도 우리 공주 심보가 수틀렸나 봐. 조심하라고 말했지만…… 뭐, 고양이 심보를 완벽하게 예상하래도 무리가 있으니."

겸연쩍은 듯한 알의 답변. 하지만 그 말투에는 죄책감과 성의가 눈곱만큼도 없다.

그 태도에 렘은 기가 막혀 항의의 목소리를 높이려고 한다. 하지만.

"……아무 말도, 안 해도 돼."

"——! 스바루 군. 의식은 괜찮아요?"

뇌진탕이 치유됨에 따라 몽롱해진 의식이 수습되기 시작한다. 스바루의 목소리에 얼굴이 밝아진 렘이 더욱 치료에 집중하고자 눈을 감았다.

"스바루 군은 정말로 눈을 떼지 못할 사람이에요. 불과 약 한 시간 떨어졌을 뿐인데, 이렇게 크게 다쳐서 돌아오고요."

"나도, 다치고 싶어서 다친 건……."

혈액 순환이 정상으로 돌아오자 재차 콧구멍에서 피가 흘러나온다. 순간적으로 들어 올린 손으로 뚝뚝 떨어지는 코피를 받아내자 렘이 품속에서 꺼낸 수건을 살그머니 얼굴에 대어주었다.

"누르고 있으세요. 피 흐름이 끊기면 자연히 멎어요. 치료, 계속할게요."

"……넵."

스바루는 렘의 분부대로 코를 막고 천천히 와 닿는 치료의 마나를 받아들였다.

그 모습을 바라보던 알이 "괜찮은가 보군."하고 끄덕였다.

"자리만 지킬 뿐이면 의미 없으니 나도 안에 돌아간다. 무슨 얘기 했는지 모르겠지만 꼴 봐선 잘 풀리지 않은 모양이고. 너무 늦게 돌아가면 공주가 진짜로 형제를 베어버리라고 할지도 몰라."

"스바루 군을 벤다……?!"

"무서운 얼굴 하지 마, 아가씨! 할지도 모른단 소리야! 그러니까 말하기 전에 후다닥 도망쳐둬. 나도 그런 짓 하고 싶지 않다고."

렘이 과민하게 반응하자 화들짝 대답한 알이 맥없이 어깨를 늘어뜨리고는 고개를 기울이며 말을 이었다.

"그럼 보중해라, 형제. 그쪽 아가씨도…… 아―, 확실히 람이랬던가. 형제 잘 부탁한다."

"――람은 언니의 이름입니다. 렘의 이름은 렘이라고 합니다. 알 님."

가벼운 어조로 작별 인사하고 등을 돌리려던 알에게 렘이 정식으로 이름을 밝혔다.

그 순간, 알의 발이 멈추었다.

"……렘?"

발을 멈춘 알은 희미하게 위를 쳐다보고, 이어서 천천히 돌아보았다.

"말도 안 되는 소리 마. 람이잖아?"

"렘입니다. ……실례지만, 알 님은 어디서 언니와 만나셨나요?"

판박이인 언니와 착각한 것을 렘은 그렇게 해석하고 되물었다. 그러나 그에 대한 알의 대답은 없다.

알은 들어 올린 외팔로 자신의 투구를 만지고, 황망하게 그 금속구로 덜컥덜컥 소리를 냈다.

"어떻게 되어먹은 거야, 어이……."

뭔가 납득 가지 않는지 알의 목소리에는 초조가 서려 있었다. 그것을 증명하듯이 투구를 만지는 손가락의 움직임도 서서히 빨라지고 있다.

"아가씨는 렘이고…… 언니가 람."

"네, 그렇습니다."

"이런 말 물으면 뭐한데…… 아가씨네 언니란 건 살아있는 거야?"

"……? 질문하시는 의도를 알 수 없지만, 언니는 당연히 존명

중이세요.”

렘이 그렇게 대꾸한 순간, 가만히 그 대화를 듣고 있던 스바루의 피부에 소름이 돋았다.

“──웃기지, 마.”

낮게, 차갑게, 그 목소리는 묵직한 여운을 수반하며 고막을 때렸다.

투구 위로 이마를 만진 알은 목을 움츠리고 목에서 쥐어짜내듯이 뇌까렸다.

그때야 스바루는 오한의 정체가 알이 뿜는 귀기라고 깨달았다.

이 자리에 있어선 안 된다고, 본능이 경종을 울리고 있다. 같은 것을 렘도 느낀 모양이라 그녀는 살그머니 스바루에게 다가붙어서 입을 열었다.

“스바루 군. 어깨를 부축하면 설 수 있겠어요?”

치료를 중단하고 허리를 굽힌 상태의 렘이 대놓고 경계심을 드러내며 그렇게 물었다.

그 말에 스바루는 고개를 주억이며 수긍하고, 렘이 움직이는 데에 맞추려고 숨을 골랐다.

“안심하라고. 아무 짓도 안 하니까.”

하지만 그 경계는 고개를 저으며 귀기를 억누른 알의 모습에 기우로 끝났다.

팽팽하던 긴박감이 사라지고 스바루는 무심코 어깨를 떨어뜨린다. 렘마저도 안도감에, 그 무표정을 살짝 누그러뜨릴 정도였다.

"미움 사는 분위기 푼 참에 미안하지만, 후딱 가주시지 그래.
지금 걸로 알았을 거라 보지만 나도 아무래도 별로 기분이 좋지
않은 것 같아."

"……알겠습니다. 시간을 내주셔서 감사했다고 전해주십시
오."

"네이, 알았음. 조심들 해라."

어딘가 의뭉스러운 인사치레를 나누고, 스바루는 렘에게 어
깨를 부축받으며 걷기 시작했다.

몸집이 작은 렘에게 체중을 맡기면서 두 사람은 바리에르 저
택에서 천천히 멀어졌다.

알은 비탈을 내려가 저택에서 멀어지는 둘의 등을 지그시 계
속 노려보고 있었다.

"까지 말라고. 저게, 그렇단 거냐……. 토악질이 나오는군."

6

──프리실라 바리에르와의 교섭이 결렬로 끝나고, 이번에
야말로 모든 길은 무너졌다.

"최우선이던 전력 확보는 나로선 무리란 뜻이냐……."

절망감과 무력감에 망연자실해하면서 스바루는 자신의 코를

만지고 그렇게 중얼거렸다.

　귀중한 하루의 오전을 프리실라에게 허비하고 지금은 딱 정오를 맞이한 시기다. 스바루가 설정한 왕도 출발의 제한 시간까지는 반나절. 시간적인 여유는 더욱 줄어든 상황이다.

　그런데도 상황은 일진일퇴는커녕 후퇴만 할 뿐이니 얘기가 안 된다.

　"그건 그렇고 그 망할 거만녀가…… 도와준 은혜도 잊어버렸겠다……!"

　첫 대면 때, 악한에게 에워싸인 프리실라를 데리고 나온 공적을 언급한 스바루는 울화통에 입술 끝을 일그러뜨리며 혀를 찼다.

　은의라고는 눈곱만큼도 느끼지 못한 태도였던 건 사실이지만, 이렇게 지푸라기라도 잡는 심정으로 도움을 청한 상대에게마저 저다지도 무정하게 대응하리란 생각까지는 못했다.

　알도 알이다. 주인의 폭거에 아무 간언도 하지 않으려는 야박한 작태. 뭘 위한 동향인지, 쓸모없는 남자다.

　"이놈저놈 다 엿 먹으라지. 아무것도 모르는 주제에. 아무것도 알아먹지 못하는 주제에…… 아무도 무엇도 지키지 못하는 주제에, 내 훼방만 하질 않나……!"

　이를 갈다가 짜증스럽게 스바루는 어금니를 깨문다. 입술 끝이 터져 피가 혀를 적시지만, 분노와 굴욕에 쇠맛조차 느껴지지 않는다.

　"──기분을 바꿔, 바꾸라고. 그런 바보들에게 매달릴 새가 없어."

생각해야만 하는 사항이 많다.

렘을 마지막 발버둥질 목적으로 내보내고, 스바루는 그녀와 만나기로 약속한 장소로 간다. 발은 귀족가의 거리를 지나가 왕도 중층의 상업구로 들어가고 있었다.

그대로 인파를 헤치며 목적지로 똑바로 향하고 있었을 때였다.

"오―! 거기 오빠! 엄청 아프겠다! 괜찮아?"

"아?"

뜬금없이 말이 걸려와 놀란 스바루는 시선을 비스듬히 아래로 돌렸다.

상대의 신장이 낮은 것이다. 상대의 키는 스바루의 허리께밖에 오지 않아, 발돋움해서 고개를 내밀어 쳐다보고 있었다.

주황색 체모에 동글동글한 눈, 깜찍한 이목구비가 희색으로 가득한 새끼 고양이 수인(獸人)이었다.

"피 나왔었지? 미미도 가끔씩 밥 먹고 있을 때에 입안 씹으니까 알아! 그거 무지 아파! 울 것 같아? 울 것 같아?"

"그런 어린애 같은 이유로 나온 피가…… 아니, 바쁘니까 나중에 하자."

"고치지 않아도 돼? 쿵쿵, 쿵쿵. 그리고 오빠, 입 말고도 피 냄새 나는데? 코피 줄줄 흘렸어?"

프리실라에게 당한 상처는 벌써 아물었을 테지만, 소녀의 후각은 그 자취를 감지한 모양이다. 탐탁지 않은 기억이 되살아나려고 해서 스바루는 소녀를 밀쳐낼 뻔했다.

"인석, 미미. 남한티 폐 끼치믄 어카노. 장난치믄 못 쓴데이."

그러나 스바루가 그러기보다 먼저 소녀의 동행이 그녀를 발견하는 쪽이 더 빨랐다. 부드러운 목소리에 미미라고 불린 소녀가 돌아보고 짧은 팔을 기운차게 흔들었다.

그리고 그 모습을 흐뭇하게 쳐다보며 걸어오고 있는 인물은.

"──윽."

"대단히 죄송합니더. 우리 아가 폐를 끼쳐서…… 음──음?"

숨을 죽인 스바루. 그 태도에 상대의 사과가 중단되고, 곧 눈 치챈 얼굴이 되었다.

놀람이 한순간에 가시고, 대신에 예상 밖의 사건을 환영하는 듯한 낌새가 눈에 어린다.

"아마…… 맞다, 나츠키제. 에밀리아의 기사, 나츠키 스바루. ──느그 아직 왕도에 있었노. 이긴 별일 다 있다카이."

색소가 엷은, 부드러운 보라색 머리카락을 가진 아담한 몸집의 여성이다. 가늘어진 연두색 눈에는 마주하는 자의 마음을 온화하게 간질이는 빛이 맺혀 있다. ──그러나 스바루는 이 여성의 본질이 포식자임을 알고 있다.

모습을 본 장소는 다를지라도 그 이질적인 분위기를 잘못 볼 턱이 없다.

"아나스타시아 호신……."

"응, 맞데이. 똑바루 기억해쌌구마. 잘됐데이. 낸 그기서 인상 흐리지 않을까 걱정했었다카이. 안심했다……. 고맨치 난리던 나츠키가 기억하고 있다믄 다른 사람도 꼭 괜찮을끼니."

귀에 익지 않은 칸사이 사투리── 카라라기 사투리로 말하는 아나스타시아가 해사하게 미소 지었다.

　생각 못 한 조우에 스바루는 놀라고, 이어서 주위에 시선을 내돌렸다. 아나스타시아가 이곳에 있다는 말은, 그 주위에는 그 남자의 모습이──.

　"안심하그라. 율리우스와는 별도 행동 중. 이리 안 온데이."

　"……그러냐."

　초조해한 원인을 간파당한 스바루는 불편한 심정을 대답에 실었다. 입에 손을 대고서 즐거운 듯한 아나스타시아를 보고 주종 모두 밉상이라는 감상을 품었다.

　예정 밖의 조우. 하지만 스바루는 이것을 호기라고 생각할 수는 없다.

　애초에 율리우스 건이 있다. 연병장에서 벌인 그와의 갈등을 감안하면 아나스타시아의 진영과는 아무리 해도 절대 손을 잡을 수는 없으니까.

　"일단 몸 상태는 괜찮아 보이고마. 아주 살짝이지만도 걱정해싸서."

　"……그건 고맙군. 네 쪽이야말로 상태는 좋아 보이는데."

　"마, 좀 글타."

　"오─! 좀 글타글타─!"

　스바루의 이죽거림에 칸사이 사람 그 자체인 대답이 튀어 나오고, 거기에 새끼 고양이가 즐겁게 웃었다. 이쪽 소녀는 미미라고 불리고 있었던가. 아나스타시아는 그녀와 둘이 일행인 모양이다.

"이 시대를 주름잡는 왕선의 주역이 호위도 대동하지 않고 어슬렁거려도 되는 거냐."

"일단 안 들키도록 변장했을 작정인디, 안 되긋나?"

그 자리에서 빙글 돌아 마을 소녀의 모습을 의식한 변장을 과시하는 아나스타시아. 확실히 의상에서 그녀다운 면모는 빠졌지만, 정작 하얀 여우의 목도리와 거대한 돈지갑이 건재해서는 그 말도 설득력이 없다. 스바루의 차가운 눈초리에 대체적인 감상을 알아챈 듯한 아나스타시아는 웃으며 말을 이었다.

"마, 내 매력을 못 숨기는 기는 어쩔 수 없는 기라. 글고 여차하믄 내 듬직한 부단장님이 힘써줄 끼니 걱정 말그라."

"듬직한 부단장······?"

얄팍한 가슴을 편 아나스타시아가 미미를 보는 모습에 스바루는 미심쩍은 표정을 지었다. 호위 대상을 팽개치고 노점에 값만 묻고 다니는 미미의 모습에 그런 분위기는 한 톨도 찾아볼 수 없다.

"의심하는 표정인디, 참말이데이? 저 아, 우리 사병단의 둘째 고수다카이. 율리우스와 싸워두 나츠키보다 훨씬 건투할 수 있을 끼다."

"············."

"아, 화났노? 미안타. 봐주그라? 괴롭힐 보람이 있는 아 보믄, 무심코 이런 기라."

뭐가 '무심코'란 말인가. 스바루는 입술을 뒤틀어 불만을 드러냈다.

"잡담하고 싶을 뿐이라면 가도 될까? 그쪽이랑 다르게 난 할 일이 있거든."

"뭐꼬, 매정하다카이. 할 일이라니 먼 일이고?"

"일행이랑 만나기로 약속했어. 그리고 왕도를 나갈 용차 수배 라든가, 여러 가지지."

렘과 만날 약속을 한 곳은 왕도 정문과 통하는 큰 길거리의 식사처 중 한 곳이다. 발버둥질의 성공 여부를 불문하고 몇 시간 뒤에는 용차를 수배해 왕도에서 나갈 필요가 있었다.

"흐응, 용차 수배. 그기 말인디, 믿을 데는 있나? 지금 왕도에 서 용차 확보하기는 실은 꽤 고생이데이. 요래저래 성가신 일이 겹친 모양인기라."

"용차 수배가 힘들어? 그럴 리……."

'없다.' 라고 말을 이으려다가 스바루는 말문이 막혔다.

지금까지의 루프에서 당연한 듯이 용차를 사용해 메이더스령 까지 돌아갔었지만, 1회째 세계에서 이용한 용차는 크루쉬에 게서 빌린 것이다. 2회째도 큰 차이가 없다면 같은 이유로 크루 쉬에게 빌린 것이라고 추측할 수 있다.

"어디 누기가 온 왕도의 용차를 사재기했다드라. 고런저런 이 유로 지금 왕도에서 용차를 빌리겠다믄, 발품 좀 팔아야 한데 이."

"……진짜냐."

소리 없이 웃는 아나스타시아의 모습에 스바루는 멍하니 그 말만 중얼거렸다.

그녀에게 거짓말을 할 이유는 없다. 여기에 와서, 왕도를 나가는 정도의 일에도 장애가 따른다. 믿을 수 없을 만큼 고난만이 쏟아지는 전개에 스바루는 머리를 부둥켜안았다.

"아가씨, 심술부리면 안 돼―."

하지만 그렇게 고개 숙인 스바루를 본 미미가 아나스타시아의 소매를 끌어당겼다.

"용차라면 그 도마뱀이지? 아가씨가 오빠한테 빌려주면 되잖아."

"용차를 빌려준다니, 가지고 있는 거야?!"

"그야 내두 상회의 대표자니께. 용차 한두 대야 융통할 수 있는디? 근디 나츠키는 내캉 대화하고 싶지 않나 보구우."

"으……. 아까는 그, 태도가 안 좋아서……."

서서 하는 이야기를 접으려던 행동을 지적받은 스바루가 겸연쩍은 얼굴로 입을 우물거렸다. 그 모습에 아나스타시아는 입에 손을 대고서 키득키득 웃었다.

"됐다, 됐다. 마, 용서해주마. 대신에 같이 좀 잡담하자. 부탁이고 뭐꼬, 원활한 인간관계가 중요하데이. 장소는, 그 약속 장소 가게면 되니께."

그 가련한 장사꾼의 미소. 스바루에게 이를 거부할 말은 없었다.

7

"점심이라기는 좀 이르지만도, 가게에서 시키지도 않는 기는 너무하니께."

그렇게 말하며 아나스타시아가 카운터에서 경식을 들고 왔다. 빵에 야채와 고기를 끼운, 세로로 긴 햄버거 같은 식사다. 미미가 아나스타시아로부터 그것을 받고 기쁜 얼굴로 깨물고 있다.

장소는 왕도 정문 앞 큰 길거리의 경식점이다. 왕도에서 가장 사람의 왕래가 많은 곳인 만큼 끊임없이 사람이 드나들고 있다. 가게 안은 만석으로, 스바루 일행이 앉은 자리가 마지막 빈자리였다.

"나츠키두 사양 말고 먹어도 되는디? 여서 약속할 정도니께 밥도 먹을 셈 아이가?"

"부탁하는 판국에 밥까지 얻어먹어선 맘이 불편해. 밥이라면 일행이 오면 같이 먹을 테니 내버려둬도 돼. 아나스…… 아니."

자리 수는 많지만 가게 안은 그다지 넓지 않다. 어수선하게 북적이는 곳에서, 아나스타시아의 이름을 직접 부르기에는 주저되었다.

"고케까지 배려 안 해두 된다. 부르기 어렵다믄 아가씨라도 되는디?"

"그건 그거대로 부르기 어렵다고. ……그래서, 용차 말인데."

"곧장 본론으로 들어가려고 칸다. 지 목적만 우선하믄 상대는 안 좋아한데이. 교섭의 기본은 얼마나 상대 속 안에 들어갈 수 있는가. 나츠키는 고게 못 쓰긋네."

조급해하는 스바루를 꼬집고 아나스타시아도 자기 몫 식사에 입을 대었다. 야채와 고기가 씹힌다. 소스를 핥는 혀가 어딘가 요염하다.

크루쉬와 프리실라도 그렇지만 역시 아나스타시아도 몸짓 하나하나에 어딘가 일반인과 다른 매력이 있다. 왕선의 후보자가 가진, 모종의 자질이 발로한 모습이라고 해야 할까.

"먹는 꼴 빤히 보면 살짝 창피하데이. 내는 막 살아서 매너가 안 되어먹은기라. 먹는 법, 이상하지 않나?"

"그걸 지적할 수 있을 만큼 나도 교양 레벨이 높지 않아. ……그게 아니라 전혀 이상하지 않다고 봐. 크게 입 벌리고 덥석 무는 여자는, 그, 드무니까."

"……그거, 혹시 속 안에 들어가잔 작정으로 하는 기고? 그라믄 텄다."

스바루가 쥐어짜낸 양보에 아나스타시아는 깔깔 웃으며 저평가를 내렸다. 그녀의 무자비한 판단에 스바루는 벌써부터 두 손을 들었다.

"저기 말이야, 농담이 아니라고. 정말로 난처해하고 있어. 그러니까 본론으로 들어가고 싶어."

"정에 호소해 봤자 내 같은 인종이 상대믄 졸책 중의 졸책이지. 그래두 노력은 인정할까. 용차 수배라 캤지?"

말과 함께 아나스타시아가 품속에서 깃털 펜을 뽑았다. 그리고 그녀는 빵을 싸고 있던 종이를 펼쳐서, 그곳에 술술 뭔가를 적어 넣고 접었다. 그리고,

"이 종이에 용차가 남아있을 가게의 장소하꼬, 내 이름 사인 해두었데이. 이기만 회수하믄 나츠키의 목적은 완료된다."

"재지 말라고."

"재야지. 와 그러냐믄—— 공으로 넘기믄 먼 재미고?"

조용히 말하고, 아나스타시아가 접은 종이를 카운터 위에 놓았다. 살그머니 손바닥을 덮어 시선에서 가리고, 주춤하는 스바루에게 미소를 던진다.

조금 전부터 몇 번씩 보여주던 그녀의 미소. 그 질이 지금까지와 다르게 보였다.

"고래 어깨에 힘 안 줘도 된다 아이가. 내는 그냥, 같이 잡담해줬으믄 할 뿐데이. 필요한 야기만 하구 작별이라믄 서운하다카이. 적어도 일행 아가 올 때꺼정 내랑 대화해줘두 욕심 부리는 기는 아이다 싶은디."

"왜, 그렇게까지 나 같은 거랑 하는 잡담에 매달리고 그래. 얻는 것 따위 없잖아."

"아무 의미도 없는 일은 이 세상 어디에도 없다고 내는 생각한데이. 어디의 누구에게서 어떤 착상을 얻을 수 있을지는 뉘 알겠노. 그란디 고중에서도 나츠키는 최상의 것을 얻을 수 있다, 그런 느낌이 든데이."

"……그게, 왕선의 그 장소에서 품게 한 인상이라면 환영 못

하겠군."

"그 장소 말고 내랑 나츠키하꼬 접점이 어디 있노?"

궁색하게 스바루가 꺼낸 이죽거림을 그 이상의 정론으로 싹둑 잘라낸다. 아나스타시아의 요구와 목적을 저울에 올린 스바루는 바로 체념했다.

"정말로, 렘이 올 때까지만 대화할 뿐이지? 그걸로 그 종이는 넘겨받을 수 있고."

"내는 거짓말도 하고 속임수도 쓰지만, 이기는 참이다. 서면에 맹세해도 좋다카이."

"얄밉게도 말해주셔. ……뭘 얘기하면 되지?"

"첨에 똑바로 말했다 아이가? 교섭의 기본은 상대 속 안에 파고드는 것. 대화 도사는 듣기 도사라 카는 기라. 우선 상대에게 흥미를 품는 기부터 시작하는 게 좋지 않을께네."

예컨대 우선 마지못해 이야기에 어울리는 자세부터 보이지 말라는 쓴소리일 것이다. 기분 틀어지게 만들어 약속을 파장 내도 난처한 노릇이다. 스바루는 머리를 긁으며 골똘히 생각했다.

"저기, 저기, 아가씨, 아가씨. 미미, 아까 거 더 먹고 싶어. 주문해도 돼?"

"그래라. 좋아하는 만큼 먹그라. 아, 하지만도 소스로 입 더럽히든 안 된데이. 모처럼 귀여운 얼굴이 끈적해지께네. 것두 귀엽지만도."

"쓱싹쓱싹 닦아줘! 됐다, 갔다 올게—!"

아나스타시아에게 얼굴이 닦인 미미는 야단법석 떨며 기운차게 점원 쪽으로 갔다. 그 조그만 모습에 스바루는 느낌이 딱 왔다.

"아까, 저 꼬꼬마를 부단장이라고 그러던데."

"뭐꼬? 내 야기가 아니라 미미? 나츠키, 그런 취미고? 고양이 귀만 달렸으면 앞뒤 안 가리는 성질? 그라믄 우리 아에게 접근하지 말그라?"

"그런 성가신 성벽은 없어. 애당초, 그랬더라면……."

그 말귀 못 알아듣는 인간의 저택에 있던 야옹이 귀 기사의 모습이 떠오르는 바람에 스바루는 이를 갈았다.

"아무튼 그게 아냐. 순수하게 궁금해졌을 뿐이지. 사병단이라고 하던 것 같은데."

"카라라기에선 유명하지만도. 우리 호신 상회의 전속 용병단 '철 어금니'. 출자자가 내니께 단원을 고를 권리도 내한티 있다."

그렇게 말한 아나스타시아가 황홀한 눈을 미미의 등에 보냈다.

"무지무지 귀엽제? 안고 자믄 아주 죽인다카이?"

"그런 취미란 말은 오히려 그쪽이 들을 소리잖아. 설마 부단장이란 인사까지 연줄 인사란 건 아니겠지."

"그 점은 걱정 않아두 괜찮데이. 말했다 아이가? 그 아는 '철 어금니'의 둘째 고수, 실력으로 거머쥔 부단장 자리데이. 안 그라믄 내랑 둘이서 왕도 산책은 어째 하노."

그 말에서 절대적인 신뢰를 느낀 스바루는 한 번 더 미미의 자그마한 몸을 바라보았다.

도저히 강하게 보이진 않는다. 그러나 아나스타시아의 말에는 설득력이 있었다. 왕선 후보자를 혼자서 호위하다니, 실력이 기대되지 않으면 불가능한 인사다.

"아, 말해두겠는디 단원의 상세한 내력까진 야기 몬한데이? 내두 수하를 활짝 드러낼 만큼 성격 좋지 않으니께네. 오히려 씀씀이는 나쁜 편이란 자신 있데이."

"그거야말로 자신감 가질 만한 사항이고 뭐고 아니지……."

딴죽 건 이야기를 회피해버렸지만, 스바루는 한 가지 위협으로서 '철 어금니'의 이름을 뇌리에 새겼다. 머잖아 아나스타시아와 명확하게 적대할 때, 막아설 벽의 하나로서.

"나츠키, 미간에 주름 너무 잡았다. 눈매가 못 돼졌어."

"눈매 나쁜 건 날 때부터 그래. 남의 콤플렉스 가볍게 헤집지 마라."

"콤프? 음음, 됐다. 건 그렇고 날 때부터라 캐서 생각했는디, 나츠키는 어데 출신이고? 흑발은 좀체 없제, 그 복장도 희한하제."

"출신은 지구의 일본이고, 이 옷은 체육복이란 물건이야. 아마 세계에 한 벌밖에 없을걸."

정직하게 대답하는 쪽이 마치 얼버무린 것 같은 형국이 되니까 신기한 화제다.

아니나 다를까 아나스타시아는 둘러친 말을 들은 얼굴로 입술을 삐죽였다.

"지구우의 일본이라니, 못 들어봤는디…… 어데 이야기고?"

"대폭포의 저편이야. 동쪽의 동쪽, 더욱 동쪽의 지팡구지."

"대폭포……."

웃어넘기겠거니 싶은 마음에 아무렇게나 던진 스바루의 말에 아나스타시아가 생각에 잠겼다. 예상과 다른 반응에 스바루가 눈썹을 모았다.

"웃지 않아? 라인하르트에게는 겁나게 꽂혔는데."

"음. 그카……네. 극히 가끔씩, 대폭포 저편에서 왔다고 카는 사람이 있단 야기는 들은 적 있데이. 설마 나가 맞닥뜨릴 줄은 몰랐지만도."

"유머 감각이 있는 사람이 나 말고도 있는 법이로군. 유명인인가?"

"언젠가, '황무지의 호신' 에 흥미가 생기면 조사해 보그라."

웃음기 가신 얼굴로 아나스타시아가 스바루에게 그렇게 가르쳐주었다. '황무지의 호신' 이란 말을 들은 스바루는 고개를 모로 꼬았다. 호신이란 바로 아나스타시아의 가명(家名)이다. 그리고 '황무지의 호신' 이라는 영웅담은 스바루도 들은 기억이 있다.

"호신하고 관계자란 건 아니었지? 확실히, 본받고자 그 이름을 땄다고 말하던 기억이 나는데."

"카라라기를 건국한 사람 이름이니께 카라라기 출신인 내 입장에서 보믄 무관계하다고도 못하지만도, 피의 이야기라믄 아무 관계두 없데이. 내가 맘대로 자칭하고 있을 뿐. 장사와 입신

출세의 신 같은 분의 이름이고, 재수도 좋지 안쿳나?"

"그거, 엄청 배짱 두둑한 이야기로군."

신의 이름을 자칭해 그 공적에 부끄럽지 않을 것을 자신에게 부과한다는 각오다.

왕선의 무대에서 왕국조차도 사욕으로 손에 넣는다고 호언장담한 아나스타시아의 모습이 떠오른다. 저러한 행동의 원점에서 이미 그녀는 뒤로 무를 수 없는 일선을 긋고 있던 것이다.

"실패했다간 손가락질 당하며 비웃음 사겠지만도. 그카도 내는 여까지 왔데이. 아직 길 가는 도중이니 잘난 척 말은 몬하지만도."

아나스타시아의 출신, 그 단편에 대해선 왕선의 무대에서 밝힌 소신표명으로 요점만 들었다. 카라라기의 빈민가에서 자라나, 그 뒤에는 상재만을 의지해 지금의 지위로 치고 올라왔다는 이야기다.

일국에서도 쟁쟁한 대상가를 거느리고 왕국의 왕위를 다투는 입장에서 이름을 떨친다.

새삼스럽긴 하지만 눈앞에 있는 인물이 얼마나 파격적인지 깨달은 기분이었다.

"어째서, 그렇게까지 할 수 있지? 실패하면 어떡한다거나, 무섭다는 생각은 없는 거야?"

"오, 뭐꼬 뭐꼬. 나츠키, 겨우 내게 제대루 흥미 품은기가?"

억하심정 없는, 순수한 의문이 입을 비집고 나왔다. 그건 아나스타시아가 대꾸한 바와 같이 겨우 그녀를 정면으로 바라보고 나온 질문이었을지도 모른다.

단순하게 싫은 상대도, 율리우스를 거느린 인물도 아니라 아나스타시아 개인으로서.

"실패, 실패라. 그야 내두 무섭다고 생각한데이? 내가 여태 전전전승이라곤 입이 찢어져도 말 몬하고. 단지 이때다 싶은 승부에선 계속 이겨왔지만도."

"그 내기의 연속도, 지금까지면 됐다고 생각하지 않나? 왜냐면 이미 충분하잖아. 대상인이 되고 동료도 많이 있고, 그러니."

"——충분하단 말 하지 말아주겠나? 내 만족은 내두 모른다."

갑자기 낮은 목소리와 연두색 눈에 꿰뚫리는 바람에 스바루는 무심코 멈칫했다.

"내 말이다. 꿈이 있데이."

스바루가 입을 다물자 아나스타시아가 불현듯 입술을 누그러뜨리며 갑자기 화제를 바꾸었다. 그녀는 아무 말도 못하는 스바루를 제쳐두고 손끝으로 카운터를 가볍게 두드렸다.

"빈민가에서 내일조차 모르는 매일을 지내고, 그날 생활이 최선인 중에 꿈을 품은 기라. ……내가 이 손으로, 손에 넣을 수 있는 기는 전부 손에 넣자고."

"자기 손으로, 손에 넣을 수 있는 것 전부……."

"내가 누군가가 되어서, 어데까지 갈 수 있는지 확인하자는 게 내 꿈. 그카니 요 정도로 만족한단 타협만은 절대 몬한데이.

목숨이 붙어 있는 한, 내 손이 닿는 한 잡을 수 있는 기는 전부 내 걸로 삼을 끼다. 다 잃어불고 무일푼으로 죽든지, 많은 것에 둘러싸여 충족된 채로 죽든지. ──결과가 나올 때까제 내 인생의 대승부는 계속된데이."

압도, 당했다.

눈앞의 자그마한 소녀가, 완전히 고개 꺾어 올려다봐야 할 만큼 강대한 대인물임을 이해한다.

크루쉬와도, 프리실라와도 다른 인간적인 소양. 하지만 결코 그녀들만 못하지 않은 강렬한 카리스마. 아니, 지금의 스바루에게는 그 두 사람보다 훨씬 호감이 간다.

말귀 못 알아듣는 크루쉬와 결렬하고, 오만불손한 프리실라에게 상대도 받지 못한 스바루 앞에 내려온, 하늘에서 내려온 마지막 실오라기. ──혹시 그녀가 그렇지 않은가 생각할 정도였다.

전력을 조달하지 못하고 있는 스바루에게 힘을 빌려줄 마지막 가능성.

"이봐, 아나스타시아 씨. 긴히 할 얘기가 있는데……."

처음의 골칫덩이를 내치는 자세를 내던지고, 스바루는 아나스타시아를 찬찬히 돌아보았다.

그녀에게 의지한다. 그렇게 생각하자 뇌리에 아물거리는 율리우스가 스바루의 가슴을 찌르지만, 그 상처를 억지로 누르고 이야기를 꺼내려 시도했다.

"잠─깐. 아까부터 나츠키만 듣고 있다 아이가. 내게 흥미 가져준 기는 기쁘지만도, 그라믄 불공평하지 않나."

그러나 그 결심의 첫마디를 아나스타시아의 해사한 목소리가 불러 세웠다.

"불공평하다니, 그럴 상황이…… 아니, 뭔데. 말해줘."

"하모하모, 서로 양보하는 기도 중요. 교섭 이전에 대인관계의 문제다. ……나츠키는 왕도에서 나가는 모양인디, 충분히 관광은 했노?"

"관광이라니, 태평한 소리 하지 말라고. 난 그럴 생각 없고 아나스타시아 씨도 그렇잖아. 시골내기 기분으로 훌쩍 여행 따윌 하고 있을 상황이야?"

이야기를 가로막아서까지 나오는 화제가 그거냐고, 스바루는 혀를 찰 뻔했다.

"훌쩍 여행 따윌 할 생각 없지만도, 관광도 우습게볼 게 아니데이. ──사람이 많이 있는 곳을 둘러보믄, 고거만으로도 보이는 기도 있으니께."

쓴웃음이 도중에 사라지고 아나스타시아의 목소리가 슬그머니 낮아진다. 그 태도와 표정의 변화에 눈길을 빼앗기는 스바루. 그녀는 그런 스바루에게 턱짓으로 거리를 가리켰다.

"이 거리도, 아까 시장거리도 분위기가 전과 다르제? 나츠키는 눈치 못 채나?"

"……그렇게 들으니 살기등등한 것 같은 느낌은 받았지."

불과 며칠과 몇 시간. 스바루가 아는 왕도의 광경은 그런 것이지만, 그런 스바루라도 차이를 실감할 수 있을 만큼 왕도의 분위기는 이전까지와 달라져버렸다.

"다니는 얼굴들이 다른 기라. 왕선의 야기를 쥐듣고 타지에서 욕심쟁이들이 모여든 기다."

"자기는 쏙 빼놓고 욕심쟁이란 소리가 잘도 나오는군."

"요요, 푼돈 노리는 모두와 나라 노리는 내하곤 욕심 비교하믄 불쌍하다 아이가. 그리고 장사 시기는 속도가 생명……. 눈치가 빠른 사람들의 움직임 보믄, 더 위의 움직임도 보이는 법이데이?"

아나스타시아가 말한, '위의 움직임' 이라는 건 스바루에게는 없는 사고방식이었다.

"위가 움직이믄 사람이 움직인다. 사람이 움직이믄 물자가 움직인다. 그카니 지금의 왕도에는 각지에서 행상인 따위가 우르르 들어오고 있데이. 사람을 본 다음에는 물건을 본다. 여기서부터도 요래조래 보이기 시작한단 기다."

"물건을 본다니…… 파는 물건 말이야? 지금 왕도에서, 팔리고 있는 물건에 뭔가 의미가 있다고?"

"이해가 빠르데이. 참고로 지금의 왕도에서는 여러 가지로 물건의 가치가 변동하고 있지만도, 특히 귀하게 여겨지는 기는 철제품이다. 검이니 창 같은 무기가, 왕도 안팎에서 모이고 있데이."

"철과 무기라니, 그 얘기는 들은 기억이…… 아아, 오토군."

1회째 세계에서 동행한 행상인, 오토와의 대화다. 그는 불량 재고를 대량으로 떠안고 술독에 빠져 있었지만 아무래도 이 시점에서 파산은 확정되었던 모양이었다.

"그건 그렇고 검과 갑옷…… 철을 모으고 있단 말은, 그것도 무기로 삼을 건가? 모으고 있는 놈은 설마 전쟁이라도 벌일 생각인 건 아니겠지."

"글쎄다. 목적은 물건 그 자체보다 경제를 돌리는 기라는 가능성도 있데이. 자기 주도로 호경기를 만들면 그기만으로도 명성 벌기에는 충분하다카이. 상인 무리는 횡적 연결이 강하니께…… 눈깔이 돌아갈 만큼 원하는 평가라꼬 생각한데이."

확실히 상인 입장에서 보면 장사할 기회를 만들어준 상대에게는 감사 한마디도 있을 만하리라. 상업의 활성화는 도시의 활성화에도 이어진다. 아나스타시아의 논리에 스바루는 수긍했다.

"지금 말투로 보니 철을 모으고 있는 놈이 누구인지 유명하나 보지? 그건 누구……."

"나츠키도 잘 아는 분이다."

"내가 아는 상대라니."

"──크루쉬 칼스텐 공작. 왕도에서 철을 사 모으고 있는 기는 크루쉬 씨데이."

"크루쉬가……?"

아무 생각 없이 이야기를 진행하다가 친근한 이름이 나와서 스바루는 놀랐다.

하지만 생각해 보면 짚이는 구석도 있다. 크루쉬 저택에 연일 찾아오는 내객. 그건 유력자와의 절충뿐만이 아니라, 상품을 반입하는 상인과의 교섭을 위한 것이기도 했을지 모른다.

"그런가. 러셀이 얼굴을 내비친 것도 그게 이유⋯⋯."

"러셀 펠로? 거물이구마."

당연하다면 당연하지만, 러셀의 이름은 아나스타시아도 이미 아는 것이었던 모양이다.

그리고 그녀의 정보 덕분에 스바루 안에서도 뿔뿔이 흩어진 조각이 조립되어간다.

"정원의 큰 화물에, 밤중에도 드나드는 사람들. 전부 상인을 한편으로 끌어들이는 전략인가?"

크루쉬와 잔을 나눈 밤과 바쁘게 움직이던 사용인들의 모습이 떠올랐다. 다만 그 모습들과 철제품만을 모으는 행동의 참뜻이 어딘가 제대로 겹치지 않는다.

좀 더, 뭔가 그것뿐만이 아닌 의도가 얽혀 있는 느낌이 들어서——.

"⋯⋯그딴 게, 이제 와서 나랑 무슨 관계가 있단 거야."

의문을 추구하려다가 그 도중에 스바루는 헛수고란 느낌을 받아 그것을 내던졌다.

크루쉬가 무슨 꿍꿍이로 왕도의 경제를 휘젓고 있느냐는 스바루하고 관계없다. 스바루에게 중요한 건 마녀교에 대항할 수단, 그뿐이다.

그런데 왜, 이렇게 쓸데없는 사고에 의식을 할애해야만 하는가. 그것은⋯

"——그럭저럭 참고론 돼쌌나."

사고가 막다른 곳에 이르렀을 때, 정면의 아나스타시아가 그렇게 중얼거렸다.

　유달리 인상적으로 울린 목소리에 스바루가 고개를 들자, 그녀는 슬쩍 손바닥을 내밀었다. 무심코 받아 든 물건은 용차 수배에 필요하다고 앞서 말했던 쪽지였다.

　"고맙데이, 나츠키. 듣고 싶은 말은 충분히 끄집어냈다."

　쪽지와 아나스타시아의 웃는 얼굴을 본 스바루는 이야기의 종결을 깨달았다.

　하지만 아직 렘은 가게에 오지 않았다. 그런데 이제 충분하다는 대사는——.

　거기까지 생각하다가 스바루는 퍼뜩 위화감을 눈치챘다. 너무 늦은, 위화감을.

　"……이건, 우연인가?"

　"——글쎄, 니는 어케 생각하노?"

　이를 가는 스바루에게 아나스타시아의 담담한 목소리가 얹힌다. 그녀의 연두색 눈은 마치 스바루의 표정 변화를 놓치지 않겠다는 듯이 꿰뚫고 있었다.

　——자신이 연출한 무대에서 고스란히 춤춘 광대의 전말을 지켜보듯이.

　"거리에서 맞닥뜨렸을 때부터 전부 수작 부리고 있었던 건가. 내게서, 지금 이야기를 듣기 위해."

　"싸우고 헤어져서 크루쉬 씨네에서 뛰쳐나온 기 어젯밤 맞나? 지금이라믄 입도 눈도 표정도, 여러 군데 자빠지기 쉽지 않을게네 싶었데이."

속았다. 그 사실에 스바루의 머리로 피가 올라 목구멍이 턱 막혔다.

"이……런 방식으로 만족하냐! 이런…… 속임수 같은 방식으로!"

"내도 맘이 쓰겁데이. 하지만도 내캉 나츠키 관계에 같이 웃으며 원만하게 정보 교환하긴 어려운기라. 신용 없는 거래에 보험 거는 기도 당연하다 아이가."

얼굴을 맞대고 신용이 없는 상대라고 비방당한 것이 가슴을 찔렀다.

가슴에 손을 대며, 스바루는 아나스타시아를 철천지원수라도 노려보는 듯한 눈으로 쏘아보았다.

"너도 그렇게, 내가 마음에 들지 않는다고 잘못된 선택을 하는 거냐……."

"내가 잘못된 선택을 해?"

"눈앞의 하잘것없는 일에 걸려들어서, 중요한 것을 못 본다고 하는 거야! 바른 길을 간과해서, 잘못된 선택을 하고 후회할 텐데……!"

"무엇이 바르다느니, 무엇이 잘못된 선택이라느니. 마, 별별 사고방식이 다 있다고는 생각카지만, 내가 할 수 있는 말은 일단 하나다."

아나스타시아는 이를 가는 스바루에게 갸웃하며, 끝까지 미소를 고수했다.

"자신이 바르다고 믿게 카고 싶으믄, 상응하는 기를 보여야지. 그리고 내는 나츠키에게서 그걸 못 봤다. 평가를 바꾸려면, 다른 평가로 뒤집을 수밖에 없데이."

"⎯⎯⎯⎯."

"평가를 정하는 기는 그때까지 한 행동…… 즉, 과거데이. 뭘 어카든 과거는 못 바꾼다. 따라서 내 안의 나츠키의 평가도 변함없는 채."

자신의 얄팍한 가슴을 가볍게 두드린 아나스타시아가 격분한 스바루를 밑에서 살며시 올려다본다.

그리고,

"저지른 짓은, 절대로 없어지지 않는데이?"

"익⎯⎯!!"

"오빠, 아가씨에게 그 이상은 다가서면 안 돼⎯. 미미, 무지 세니까."

무심코 발을 내디디려던 스바루의 얼굴 앞에 커다란 지팡이가 들어섰다. 미미다. 스바루와 아나스타시아 사이에 끼어들어 욱한 스바루를 견제하고 있다.

"고맙데이, 미미. 근디 암것두 안 해도 된다. 나츠키도 아무것도 못할 끼니께."

"……윽! 내가! 아무것도 못한다고 맘대로!"

"얼래, 내가 아픈 데를 찔렀노? 그라믄 미안하데이? 하지만 이용한 건 사과 안 한다. 씌울 수 있는 데에서 바가지 씌우는 기는 상인의 철칙이니께."

침을 튀기는 스바루에게서 거리를 벌린 아나스타시아가 뒷짐을 지며 고개를 갸우뚱거렸다.

"그리고 피차 말하는 만큼 손해 없는 대화였다 아이가? 내는 듣고 싶은 말을 들은 노릇이구, 나츠키도 내게 질문 잔뜩 해줬다 안카나."

"그거야말로 네가 유도했을 뿐이잖아! 더러운…… 더러운 짓거리해대고!"

"그러니께 처음에 내가 거짓말도 하꼬 속임수도 쓴다고 했다 안카나. 서면으로 맹세할까 했더니 게까정 보험 걸지 않았던 기는 나츠키 아니가?"

"어느 입이 그런 소리를……! 너희는 주종 모두 최악이야! 엿이나 먹어!"

맨 처음 직관에, 시장거리에서 얼굴을 본 순간에 느낀 혐오에 따랐어야 했던 것이다.

율리우스를 거느리고 있는 시점에서, 그녀는 최악이라고 이해했어야 했다. 그런데 하필이면 화술에 홀려서 신용할 수 있는 상대가 아닌가 싶어 매달리자는 생각조차 해버리고.

자신은 어디까지—— 정말로 어디까지 망신을 봐야 직성이 풀린다는 말인가.

"……율리우스도 보답 못 받는고마. 내 탓이기도 하지만도."

아나스타시아의 말에 귀를 기울이지 않고, 스바루는 손안의 종이를 찢어버리려고 한다. 하지만 충동적으로 행동하기 직전에, 정말로 수확이 제로가 된다는 자각이 그 행동을 주저하게 했다.

"역시 게까지 미련한 짓은 안카나 보다. 안심했데이. ——미미."

"네에—! 오빠야, 이쪽 봐!"

거칠게 숨 쉬며 종이를 움켜쥔 스바루에게 미미가 지팡이를 드리운다. 뿌연 광채가, 우뚝 선 스바루의 얼굴을 부드럽게 감쌌다.

"아픈 거 아픈 거 날아갔다!"

"————."

처음 조우한 이래로 터진 채 남아있던 입술 상처가 치유의 마법으로 치료되었다.

말을 못하고 있는 스바루에게 미미는 헬쭉 고민이 없을 듯한 얼굴로 웃어 보였다.

"아가씨는 말썽꾸러기지만 나쁜 맘은 전혀 없으니까 용서해 줘—. 친구 없으니까 대충대충이거든."

"미미, 쓸데없는 말은 안 해도 된데이. ……그라믄 또 보자, 나츠키."

철저하리만큼 당하고, 온정까지 받고. 와들와들 어깨를 떠는 스바루 앞에서 아나스타시아가 등을 돌렸다. 그 등에 달려들 수 있으면 얼마나 좋을까.

"마지막으로 딱 한 가지만, 나츠키에게 교섭의 요령 보충학습 이데이."

멈춰 서서, 등을 돌린 채 아나스타시아가 손가락을 세우고 말했다.

"교섭의 비결은, 교섭 탁자에 앉기 전에 얼마나 준비할 수 있느냐로 정해진다. 잔재주를 배우는 기는 물론, 우위에 설 상황

을 만드는 기도 마찬가지. 저가 알고서, 상대가 원하는 것을 늘 어뜨린다. 원한다 원한다 뿐인 나츠키에게 부족한 기는 고거데 이.”

아나스타시아의 속내를 알 수 없다. 이제 와서 그런 이야기를 들어 봤자 의미가 없다.

하지만 그 말이 무엇을 의미하는지는 금방 알 수 있었다.

“그라믄, 가자. ──다들.”

아나스타시아가 손뼉을 치고 그렇게 불렀다. 그녀의 거동에 스바루가 눈썹을 찡그린 것과, 가게 안에 있던 손님이 일제히 일어선 건 동시였다.

만석의 가게 안에 있던 손님이 전원, 가게 밖으로 가는 아나스타시아를 따라 나간다.

전원이 머리부터 후드를 뒤집어써서 그 내력을 숨기고 있던 집단이다. 주의 깊게 보니 머리에 부자연스러운 혹── 아마도 짐승의 귀가 숨어 있는 걸 알 수 있었다.

아나스타시아의 사병단 ‘철 어금니’ 의 이름이, 뇌리에 똑똑히 스쳤다.

“뭐야, 다들 있었어──? 아──, 오빠 다음에 또 봐!”

줄줄이 서는 동료에게 웃어 보인 미미가 마지막으로 스바루에게 손을 흔들며 가게를 뛰쳐나갔다. 그리고 텅텅 빈 가게 안에 남은 건 스바루와 가게주인 두 사람뿐이었다.

──교섭 탁자에 앉기 전에, 얼마나 준비할 수 있느냐. 요컨대, 그런 뜻이다.

"제기랄!"

한심스러운 자신을 견딜 수 없어서 스바루는 카운터에 주먹을 내리친다. 가게 안에 손님이 없어지는 바람에 스바루와 비슷하게 난처한 얼굴을 하고 있던 가게주인만이 허둥지둥 안쪽으로 들어갔다.

"——스바루 군?"

그대로, 굴욕에 어깨를 떨고 있던 스바루를 부르는 목소리가 있었다.

렘이다. 가게에서 만나기로 약속하고, 합류할 예정이던 그녀가 스바루에게 달려왔다.

"스바루 군, 왜 그래요? 무슨 일이 있었……."

"——아무것도 아냐. 렘, 결과는 어땠어?"

스바루는 걱정하는 렘의 목소리를 가로막고 지금의 굴욕감을 억지로 애써 감추었다.

아나스타시아에게 꼼짝 못하고 당한 이야기 따위, 렘에게 전달해 봤자 별수 없다. 완강한 스바루의 태도에 렘은 입을 다물고, 이어서 별도 행동의 성과를 순순히 보고했다.

"기사단 대기소에 계신 분들께 마녀교의 암약을 보고하고 왔어요. 로즈월 님의 성함을 꺼내서 문전박대 당하지는 않았지만……."

후반부로 접어듦에 따라 허약해지는 어조에 스바루는 대체적인 반응을 깨달았다.

기사단에 응어리가 남은 스바루보다 로즈월의 사자로서 렘을 보내는 편이, 기사단을 움직일 수 있을 가능성은 높다. 그렇게 짐작해서 해 본 마지막 발버둥질이었지만.

"좋은 대답은 듣지 못했나."

"……비슷한 보고가 기사단에 여럿 올라오고 있는 모양이에요. 마녀교는 배경이 선명하지 않기에, 확인할 방도가 없는 밀고가 끊이질 않는다나 봐서."

"아아, 과연. 정말로 마녀 재판이라도 하던 시대 같은 마녀 취급이라 이거군. ……그 때문에 진짜가 감춰져버린대서야 웃지도 못하겠군."

잠재적으로 마녀교를 두려워하는 사람들의 숫자만큼, 환상 속 마녀교의 존재가 각지에 태어난다.

그 공포심이 기사단에 밀고라는 형태로 모여서, 결과적으로 진짜 정보의 가치까지도 흐려지다가 사라진다. 그런 본말전도가 어디 있을까.

이건 기사단의 나태와 마녀교의 사악함에야말로 원인이 있다.

기사단은 올라오는 정보를 빈틈없이 상세 조사해야 마땅하고, 마녀교 놈들은 존재 그 자체가 해악 말고 아무것도 아니다.

놓은 수가 모두 불발로 끝났다. 스바루는 그렇게 이해했다.

"전력을 끌어 모으는 게 불가능하다면…… 분하지만, 어쩔 수 없지."

"어떻게, 하겠어요?"

"뻔하지. 저택에 돌아가는 거야. 돌아가서, 에밀리아와 람을 데리고 나오겠어. 왕도든 로즈월이 외출한 곳이든 상관없어. 좌우간 그곳은 위험해."

페텔기우스의 가가대소가 뇌리에 되살아나 분통함에 스바루는 주먹을 떨었다.

그 해골 같은 낯짝을 분쇄해주고 싶어도 정작 손이 거기까지 가닿지 못한다. 가령 지금의 전력으로 도전하기를 선택하면, 정면에 렘을 세우는 건 피할 수 없다.

──그것만은 싫었다. 그건 더 이상 견딜 수 없었다.

스바루의 행위 때문에, 스바루가 생각한 결과 때문에 렘이 상처 입는 건 더는 생각할 수 없다.

페텔기우스와 싸우기 위한 전력을 준비할 수 없다면, 놈들과 일을 벌이는 것 따위 생각해선 안 된다. 렘을 잃을 선택지 따윈 논외다.

오장육부는 지금도 살의로 끓어오르고, 끊이지 않는 증오의 저주가 두개골 안에 내내 울리고 있다.

"저, 스바루 군. 실은 저택에 돌아가기 위한, 용차 말인데요……."

"──수배하기, 어렵단 얘기지? 그거라면."

귀기가 도는 스바루에게 렘이 말하기 어려운 듯이 진언했다. 그녀의 염려에 끄덕인 스바루는 아나스타시아로부터 건네받은 종이쪽지를 펼쳤다. 그곳에는 약속대로 점포의 이름과 사인이 있었다.

참패를 만끽한 교섭 중에서 스바루에게 온정으로 베풀어진 전

리품이다.

"이 가게에 말을 꺼내면 나쁘게 대하진 않을 거야. 그 정도는 확실해."

"정말이요? 그런 걸 어디서…… 스바루 군, 과연 대단해요!"

"과연. 과연 대단하다라. ……하하, 렘은 재미있는데."

"──?"

입수한 경위를 모르는 렘에게 이죽거릴 의도도 악의도 있을 리 없다.

그런데도 스바루는 메마른 웃음이 떠오르는 걸 견디지 못했다.

"시간이 없어. 당장에라도 출발하자."

당혹해하는 렘을 데리고 스바루는 가르쳐준 점포를 목표해 큰 길거리로 들어선다.

혼잡한 잡음에 짜증이 일어 혀를 차며 흙을 밟았다.

"아직 하루 반── 지금부터 왕도에서 출발하면 사흘째 내에 저택에 도착할 수 있어. 그러면, 에밀리아랑 다른 사람을 데리고 나올 시간도 있을 거야."

1회째 세계를 회상한 스바루는 시간제한을 몇 번이고 거듭 검증했다.

확실하다고 단언하지 못하는 이유는, 2회째 세계의 기억이 분명치 않기 때문이다. 비교 검증할 수 있었을 시간을 나츠키 스바루가 허투루 낭비해버렸기 때문이다.

"2회째는…… 제길! 도대체 난 며칠 동안 머리가 이상했던 거지……?!"

머리를 쥐어뜯으며 도움 안 되는 기억을, 도움 안 되는 자신을 욕하면서 걸어간다.

그런 스바루의 뒤를 보폭이 맞지 않는 렘이 열심히 속도를 맞춰 따라간다.

그런 렘의 모습을, 돌아보는 것을 잊은 스바루는 끝내 알아채지 못했다.

제3장 『백경의 아가리』

1

아나스타시아의 소개로 빌린 용차는, 지금까지 봐왔던 중에서 가장 대형의 것이었다.

거구를 자랑하는 지룡은 뒷다리로 힘차게 땅을 박차며 땅울림을 일으키며 초원을 내달린다.

"몸이 큰 만큼, 빠르다……는 건 좋지만, 이 모래 먼지는 어떻게 안 되나."

피어오르는 먼지에 시야가 뿌예져 스바루는 차부석 위에서 눈을 가늘게 떴다.

"본래는 화물 운반용의 지룡이라나 봐요. 그래서 승객에 배려 없는 방식으로 달리고, 빨리 달리기에 특화해서 조용히 달리는 조련도 받지 않았다 보니……."

"마지막 한 대였던 데다가 휴식 없이 달릴 수 있어. 배부른 소리는 못하지만…… 그래도 버겁군."

다행히 먼지의 영향은 지룡의 가호——이 세계 특유의, 개인 및 종족에 주어지는 특별한 힘으로 회피되고 있지만, 좋지 못한 시야가 짜증을 부르는 건 피할 수 없다.

스바루는 가까스로 변화를 바라볼 수 있는 하늘을 쳐다본다. 흘러가는 구름과, 천천히 각도를 바꾸는 태양. 시간의 경과를 의미하는 그 경관들이 스바루의 마음을 슬금슬금 지져대었다.

——이전에 비교해 꽤 우위에 서서 움직이고 있을 터다.

원군이야 얻지 못했지만 용차의 출발이 이틀째가 된 건 큰 변화다. 가도를 반나절 만에 빠져나가고 사흘째 아침나절에는 저택에 도달할 수 있다. 1회째 세계보다 반나절 이상이나 시간의 유예를 얻을 수 있는 것이다.

에밀리아 일행을 저택에서 데리고 나와 마녀교에게서 도망칠 시간은 충분히 있다.

"문제는…… 전 회차처럼, 도중에 마녀교 놈들과 조우할 가능성이 있다는 건가."

어렴풋한 2회째 세계의 기억으로는, 의식이 또렷하게 각성한 건 동굴 안이었다. 그게 저택에 돌아가는 도중에 일어난 사건이라면, 같은 일이 이번에도 일어날 수 있다는 뜻이다.

렘이 살해당하고 그녀를 데리고 동굴을 나가는 데에도 하루 가까운 시간을 들였음을 감안하면……

"그놈들은, 며칠 전부터 저택의 주위에 잠복해있다는 뜻이 돼."

다만 그 날짜를 확실하게 알 수 없다.

참극은 닷새째 아침에는 찾아온다. 2회째 세계에서 제정신으로 돌아온 스바루가 동굴을 나가는 데에 들인 시간을 하루 반으로 추측하면, 마녀교와의 조우는 사흘째부터 나흘째에 걸친 시점.

"즉, 내일 아침나절에 도착할 예정이면, 그놈들과의 조우 가능성은 없어지지 않아⋯⋯!"

까득. 몇 번째가 되는지 알지 못할 이갈이에 피가 밴다.

스바루는 곁눈으로 흘끗 고삐를 잡고 운전에 집중하고 있는 렘을 보았다.

마녀교와 조우하면 또 당연한 듯이 렘에게 의지할 수밖에 없다.

사전에 마녀교와 조우할 가능성을 털어놓으면 어떨까 싶지만, 막상 그 말을 입 밖으로 꺼내려고 하니 스바루는 목소리가 나오지 않는 자신을 깨닫고 말았다.

'사망귀환'으로 얻은 정보를 전달해 페널티를 받는 게 두렵다. ──그런 게 아니다.

확실히 고통에 대한 공포는 있다. 타인이 심장을 움켜쥐는 아픔은, 정상적인 인간이 견딜 수 있을 만한 게 아니다. 그런 고통을 맛보는 건 두 번 다시 생각도 하고 싶지 않을 정도다.

하지만 스바루에게 지금 마녀교의 이야기를 주저하게 만드는 건, 그 아픔이 원인은 아니다.

더 다른, 더 답이 없는 이유다.

──과연, 렘은 스바루의 이야기를 믿어줄까.

"──윽!"

생각하기만 해도 등골에 오한이 퍼져 스바루는 그에 버티지 못한 듯 어깨를 부둥켜안았다.

심장박동이 무작정 빨라지고 구역질이 내장을 압박했다. 극한 상태의 스트레스와, 한숨도 자지 못한 육체의 피로가 스바루의 정신과 육체를 갉아먹고 있다.

지금의 스바루에게 이 세상에서 가장 신용할 수 있는 것은 틀림없이 렘의 존재다.

에밀리아에게도 버림받고, 크루쉬와 프리실라, 아나스타시아에 잇달아 내쳐진 스바루는 꼬리에 꼬리를 무는 의심에 빠져 모든 것을 의심하지 않고는 있을 수 없다.

때문에 지금의 스바루에게는 렘밖에 없는 것이다.

전면적으로 모든 신뢰를 맡기고, 의심 없이 동료라고 부를 수 있는 사람은 렘뿐이었다.

만약 그런 렘에게 마녀교의 이야기를 털어놓고, 그랬는데 그녀의 표정이 의심으로 흐려지는 일이 생기면 스바루는 어떻게 될까. 생각하기만 해도 끔찍하다.

"쫄고 있을, 상황이냐……."

겁을 먹는 마음을 쫓아내려고 하지만 목소리는 잠겨서 숨결밖에 되지 못한다. 속삭임보다도 가냘픈 목소리는 지룡이 일으키는 땅울림에 지워져 스바루의 귀에도 닿지 못했다.

그토록 끔찍해도, 털어놓아야만 하는 것이다.

마녀교와 조우할 가능성이 있는 이상, 이야기하지 않는 건 배신에 불과하다.

스바루가 목숨을 잃고 되돌아온 이유는, 최선의 미래를 거머쥐기 위해서니까.

"레, 렘…… 그, 할 말이……."

"스바루 군. ──길의 전방에 사람이 모여 있어요."

"어?"

정면을 노려보는 렘의 시선을 좇아가 모래 먼지 건너편에 그림자가 여럿 떠오르는 것을 보았다.

설마, 마녀교의 복병이냐고 스바루는 전율했다.

너무도 이른 사태에 말을 잃은 스바루 앞에서, 애매하던 그림자는 서서히 윤곽을 띠다가 이윽고 뚜렷한 모양새를 빚어냈다. 그것은.

"이봐요─! 잠깐 지룡을 세우고 정보 교환하면 어떻겠어요─!"

가도 한복판에서 두 손을 흔들고 큰 소리를 지르며 용차의 제지를 호소하는 그림자.

갸름한 얼굴에 회색 머리카락을 가진 그 인물은, 행상인 오토스벤이었다.

2

"이야, 다행이네. 이 시기에 왕도에 갈 사람은 많아도 그 반대쪽은 별로 없어서요. 그러한 분에게도 이야기를 듣고 싶던 참이에요."

용차를 세운 렘과 스바루를 맞이한 오토는 두 손을 비비며 웃는 얼굴로 그렇게 얘기했다.

술에 빠져있지도 않거니와 세상을 비관한 몰골도 아니다. 더불어 말하면 부상을 입은 기색도 없어서 행상인 오토 여기 건재하도다란 느낌이다.

1회째 세계에서 필사적으로 말리는 오토를 내버린 기억이 되살아난다. 겸연쩍은 기분을 얼버무리듯이 스바루는 오토의 뒤를 내다보았다.

"이곳에 모여 있단 건, 다들 행상인이라도 되는 건가?"

"이라도 되는 게 아니라 딱 그거죠. 다들 왕도에서 한탕 하자는 욕심쟁이들뿐이에요."

묻는 스바루에게 오토는 사교성 웃음과 함께 대답했다.

가도 가장자리에는 여러 대의 용차가 정차하고 있으며, 용차의 주인일 남자들이 모여 있다. 숫자는 열 대 안팎. 용차 주인의 연령은 젊은이부터 40대 정도까지 가지각색이다.

그들은 오토와 스바루 일행의 인사가 끝나기를 가늠하다가 줄줄이 둘을 에워싸듯이 모여들기 시작해 제각기 이름을 밝히며 화제를 꺼내기 시작했다.

내용은 주로 왕도의 지금 상황, 그리고 왕선 이전과 이후의 변화. 또, 통화의 가치 변동 및 시장의 분위기 등, 상인이 신경 쓰는 문제뿐이었다.

솔직히 여기서 발을 멈출 시간도 아깝다. 오토의 무사도 확인했으므로 이야기가 일단락된 시점에서 떠나도 좋았다. 하지만.

"지금부터 출발할 건가요? 벌써 밤이고, 위험하진 않겠어요? 저희는 오늘 밤은 이곳에서 야영할 셈이니, 괜찮으면 함께하시죠?"

오토의 말대로 이미 해는 서쪽 저편으로 저물어 가도에 밤이 살며시 다가와 있다.

잠시 있으면 리파우스 가도는 밤에 침식되어 시야는 별빛과 결정등의 빈약한 빛에 의지할 수밖에 없어질 것이다.

행상인들은 진즉에 야영 준비를 시작하고 있으며, 중앙에는 불을 활활 피우고 있었다.

가도에 나타나는 들개나 강도도, 이만한 인원수가 있으면 손을 대지는 못할 것이다. 그러나 그 안전한 시간이라는 것도 지금의 스바루에게는 아까운 판국이다.

"오토 너 말은 그렇게 하는데. 시기 놓쳐서 재고가 된 기름을 조금이나마 줄이고 싶을 뿐 아니냐? 친절한 척 굴지 마시지!"

권유를 거절하려고 하자마자 집단에서 오토를 놀려먹는 소리가 터진다. 그 말소리에 와락 웃음이 퍼지고, 놀림 대상이 된 오토는 입술을 뒤틀어 불만스러운 표정을 지었다.

"그런 꿍꿍이가 아니라고요. 순수한 선의에서 나온 거예요. 하긴 식사랑 랜턴. 그쪽에 조금이나마 기름을 이용해주시면……이라는 욕심이 없진 않지만."

"기름이, 무슨 문제가 있으신가요?"

어깨를 떨어뜨린 오토가 오기 부리듯이 말하자 렘이 물었다.

"아뇨, 실수를 좀 저질러버려서요. 이 시기에 팔 물건으론 가치가 미묘한 기름을 대량으로 떠안고 있거든요. 사실은 북쪽 구스테코에서 거금으로 바꿀 예정이었는데, 지금은 얼마나 적자를 줄일 수 있을지가 제 명줄의 갈림길이라……."

난처한 낌새로 동정을 유발해 기름이 팔리면 대박── 정도의 기대가 훤히 보였다.

렘도 그걸 알 수 있던 것이리라. 동정은 해도, 형식적인 위로를 던지는 것에 그쳤다.

"왕도에 가도, 이 기름을 전부 처리할 수 있을지는 모릅니다. 헐값으로 팔아치우게 되면 전 파산해요. ──파산합니다."

중요한 사항이니까 두 번 말한 모양이지만, 그래서 기름을 전부 구입한다고 말할 호쾌한 선의는 없다. 1회째 세계에서 신세를 진 관계지만, 그렇기 때문에 그다지 끌어들이고 싶지 않다. 지금은 오토의 앞길을 기도하기보다 자신들의 앞길이 최우선인 것이다.

밤의 가도를 내달려서 한시라도 빨리 메이더스령에 들어가야만 한다. 이별을 고할 말을 입에 담으려다가── 불현듯 스바루는 깨달았다.

신용으로 아무것도 움직일 수 없다면, 돈으로 무언가를 움직여야 하지 않느냐고.

"오토, 할 얘기…… 아니, 장사 얘기가 있다."

갑자기 표정을 지우고 분위기가 바뀐 스바루에게 오토가 눈을 크게 떴다. 하지만 그 음색에 농담의 기척이 없는 걸 느꼈는지 장사꾼은 곧장 자세를 바로잡았다.

"장사 얘기라면 뭐든지 듣겠습니다. 손님. ──무엇을 바라시는지요?"

"네 용차에 쌓고 있는 기름, 전부 사주지. 대신에 탈 것을 빌려 줘."

오토의 지룡── 본 적이 있는 용차를 가리킨 다음, 스바루는 두 팔을 벌려 야영 준비를 진행하는 상인들에게 들릴 목소리로 외쳤다.

"이곳에 있는 상인과 용차── 탈 것을 돈으로 팔아줄 녀석은, 전원 내가 사게 해줘!"

3

스바루의 제의한 '장사 애기'에 행상인들은 처음에 얼굴을 마주 보며 웃었다.

하지만 스바루의 의도를 참작한 렘이 노잣돈이 든 주머니의 내용물을 전원에 보이게끔 내세우자, 농담인 줄 알던 남자들의 낯빛이 일제히 바뀌었다.

그다음으로는 오토를 필두로, 수락하려는 이들의 입후보가 시작되었다.

결과적으로 그 자리에 있던 열네 명의 행상인 가운데 열 명이 동행하기로 결정되었다. 처음에는 애로가 많던 대화도, 이익을 분배하는 오토의 제안으로 깔끔하게 안착했다.

"대형 용차를 가진 네 명에게, 전원분의 짐 운반을 위탁. 훗날, 왕도의 조합을 경유해서 수익을 분배합니다. 나츠키 씨와 함께하는 쪽의 운임과, 매상을 합쳐 조정하고서요."

능숙하게 전원의 의견을 취합한 오토는 일동의 대표자 지위를 획득했다. 천재일우의 찬스를 앞에 두고 기를 쓴 결과라고 할 수 있을 것이다.

"제 기름을 사들여주시는 건 기쁘지만, 그밖에도 용차를 탈 것으로 사용한다는 건 어떤 목적이죠?"

짐을 바꿔 옮기는 동업자들을 바라보며 오토는 팔짱을 끼고 출발 시간을 걱정하는 스바루에게 물어보았다. 그 말을 들은 스바루는 자신의 턱을 만졌다.

"지금부터 우리는 메이더스령에 돌아갈 참이야. 일단 메이더스 변경백네의 머슴이란 역할을 맡고 있어서."

"알고 있습니다. '아인 취미'의 로즈월 L. 메이더스 변경백. 작위를 소유한 루그니카 귀족 중에서도 꽤 별난 인품이라고 주워들었는데."

람이 들었다간 분개할 만한 평가다. 오토의 말에 스바루는 어깨를 으쓱이고 대답했다.

"뭐, 부정은 안 할 참이야. 변태 같은 건 사실이지."

"고용주에게 대차시네요. 아니, 그런 대답을 기대할 수 있어서 그렇게 말을 꺼낸 거지만요. 그건 그렇고 나츠키 씨는 귀족님의 사용인으로 보이진 않는데요."

"아직 견습이라서. 급제점 받고 있는 건 재봉이랑 침대 정돈뿐이야."

"어쨌든 그 변경백의 심부름꾼이란 말은 믿기로 하고…… 용차를 찾으시는 건 어떤 영문이죠? 실질적으로 변경백이라면 본인이 보유한 용차도 있을 터잖아요?"

탐색하는 듯한 오토의 말은 스바루의 참뜻을 의심하고 있다는 증거다.

"얘기한 대로, 용차의 수가 필요하거든. 실을 것의 수가 많으니 가능하면 용차의 내용물은 비우는 편이 달가워. 네 경우에는 기름을 사들이니 어쩔 수 없지만."

"감사하고 있다니까요. 그래서, 그 나르는 짐이라는 건?"

물음을 거듭하는 오토는 스바루의 신분까지는 의심하지 않는 모양이다. 단지 나르게 될 짐의 위험도는 마음에 걸리는 듯해서, 그 부분만은 끈질기게 추궁하고 있다.

"————."

거짓말로 얼버무릴 필요는 없다. 의심을 초래해 이야기가 중단되어서는 못 배긴다.

"나를 물품이란 건 말이지, 사람이야."

"인신매매는 봐주시죠?!"

"그런 부업이 아냐. 변경백의 저택 근처에 마을이 있다고. 작은 마을이라 마을 사람은 다 합쳐도 백 명이 안 돼. 그 사람들을 실어서 이동시키고 싶어."

──그것이, 스바루가 번뜩 떠올린 오토 일행을 고용한 이유였다.

스바루와 렘이 타고 있는 용차는 화물 운반용의 대형 용차로, 열 명 이상을 태우고 달릴 수도 있다. 그런 용차가 여러 대 있으면 마을 사람 전원을 탈출시키는 것도 가능하다고 생각한 것이다.

"시체 운반이란 말은 말아주세요. 그렇다고 하면 대단히 유감스럽지만 이 이야기는…….”

“……그렇게 되지 않도록, 너희를 데리고 가고 싶은 거야.”

에밀리아와의 합류에 조급해진 나머지 스바루는 마을 사람들을 깜빡 잊고 있었다.

자신의 사려 없는 행동에 슬슬 진저리가 나지만, 이곳에서 오토 일행과 만난 건 몇 없는 행운이라고 할 수 있다. 우연과 운명이, 희한하게도 스바루에게 호의적으로 작용한 행운이라고.

“실은 머지않아 변경백의 저택 주변에서 대규모 사냥을 벌일 작정이거든.”

“사냥, 말인가요?”

“그 주변에는 옛날부터 마수가 몇 종류씩 생식하고 있어서. 지금까지는 결계로 사람과 마수를 나누어 생활하고 있었는데…… 요전에 마수 때문에 마을에 피해가 나왔어.”

“그래서 사냥하잔 말이 나온 건가요? 하지만…….”

스바루의 설명이 걸리는지 물고 늘어지려는 오토. 스바루는 말없이 자신의 오른팔 소매를 걷어 그 밑에 끔찍하게 남은 짐승의 상처 자국을 보여주었다.

깊숙하게 남은 발톱과 이빨의 열상에 오토가 작게 숨을 집어삼켰다. 스바루의 몸에는 그 외에도 지울 수 없는 상처 자국이 여럿 새겨진 채로 남아 있다.

“변경백의 호의로, 죽을 뻔한 나는 왕도에서 치료를 받았어. 그래서 그 치료도 일단락됐기에 돌아가는 도중이었단 거지.”

“과, 과연……. 그래서. 아니 그래도, 그럼 어째서 변경백이

직접 나서시지 않고 나츠키 씨가 길 가는 중에 용차 수배 같은 걸……?"

"변경백은 주민의 이동 없이 냉큼 마수를 정리할 작정이야. 하지만 내 몸을 보고 알 수 있는 대로, 마수가 만에 하나 불장난 칠 가능성이 있지. 그래서 난 보험을 들어두고 싶은 거야. 주인을 신용하지 않는 건 아니지만, 경험으로 배운 게 있으니까."

눈을 내리깐 스바루가 찬찬히 말하자, 오토는 작게 신음하고 골똘히 생각했다. 그리고,

"알겠습니다. 질문받고 싶지 않은 사항까지 파고들어서 죄송합니다. 상처 건은 언급하지 않고 모두에게는 잘 설명해두죠."

배려하듯이 스바루 쪽을 보는 오토는 사람 좋은 듯한 얼굴에 씁쓸한 기색을 띠고 있다. 의도치 않게 스바루의 상처에 파고든 것을 후회하고 있는 것이리라.

급속하게 상인에서 선인으로 표정이 바뀌는 구석이 스바루에게는 천성이 너무 무른 것처럼 느껴졌다.

"신경 쓸 것 없어. 모두에게도 묘한 의심받지 않도록 그대로 얘기해주라고."

"뭐, 그렇게 말씀하신다면. 손해 보는 성미시네요."

스바루의 판단을 그렇게 야유한 오토는 마음을 터놓은 듯한 얼굴로 웃었다.

내심으로 이렇게 변명하는 자기 쪽이 훨씬 더 악인이노라고 생각한다.

──거짓말은 하지 않았다. 단지 모든 걸 밝히지 않았을 뿐이니까……라고.

4

모든 준비를 마치고 야영지를 떠난 건 그 뒤로 두 시간 뒤의 일이었다.

화물을 옮긴 넉 대의 대형 용차와 헤어져, 스바루 일행은 밤중의 가도에서 출발한다.

메이더스령으로 가는 열한 대의 용차. 다소 답답하긴 하겠지만 마을 사람 전원을 데리고 나오는 건 충분히 가능할 것이다.

"한밤중에도 계속 달려서, 메이더스령에 들어가는 건 아침이 될까요."

용차로 나란히 달리고 있는 오토가 옆에서 그렇게 말을 걸어 왔다.

이웃하는 용차끼리 무난하게 대화할 수 있는 이유도 지룡이 가진 '바람막이' 의 가호의 효과라고 한다. 바람 및 진동의 영향을 받지 않는 효과는 이러한 부분에도 간섭하는 것이다.

"휴식 없이 내내 달리게 해서 미안하군."

"아뇨아뇨! 무슨 불평이 있겠어요. 재고를 처분할 수 있는 데다가, 운임도 듬뿍 얹어주면 전 무적이에요. 사흘 밤낮, 쉴 새 없이 달리는 짓도 할 수 있죠!"

"장사가 끝난 직후에 고꾸라져서 드러누운 거 아니었어?"

"어라?! 마음이라도 읽혔어요?!"

늘 써먹는 개그의 반전을 먼저 듣는 바람에 당황하는 오토. 거기서 스바루는 자신의 옆에서 고삐를 잡고 있는 렘 쪽으로 시선을 옮겼다. 곧게 진행 방향을 응시하고 있는 렘의 옆얼굴에서는 감정을 읽어낼 수 없다. 그건 스바루에게 다소 유쾌하지 않은 상황이었다.

"──스바루 군."

"……아, 아아, 왜 그래, 렘. 무슨 일 있는 거야?"

"아뇨. 조용하기에, 피곤한가 싶었어요. 모래 때문에 시야가 나쁘지만 다른 용차가 있으니 길은 잘못 들지 않아요. 졸리면 자고 있어도 괜찮아요."

"호의를 받아들이겠다고 하고 싶지만, 렘만 일하게 하는 건 너무 폼이 안 살아서."

"하지만 스바루 군은 환자니까요."

이쪽을 걱정해 일어서려고 하는 렘의 자세에 스바루는 항복해 버렸다.

표현이야 자상하지만 의지는 굳건하고 태도는 완강하다. 렘이 가능한 한 스바루의 부담을 덜고 싶다고 생각하는 게 뚜렷하게 느껴진다.

이렇게 성심성의를 다해줄 때마다 렘의 참뜻을 알 수 없어서 무서워진다. 가슴에 꽂혀 빠지지 않는 가시의 정체를, 알고 싶은 마음과 알고 싶지 않은 마음이 모순되어 꼬여가는 것이다.

"렘……은……."

"네."

렘의 연한 청색 눈이 스바루를 쳐다보고, 그 투명한 시선에 숨이 막혔다.

미혹과 주저가 침묵을 얼버무리고 싶어 하지만, 스바루는 그 생각을 고개를 저어 내쫓았다.

렘의 참뜻이 어디에 있는지를 의심하며 괴로워할 바에는, 확실하게 가리는 편이 훨씬 낫다.

"렘은 내가 하는 행동에 의문은 없어? 나는 너한테 아무 설명도 하지 않았다고. 마녀교에 대해서도, 이렇게 행상인을 고용한 것도 그래."

설명 책임을 다하지 못하고, 렘의 자상한 마음에 응석 부리고 있다는 자각은 있다. 그렇기 때문에 질문도 반론도 없이 따르는 렘의 심정이, 스바루는 불안하기 그지없었다.

그런 스바루의 물음에 렘은 딱 한 번 눈을 감고.

"로즈월 님에게서 왕도에서는 스바루 군의 행동을 존중하라고 분부 받았습니다."

그렇게, 감정을 얼린 사용인으로서의 얼굴을 내비치며 대답했다.

"———."

스바루는 그 대답에 말을 잃고, 얼굴을 굳혔다.

"분부 받았다……. 로즈월에게서……?"

"네. 구체적으로 무엇을 하라고 명령받지는 않았어요. 하지만 왕도에서는 무엇을 하더라도 스바루 군의 방침에 따르도록 하라는 말씀을. 렘도 가능한 한 그럴 작정으로 있었습니다."

"로즈월의, 명령……."

렘의 말이 어째선지 머리에 잘 들어오질 않는다.

그저 담담히, 스바루의 머릿속에는 로즈월이 내린 렘에 대한 명령이 반복된다.

렘이 스바루의 행동에 이의를 제기하지 않고 잠자코 따르는 이유는 주인이 내린 지시가 있기 때문.

즉, 지금까지 렘의 행동은 그녀의 참뜻이 아니라는 말이 아닌가.

아니, 그러기는커녕 렘이 이렇게 스바루의 옆에 있어주는 것마저 혹은.

"스바루 군?"

입을 다문 스바루를 들여다보며 렘은 고운 눈썹을 찡그렸다.

그 걱정스러운 눈길마저 지금의 스바루는 순순히 받아들일 수 없었다.

"괘, 괜찮아. 아무것도, 아냐."

스바루는 고개를 저어 렘의 시선에게서 도망치고, 건성 섞인 대답으로 평정을 가장했다.

이렇게 배려해주는 일도, 쓰러질 뻔한 스바루를 받쳐준 일도, 고립된 스바루 곁에 있어주는 일도, 모든 건 로즈월의 명령이 이유 아닌가.

더 극단적인 얘기로, 렘은 본심으로는 스바루의 행위를 인정해주지 않은 것이 아닌가.

"——윽."

　꼬리에 꼬리를 무는 의심 때문에 위액이 치밀어 올라 스바루는 입안을 채우는 시큼한 액체를 눌러 삼켰다. 토악질은 갈 곳을 잃고 오싹함과 허탈감이 온몸에 미쳐 날뛰고 있었다.

　손발이 저리고 시야가 깜빡이며, 골이 간지러워서 못 견디겠다. 지금 당장 두개골을 깨서 안에 손가락을 찔러 넣어 쥐어뜯고 싶어지는 충동이 숨을 가쁘게 만든다.

　아무것도 생각하고 싶지 않다. 생각하고 싶지 않다.

　생각하면 생각할수록, 돌이켜보면 돌이켜볼수록, 요구하면 요구할수록, 원하던 것은 멀어지고 이상은 몽상으로 변모하며, 희망은 절망과 실망으로 덧칠된다.

　"스바루 군, 잠들었어요?"

　싫었다. 이젠 지긋지긋했다.

　생각하고 싶지 않다. 의심하고 싶지 않다. 믿고 싶지 않다. 배신당하고 싶지 않다.

　머리를 끌어안으며 외부에서의 반응을 전부 차단하고 내면에 틀어박힌다.

　렘은 몇 번쯤 스바루의 이름을 불렀지만, 반응이 없는 걸 확인하자 부르기를 포기하고 다시 시선을 가도로 돌렸다.

　이때 스바루는 마침내, 정말로 스스로, 이 세계에서 단 한 명이 되려 하고 있었다.

5

"──루 군. 미안해요. 일어나주세요. 스바루 군."

부르는 소리에 의식이 일으켜지는 감각이 있었다.

어깨에 누군가의 손이 닿아 무의식의 늪에서 자아가 각성한다. 뿌연 눈꺼풀을 손으로 비비고 눈을 뜨니, 눈앞에 낯익은 소녀의 얼굴이 비쳐들었다.

"……렘……인가. 왜 그래?"

렘을 확인한 순간, 잠들기 전의 대화가 떠올랐다. 가슴이 아릿하게 아프다.

아픔을 참고자 고심하는 스바루를 알아채지 못하고 렘은 미안한 듯이 머리를 숙이며 깨워버린 것을 한마디 사과한 다음 말했다.

"슬슬 가도의 분기점에 도착할 거예요. 어두워도 놓칠 리 없는 표식이 있으니 그건 문제없지만…… 남은 거리를 확인해두고 싶어서."

부근에는 깊게 어둠이 차 있다. 바로 옆에 있는 렘의 표정마저 어렴풋할 지경이다. 조명은 지룡이 목에 건 결정등과 용차에 설치된 간이 조명밖에 없다.

그 광량도 충분하다고 할 수는 없어 밤눈이 밝은 지룡과 다르게 인간은 제 손아귀도 미심쩍을 정도다.

"무슨 말인지 알았어. 그런데 그래서 내가 뭘 하면 되지?"

"지도를 확인하고 싶어요. 그런데 렘은 고삐를 놓을 수 없어서…… 스바루 군의 발밑에 있는 짐 안에 지도가 들어 있으니 그걸 꺼내줬으면 하는데요."

"발밑이면, 이건가."

어둠 속에서 상당한 무게의 짐주머니를 더듬거리며 끌어당긴다. 그것을 무릎 위에 올리고 안에 손을 찔러 넣고 물색해 보지만, 목적한 것은 좀처럼 찾을 수 없다.

"어느 게 지도인지 모르겠군. 근데 이렇게 어두워서야 지도도 못 보는 거 아니야?"

"그럴 걱정은…… 없다곤 단언 못하겠네요. 으음, 저, 어쩌죠."

"그래, 어째야 할까……. 아니, 잠깐 기다려봐."

표정이 어두워진 렘의 모습에 불현듯 스바루의 뇌리에 명안이 번뜩였다.

다시 발밑을 뒤져 조금 전 것과 다른 짐주머니── 스바루의 개인용품이 든 자루를 꺼냈다.

"요기, 찾았다."

그곳에서 차갑고 딱딱한 감촉을 끄집어내어서 렘의 얼굴에 들이댄다. 눈이 동그래진 렘 앞에서 스바루는 오랜만에 손에 든 그것의 전원 버튼을 눌렀다.

"한동안 전원 켜지 않았지만, 배터리 남아 있어라. ……오."

긴장 속의 한순간 뒤, 화면에 떠오르는 '기동'의 이펙트. 그 뒤에 딱 1초가 지나자, 스바루의 수중은 눈부신 빛으로 환해지기 시작했다.

확 밝아진 광경에 렘이 놀란 얼굴로 스바루를 쳐다본다.

"스바루 군, 그건?"

"잃은 로스트 테크놀로지, 아니 미래 테크놀로지의 휴대전화다. 가까스로 충전이 남아있던 모양이라 살았다고 해야 할까."

이세계 소환 첫날에 대활약한 이래로 전원을 꺼두었던 휴대전화다.

스바루가 이 세계에 반입한 몇 안 되는 소지품 중 하나. 그밖에도 몇 가지 개인용품이 있지만, 특출하게 이용성이 높은 으뜸 품목이다. 배터리가 남은 동안뿐이라는 한정 조건이 딸렸지만.

"그래도 다음 활약 기회가 회중전등 대신이 될 줄은 몰랐지만."

본래와는 다른 사용법으로, 스바루는 짐 안을 문명의 빛으로 비추기 시작한다. 짐주머니 안에서 목적한 지도를 쉽게 찾아낸 스바루는 그것을 렘의 무릎 위에 펼쳐서 놓았다.

"이길로 비추어줄 테니 시도 봐봐."

"네, 감사합니다."

"나츠키 씨, 그게 뭐예요? 본 적 없는 도구인데요."

그때, 흥미진진한 기색으로 오토가 옆쪽에서 고개를 내밀어 왔다. 용차를 왼쪽에 나란히 몰며 몸을 내민 그가 고개를 모로 꼬았다.

"본 적 없는 결정등…… 아니, 결정으로 보이지 않는데요. 모르는 소재 같은데."

오토의 모습에 덩달아 오른쪽에서도 동행하는 용차가 한 대 나란히 섰다. 머리띠를 머리에 두른 장년의 남자가 눈을 빛내며 스바루의 손안에 있는 휴대전화에 시선이 박혔다.

평소라면 그들의 반응에 기분이 좋아져 너스레와 자랑하는 소리로 거들먹거렸으리라. 그러나 공교롭게도 지금의 스바루에게는 그렇게 해줄 여유가 없다.

"미안하지만 변경백이 들려준 비밀의 도구야. 자세한 사정을 알면 행방불명이 될지도 모르는 대단한 물건이다. 본 것은 잊는 편이 낫다고."

"우와아, 뭐예요. 그 돈 냄새밖에 안 나는 뒷사정은."

도리어 오토의 흥미를 끌어버린 모양이지만 얼버무리기 위한 대화는 필요 없었다. 그 전에 지도에서 고개를 든 렘이 "알겠습니다."하고 끄덕이며 말했다.

"조금 더 달린 다음에 플뤼겔의 거목이 보이기 시작할 거예요. 거기서 북동쪽에 길이 난 쪽으로 가면, 메이더스령에 들어갈 거랍니다."

"플뤼겔의 거목?"

낯선 단어에 스바루가 갸웃거렸다. 오토가 손가락을 하나 세웠다.

"플뤼겔의 거목이라는 건 리파우스 가도 한복판에 우뚝 선 구름을 찌를 듯이 큰 나무의 이름이에요. 실제로 보면 놀랄 만큼 큰 나무죠. 듣자니 수백 년 전에 플뤼겔이라는 현자가 심었다는 전승이 남아 있다나 봐서."

"그래서 플뤼겔의 거목인가. 그 현자는 왜 또 그런 짓을 한 건데?"

"아니 그게, 수백 년 전 이야기이다 보니. 그리고 플뤼겔 씨도, 나무를 심었단 이야기 말고 뭘 했는지 당최 알 수 없는 사람이라서요. 현자 대접인 데에도 의문이 많아요."

"그게 뭐야. 공적을 모르는 위인이란 게 있어?"

오토의 설명에 불완전 연소 감각을 맛보지만, 렘과 다른 행상인들도 보충하지 않는 모습을 보니 아무래도 정말로 공적이 전해지지 않는 인물 같다.

그런 감상을 맛보고 나서 몇 십 분 뒤, 예의 거목이 보이기 시작해 스바루는 놀랐다.

"과연……. 이건 확실히 끝내준다고밖에 못하겠어."

밤하늘에 당당히 가지를 뻗은 거목은 압도적인 존재감으로 스바루 일행을 굽어보고 있다.

거목의 크기는 원래 세계의 수령(樹齡) 천년이란 말을 듣는 나무들과 비교해도 더 크다. 오토의 이야기에 따르면 수령은 수백 년일 텐데, 식물의 성장속도가 저쪽 세계와는 격이 다른 것이리라. 무심코 외경의 마음을 품어버릴 만한 웅장함이 있었다.

대삼림 안이 아니라 이만한 거목이 평원 안에 한 그루만 뿌리를 뻗고 있는 것이다. 리파우스 가도의 표식으로 이만큼 눈에 띄는 것은 존재할 리 없다.

용차의 진로는 우두커니 대범하게 서 있는 거목의 바로 옆을 지나쳐 지도대로 북동쪽으로. 메이더스령까지 가는 노정을 단축하며 이윽고 멀어지는 거목에 스바루는 미련마저 느꼈다.

"그렇게 감상적으로 있을 상황이 아닌데 말이야. 응, 어?"

마음에 여유가 있으면 휴대전화로 사진 한 장이라도 찍었을지 모른다. 그런 생각을 하면서 차부석에 앉은 스바루는 의식을 거목에서 떼어내고 위화감을 알아챘다.

"방금까지 오른쪽에서 달리던, 머리띠 한 아저씨, 어디 갔지?"

스바루의 휴대전화에 흥미를 드러내며, 오른쪽에서 나란히 달리고 있던 용차 주인의 모습이 눈에 띄지 않는다.

갑자기 속도를 떨어뜨렸나 싶어 후방을 확인했지만 그곳에는 머리띠 한 인물의 뒤에서 달리고 있던 용차가 있을 뿐이고, 대열에서 그의 존재가 뻥 뚫려 있다.

"설마, 거목을 넋 놓고 보다가 일행을 놓친 건 아니겠지."

"왜 그러세요? 나츠키 씨. 뭔가 찾는 거라도?"

"찾는 거고 자시고, 너희 동료 말이야. 방금까지 이쪽 편에서 달리던, 머리띠가 어울리는 중후한 나리는 어디 갔어. 동심으로 돌아가 나무나 타고 있을 때가 아니라고."

스바루는 태평스러운 오토에게 빈정거리며 동료의 부주의를 책망했다.

하지만 스바루의 짜증을 얻어맞은 오토는 어리둥절한 표정을 짓더니, 마치 들은 말의 의미를 알 수 없다는 양 갸우뚱하며 대답했다.

"무슨 말이에요. 제 반대쪽에서는 아무도 달리지 않았다고요."

"──뭐?"

대답의 의미를 이해 못해 스바루는 입을 쩍 벌리고 말았다.

"뭔 소리야. 방금까지 같이 휴대전화를 대놓고 호기심 드러내며 엿보고 있었구만."

"아, 그거 휴대전화라고 하나요? 아니 그보다 그걸 들어버린

제 신변의 안전은 보장해주실 수 있을까요. 싫다고요, 행방불명 같은 건……."

"얼렁뚱땅 넘기지 마!"

스바루의 조크라고도 여겼는지 가볍게 흘려 넘기려고 하는 오토에게 일갈한다. 다시 오른쪽을 돌아보지만 그곳에는 변함없는 공백이 퍼져서 있어야 할 존재는 눈에 띄지 않았다.

"——?"

그때, 그 공백을 노려보고 있던 스바루의 시야가 느닷없이 뿌옇게 번졌다.

마치 눈앞에 안개가 낀 듯이 흐린 감각. 스바루는 몇 번쯤 눈을 깜빡였지만 그 위화감은 떨어지지 않는다. 공백의 어둠은 그대로 스바루 일행의 용차와 나란히 달리고 있다.

그 어둠이 도무지 으스스해서, 불안감을 부추기는 것처럼 여겨졌다.

그래서 스바루는 접고 있던 휴대전화를 펼쳐서 그 공백에 빛을 대어 어둠을 내쫓았다.

본래 그곳에 있어야 할 인물의 자취를 찾아, 어딘가 없앨 수 없는 정체 모를 감각의 정체를 확인하기 위해서.

그리고 비추어진 빛 안에——.

"……아?"

스바루는 공백 안에 떠오른, 너무나 거대한 눈알과 눈이 마주쳤다.

그 직후, 포효가 울려 퍼지고, 리파우스 평원에 안개가 낀다.

──리파우스 평원에, 안개가 낀다.

6

물보라를 수반한 바람을 맞은 스바루는 마치 정통으로 얻어맞은 듯한 착각을 느꼈다.

"윽──!"

후려친 폭풍에 몸이 뜨고 그대로 차부석 밖으로 나가떨어지려 한다. 창졸간에 뻗은 손가락은 아무것도 잡지 못하고 스바루의 몸은 어둠 속으로 일직선으로 굴러떨어진다. ──그 직전.

"스바루 군!!"

뒷덜미가 잡혀 스바루의 몸이 억지로 수직 아래로 내리눌렸다. 엉덩이부터 좌석에 떨어지는 바람에 불통이 튀는 시야 속으로 스바루를 덮쳐누르면서 고삐를 다루는 렘의 모습이 보였다.

입을 벌리고 평소의 무표정을 내팽개친 렘이 결사적인 표정으로 부르짖었다.

외친 소리는 영창이 되어 렘의 의지에 따라 마나가 집속, 세계를 마법이 바꿔 짓는다.

생겨난 것은 스바루의 몸뚱이에 육박하는 얼음창이다.

눈 깜빡할 새에 세 자루 빙창(氷槍)이 허공에 구성되고 어마어마한 기세로 화살처럼 사출되었다.

하늘을 달리는 빙창이 바위에 무쇠를 내리친 듯한 소리와 함께 착탄. ──눈앞의 어둠에 바스러진다.

"으, 워어?!"

직후에 스바루의 목이 다시 붙들리고, 그대로 몸이 수직 위로 끌려갔다.

멀어지는 좌석. 떠오르는 눈 아래로 용차의 모습이 보였다. 승객이 사라진 것을 알아채지 못하고 지룡은 암흑의 가도를 흙먼지를 피우면서 열심히 달리고 있다.

다음 순간, 옆으로 쓸어 치는 막대한 질량이 지룡째로 용차를 산산조각 내며 뚫고 지나갔다.

화물 운반용의 투박한 차체가 종잇조각처럼 뜯어진다. 힘차게 지면을 박차고 있던 대형 지룡이 충격으로 사방에 흩어지고 피와 내장을 가도에 뿌리며 고기 조각으로 탈바꿈한다.

그 너무나 현실과 동떨어진 광경에 스바루의 사고가 새하얗게 물들었다.

"왼쪽으로──!!"

바로 지척에서 고함치는 듯한 소리가 들리고, 1초 뒤에 몸이 딱딱한 바닥 위로 낙하했다. 어깨와 허리에 퍼진 둔탁한 통증이 스바루의 의식을 공백에서 현실로 되돌렸다.

그러나 잇달아 엄습하는 충격에 고개를 들 여유는 없었다.

올라탄 용차가 급선회해 스바루는 원심력에 휘둘린다. 짐칸에서 구르며 그대로 내던져질 뻔한 상황에, 손끝에 걸린 밧줄을 잡아 가까스로 버텼다.

고개를 이리저리 돌려 자신이 오토의 용차에 뛰어올랐다는 사실만을 파악한다.

짐칸의 멈추개인 밧줄을 손목에 감은 스바루가 진동 속에서 일어서려고 했다.

"스바루 군, 안 돼요! 서지 마요! '바람막이'의 가호가 끊어져 있어요. 렘과 스바루 군은 이곳에서는 정상적으로 움직이지 못해요!"

쳐다보니 렘은 바닥에 자신의 오른팔을 꽂아 몸을 지탱하고 있다. 렘의 신체 능력으로도 이 진동 속에서는 자세를 유지하기도 어려운 것이다.

지룡이 두른 '바람막이'의 가호의 영향하에서 벗어나는 바람에 엄습하는 진동과 바람의 맹위가 가차 없이 스바루의 체력을 축냈다. 속이 울렁이고 서는 것도 못할 성싶었다.

거기까지 이해한 스바루는 간신히 신변에 무슨 일이 벌어졌는지를 파악했다.

렘이 스바루를 안고 날아가는 용차에서 오토의 용차로 뛰어 이동한 것이다. 그 판단이 한순간 늦었더라면 지금쯤은 스바루 일행도 부서진 용차와 운명을 함께하고 있었을 것이다.

"무, 무슨 일이 있었던 거야?! 대체 이건 어떻게 된 일이야?!"

불과 수십 초 사이에 일어난, 압도적인 파괴를 수반한 대이변. 그 짙은 밀도에 스바루의 머리가 따라잡지를 못하고 있다.

"모르겠어요?!"

그 혼란을 일으킨 스바루의 물음에 비명 같은 오토의 목소리가 터졌다.

돌아본 오토는 창백해진 얼굴로 이를 덜덜 떨면서 하늘을 손가락으로 가리켰다.

"밤안개가 나와 있어요! 안개 속에 저런 거체로 하늘을 유영하는 존재라곤 하나밖에 없어!"

확인하듯이, 인정하고 싶지 않다고 거부하듯이 도리질을 치며 공포에 경련하는 폐에 필사적으로 공기를 불어넣고서, 오토가 있는 힘껏 소리쳤다.

"——백경이에요!!"

오토의 절규에 호응하듯이, 평원에 울려 퍼지는 백경의 포효가 대기를 뒤흔들었다.

——백경(白鯨).

스바루가 그 이름을 들은 건 1회째 세계였다.

안개를 둘러쳐 가도를 막은 괴물의 호칭.

가도를 백경이 막은 게 원인으로, 1회째 세계는 저택까지 가는 귀로를 크게 우회하고 말았다. 마녀교의 폭거에 때를 맞추지 못한 건 그게 원인이라고 해도 무방하다.

그러나 정작 백경을 스바루가 목격한 적은 지금까지 한 번도 없었다. 따라서 스바루가 그 존재를 깜빡하고 경시했던 건 부정할 수 없다. 그것이.

"설마, 이 타이밍에 맞닥뜨렸냐?!"

스바루가 아는, 백경 출현으로 말미암은 가도 봉쇄와 타이밍은 맞아떨어진다.

1회째 세계에서 스바루 일행이 출발한 건 사흘째였다. 그 시점에서 가도는 백경의 안개 때문에 봉쇄되어 있었다. 그리고 지금은 이틀째의 밤중―― 백경의 출현이 아침이 되어 왕도에 전해진다면, 내일 중에 가도가 봉쇄될 것이리라.

백경의 출현을 알지 못한 채로 그 위협과 부딪혔다면 이날 밤 말고 없다.

"설마…… 배, 백경과 부딪히다……니……. 아아, 용(龍)이시여, 용이시여, 구원해주소서……."

공허한 눈으로 중얼중얼, 염불처럼 용(龍)에게 구원을 바라는 오토.

전의는커녕 생기를 상실한 모습에서, 스바루는 백경의 존재가 행상인들에게 초래하는 절대적인 공포의 실태를 목격했다.

이전 세계에서 오토는 백경이란 상인에게 흉조의 상징이라고 표현했다.

입술을 떠는 오토가 넋을 어디 빼놓았음에도 고삐를 다루고 있다.

그의 지룡은 백경의 존재를 알아채는 바람에 공황 상태에 빠져, 남은 체력을 도외시한 속도로 땅을 박차며 속도를 쭉쭉 올려대고 있다.

스바루는 이리저리 날뛰는 짐칸의 요동을 직통으로 맛보면서 필사적으로 어둠에 시력을 집중했다.

백경의 모습은 밤 속에 저물고 어디에도 그 거체가 눈에 띄지 않는다.

"제길……. 뭔가 끈적끈적하다 싶었더니, 안개가 끼었어……!"

식은땀과는 다른 물방울을 이마에 느껴서 갖다 댄 손바닥이 젖는 감촉에 스바루는 얼굴을 찌푸렸다.

안 그래도 광원이 희박한 어둠 속에서 안개까지 끼었으면 시야 확보는 절망적이다.

"렘! 백경은 보여?!"

"너무 어두워서 도저히 무리예요! 하지만……!"

뒤를, 옆을, 위를 둘러보며 스바루는 시야 속에 물고기 그림자를 찾아다닌다.

그런 스바루의 목소리에 렘이 비통하게 대답하고, 그녀는 이어지는 말을 왠지 주저했다.

숨을 죽인 렘이 마음에 걸려 그쪽을 보았으나 깊은 안개 속에서는 실루엣만 보이고 표정은 살필 수 없었다. 이미 코앞까지 의심스러울 만큼 안개는 기세를 더하고 있었다.

"————."

맨 처음, 스바루가 백경의 것으로 추측되는 눈알과 눈이 마주친 순간. 그 안구는 스바루가 두 팔을 뻗어 만드는 고리보다 더 컸을까.

안구 하나만 쳐도 그렇게 거대하다는 말은, 백경은 말마따나 진정 고래에 필적하는 체격이라는 뜻이 된다.

그런 괴물이 소리도 기척도 감춘 채로, 밤하늘을 자유롭게 헤엄쳐 다닌다는 현실.

깊어지는 안개의 원인인 백경의 모습이 보이지 않는다는 점이 더 공포를 부추기고 있었다.

"하지만 렘의 선제 공격은 맞았을 거야. ……그 때문에, 물러 났을 가능성도 있고."

지나치게 낙관적일까.

렘이 영창해 때려 박은 빙창의 위력은 스바루가 지금까지 본 마법 중에서도 최상위에 위치할 정도로, 스바루라면 한 자루에 한 번, 합계 세 번은 죽었을 위력이다.

제아무리 거구여도 중상을 입으면 기가 죽을 수도 있으리라.

"다른 용차는 어떻게 됐어?!"

"흩어져서 도망치고 있는 것 같아요. 안개가 나타났을 때는 즉각 갈라져서 도망칠 것. 운이 좋으면 백경에게 잡히지 않고, 안개를 뿌리치고 도망칠 수도 있을 터."

백경과 조우했을 때의 대처법, 그 일반적인 내용일까.

과연, 확실히 이 용차와 나란히 달리고 있는 용차는 아무 데도 없다. 그때까지 후속해서 따라오던 다른 용차는 그 불문율에 따라 뿔뿔이 도망친 모양이다.

──모처럼 확보한 탈것을 잃었다는 사실에 스바루는 어금니를 악물었다.

타이밍이 이렇게 나쁠 수 없다. 마을 주민 전원을 데리고 도망치기 위한 방책이 도로 무너졌다.

"후회해도 어쩔 수 없어. 좌우간 지금은 안개를 빠져나갈 생각만 하고……."

진동에 내장이 뒤집히면서 스바루는 탈출 뒤의 문제를 일단 젖혀두었다.

코앞의 궁지, 줄어든 손패. 직접 확보한 용차가 사라진 이상, 이 오토의 용차만이라도 저택에 도착시킬 필요가 있다. 그러니 지금은 이 성가신 안개를——.

"————!!"

맷돌 같이 강대한 이빨이 주르륵 줄짓고 있는 구강이 느닷없이 눈앞에 큰 입을 벌리고 있었다.

포효가 울려 퍼지고 압도적인 소리의 폭력과 폭풍에 지룡이 자지러진다. 지룡의 다리가 뒤엉키며 땅바닥을 긁고, 바퀴가 떠올라 용차의 짐칸이 크게 기울었다. 기름이 든 항아리가 장막을 찢고 밖으로 날아가고, 테두리를 잡고 있던 스바루도 하마터면 나가떨어질 뻔했다.

스바루는 필사적으로 짐칸에 물고 늘어지다가, 용차 정면으로 지저분한 이빨이 줄지은 거대한 입이 이쪽을 통째로 삼키고자 짓쳐드는 모습을 목도했다.

상황이 이 순간에 이르러서야 스바루는 자신의 인식이 너무 허술했음을 이해했다.

백경과 조우하고 깊은 밤안개 속을 헤매는 현 상황.

그건 지금 이 순간 어떻게 살아남을까를 따지는 도박판에 돌입한 상황이라고.

"——흐아아아아아!"

용차를 집어삼킬 아가리가 짓쳐든 순간, 함성과 충격에 짐칸 바닥의 널빤지가 튕겨 날아갔다.

렘이 바닥을 깨고 전방으로 탄환처럼 도약한다. 폭풍에 휘날리는 머리장식 아래로 날카로운 뿔이 튀어나온 오니화(鬼化) 상태.
그녀는 자신의 무기인 가시 박힌 철구를 휘두르며 외쳤다.

"──왼쪽으로 내달려요!"

"왼쪽 왼쪽 왼쪽 왼쪽 왼쪽 왼쪽!"

철구가 수직 위로 백경의 위턱을 으스러뜨리고 거무칙칙한 피
보라를 터트려서 벌린 큰 입을 닫게 만든다. 아래턱이 대지를
파헤친다. 그런데도 추진력은 살아서 닥쳐오는 거대한 안면.
그 바로 옆을 일심불란하게 지룡을 제어하고 있는 오토의 용차
가 달려나갔다.

달리는 용차의 짐칸 오른편이 거구를 완전히 피하지 못하고,
교차한 순간에 말려들어 바위 표면에 스친 듯한 마찰음과 함께
찌부러져 날아갔다.

바퀴를 잃은 짐칸이 크게 삐걱거리고 균형이 무너져 그대로
뒤집혔다.

당연히 그 위에 있던 스바루도 손쓸 방도 없이 땅바닥에 내던
져질 상황.

──죽는다?

느린 판단이 죽음을 부르기 직전, 굉음에 섞여 짓쳐드는 은빛
뱀이 스바루의 몸통에 엉겨들었다. 스바루는 낙하 궤도에서 억
지로 끌려올라가 머리부터 차부석에 떨어졌다.

그리고.

"먹어, 라아아아아──!!"

오른손에 스바루를 끌어올린 철구를 들고, 빈 왼손으로 차부

석과 짐칸의 연결 부분을 파괴한 렘이 분리된 짐칸의 끝을 잡고
—— 순간, 용차를 끄는 지룡이 비통하게 울부짖을 정도의 하
중이 발생하고 대형 화물용 차량이 후방으로 내던져졌다.

절반으로 깎였다고는 해도 오두막 하나 던지는 격의 초대형
질량탄이다. 그것은 스쳐 지나간 백경의 옆구리에 직격. ——
몸을 뒤튼 백경의 꼬리가 대지와 목재를 터트리고 흙덩어리를
흩뿌린다.

"해, 해, 해냈습니까?!"

무슨 일이 일어났는지는 모르더라도 자기 용차의 태반을 잃은 사
실을 알아채고 있는 것이리라. 오토의 목소리에는 지불한 희생에
걸맞은 희망을 바라는 심정이 자포자기와 함께 담겨 있었다.

대기를 떨어 울리는 포효와 기세를 더욱 불리는 어스름의 안
개. 그리고 뒤에서 닥쳐드는 절망이라는 이름의 압박감이 그 희
망을 쳐부술 것임을 알면서도.

"어, 어째서 집요하게 우리를…… 용차는 그밖에도 있을 텐
데?!"

오토는 악을 쓰며 자기 몸에 떨어지는 불행을 저주했다.

따로 여덟 대의 용차가 있음에도 불구하고 자신이 습격받는
부조리에 대한 규탄. 스바루도 전적으로 동감이었지만, 고약하
게 욕설을 떠드는 오토의 모습에 불평은 목구멍 안으로 들어갔
다.

버림돌, 혹은 총알받이용 살아있는 벽. ——만약 마녀교와 마
주했을 때, 스바루가 동행한 그들을 어떻게 이용할 수도 있었을

지, 그 일부를 추악함 속에서 엿본 듯한 느낌이어서.

"그리고 운명을 원망해 봤자 상황은 바뀌지 않아……."

여전히 백경의 위협은 등 뒤에 육박하고 있고, 하늘을 헤엄치는 거체의 속도는 용차를 능가하고 있다.

화물 차량을 버리고 홀가분해진 지룡의 주행으로도 따라잡힐 건 시간문제다.

"생각해 생각해 생각해. 타개책, 타개책이다. 뭔가, 뭔가 없나. 뭔가……!"

필사적으로 머리를 굴리지만 타개책은 아무것도 떠오르질 않는다. 궁지에 처한 절박감과 발밑조차 보이지 않는 밤안개 속에서 스바루는 힌트조차 찾아낼 수 없었다.

그리고 무익하게 시간을 낭비하는 새에 운명은 또다시 스바루에게 고난의 선택을 강요한다.

거센 진동에 휘말려서 차체에 매달린 스바루 쪽으로 렘이 살며시 걸어왔다. 비슷하게 진동에 농락당하고 있어야 할 렘은 그런 기색이 느껴지지 않는 발걸음으로 스바루에게 다가붙어 말했다.

"스바루 군. 이걸 받아주세요."

"뭐야?! 뭔가 떠오른 거야?! 여기서 어떻게 할 수……."

궁지를 벗어날 묘안이 떠올랐느냐고, 스바루가 고개를 쳐든다. 렘이 작은 주머니를 떠밀었다. 묵직한 무게가 있는 그것이, 노잣돈 주머니임을 금방 알 수 있었다.

지금, 이 자리에서, 이 돈이 무슨 도움이 된다는 말인가.

노잣돈을 내미는 렘의 행동에 오한을 느낀 스바루는 뺨에 뻣뻣한 웃음을 드리우며 말했다.

"레, 렘……? 동전 던지기가 파워 밸런스 무너뜨릴 만큼 위력 있는 기술인 건 알고 있지만, 그건 어디까지나 게임 속 이야기고……."

"렘이 용차에서 내려서 요격할게요. 그 틈에 스바루 군은 안개를 빠져나가요."

실없는 소리로 현실을 부정하려는 스바루를 의연한 렘의 목소리가 깨부수었다.

렘은 스바루가 아니라 오토를 돌아보았다.

"오토 님. 스바루 군을 부탁합니다. 약속한 보수는 스바루 군이 확실하게 지불을. ──안개를 빠져나가 백경 출현 보고를 메이더스령에 전달해주세요."

"보, 보수……? 지금은 그럴 상황이, 모, 목숨부터 붙어 있고 봐야죠?!"

이쪽 대화를 듣지 못한 오토의 대답. 그런데도 그가 살기 위해서 열심히 용차를 모는 모습을 본 렘은 안도감에 미소를 입술에 머금고 스바루를 돌아보았다.

"스바루 군. 렘은 머리가 나빠서 이런 궁리밖에 떠오르지 않아요. 부디……."

"자, 잠깐, 렘! 너, 백경이 출현한 것을 알리라고, 말했었지? 그거 설마…… 너, 살아서 돌아갈 맘이 없단 소리 아니야?!"

스바루는 비장한 결단을 내린 렘을 필사적으로 만류했다.

어둑한 세계에는 변함없이 막막하니 암흑이 내려앉아 있는데, 지금의 스바루에게는 눈앞에 있는 렘의 얼굴만이 왠지 유난히 선명했다.

"못 가! 못 보낸다고! 네가, 너까지 죽으면, 나는……!"

노잣돈이 든 주머니를 발밑에 떨어뜨리고 눈앞에 선 렘의 허리를 끌어당겼다.

자그마한 몸을 품 속에 안아 떠나려는 그 존재를 잡아둔다. 이 팔을 놓아버리면 렘은 목숨조차 뿌리치고 뛰쳐나가버린다.

그것만은 저지해야만 한다. 그렇지 않으면——.

"아아……."

울어버릴 만큼 감정이 미쳐 날뛰는 가운데, 포옹을 받고 있는 렘이 뜨거운 숨결을 내쉬었다.

귀에 닿은 도취의 여운에 눈길을 내리자, 렘은 스바루의 품 속에서 그를 올려다보며 넋 놓고 미소를 짓고 있었다.

"렘은 지금, 이 순간을 위해서 태어난 거군요."

"무슨 소리를……."

하느냐고, 뒷말을 입에 담을 수는 없었다.

충격이 목덜미 뒤를 후려치고 세상이 반전하는 듯한 감각이 스바루를 엄습한다.

마주 안듯이 팔을 뻗은 렘이 수도로 스바루의 뒤통수를 친 것이다.

스바루의 몸에서 힘이 빠져나가고 허물어지듯이 렘에게 기댄다.

"레, 엠…… 무슨 짓을……."

시야뿐만 아니라 의식까지 용차의 진동에 삼켜져 꺼지려고 한다.

고개를 들어 올리는 행위도 힘들어지는 상황 속에서 스바루는 필사적으로 렘에게 매달렸다.

렘은 그렇게 바동거리는 스바루를 자애 어린 눈길로 바라보고 있다. 그리고 렘은 살그머니 스바루의 귀에 입술을 대고서, 멀어지는 의식 단편에 닿게끔 속삭였다.

"괜찮아요. 렘은 쭉, 스바루 군의 뒤에서 지켜보고 있을 테니까요."

『아무것도 하지 않아도 돼. 쭉 내 뒤에 있어줘.』

출발하기 전에, 오늘 아침에 렘에게 그렇게 이른 사람은 스바루 본인이었다.

따라서 그 말대로 렘은 스바루의 뒤를 지키기 위해 일어선다. 서는 것이다.

"아냐…… 난 그럴, 마……음으로……."

"스바루 군. 렘은──."

의식이 끊어진다.

멀어져간다. 하얗게, 물들어간다.

한 번, 거세게 껴안긴 느낌이 들었다.

이마에, 다정하고 부드러운 감촉이 닿고, 바로 떨어진다.

그리고 그것이 끝이었다.

7

―――――.

―――――――.

―――――――――아.

진동에, 충격에 얼굴을 맞는 감각이 반복되고 있었다.

거듭되는 그 감각이 공백이던 의식을 불러 깨우고, 스바루는 현실로 회귀한다.

고개를 들어 올려 상반신을 일으키려 했지만 그건 진동이 훼방을 놓았다. 손이 미끄러지는 바람에 도로 바닥에 머리부터 떨어질 뻔했지만, 배 부근을 묵직하게 짓누르는 질량이 가까스로 그 사태를 막았다.

복부에 얹힌 딱딱한 압박감. 손을 갖다 대어 그 감촉이 금화 부류를 담은 자루임을 확인한다. 의식이 사라지기 직전의 기억이 뇌리를 내달렸다.

"――렘은?!"

"나츠키 씨?! 정신이 들었어요?!"

배 위에 있던 노잣돈 주머니를 옆으로 던진 스바루는 사지를 바닥에 디딘 상태로 주위를 둘러보았다. 변함없이 세상은 어둠에 휩싸여 있으며, 거센 진동과 소리가 용차 위에 있음을 전해 주었다.

그리고 벌떡 일어난 스바루를 깨달은 오토가 고개만 돌려서 바라보고 있다. 그는 차부석에서 뒤를 돌아보고 일어서려는 스바루에게 소리쳤다.

"움직이지 마세요! 머리가 부딪혔던 데다가 가호가 내내 끊겨 있었어요. 지룡은 지금도 전력 주행 중이라서 나츠키 씨에게 마음 쓸 여유는 없다고요!"

"그런 건 아무래도 좋아! 렘은, 렘은 어떻게 됐어?!"

스바루가 마주 고함치고 차부석 구석구석까지 소녀의 모습을 찾아다녔다. 짐칸을 잃어서 좁아진 용차다. 시선을 내돌릴 필요가 없단 것쯤이야 누구든지 금방 알 수 있다.

그런데도 실제로 그 사실을 확인할 때까지 인정할 수는 없다.

"대답해, 오토. 렘은 어쨌어……!

"그 아가씨는……."

언성을 높이며 당장에라도 덤벼들 것 같을 만큼 흥분한 스바루. 그 모습을 본 오토는 제때 대답 못하면 위험하다고 이해한 것이리라.

"우리 용차가 도망치기 위해…… 백경을 맞아 싸우려고 용차에서 내렸습니다."

의식을 잃기 직전의 대화가, 결코 꿈이나 환상이 아닌 현실이라고 전했다.

"＿＿＿＿."

쥐어짜내는 듯한 그 말에 스바루는 딱 한 번 숨을 집어삼켰다. 그리고.

"돌아가."

"……네?"

"돌아가란 말이야. 렘을, 렘을 구해야 해! 지금 당장 돌아가!"

스바루는 좁은 차부석에 뛰어올라 오토의 멱살을 잡았다.

지금도 혼란에 빠진 지룡을 제어하느라 한계인 오토는 그런 스바루의 폭동에 대응 못하고 멱살이 잡혀서 얼굴이 파랗게 질렸다.

"지, 진심이에요?! 돌아…… 돌아가서 어쩌잔 건데요! 백경이, 그 괴물이 얼마나 무서운지 못 본 거예요?! 자살행위라고요!"

"그 괴물을 코앞에서 봤으니까 렘을 구하러 돌아가라는 거 아냐!"

오토가 명령을 거부하자 스바루는 핏대를 세우며 노성을 터트렸다.

스바루는 백경의 위협을 그 눈에 아로새겼다.

그 거체로 지룡을 능가하는 속도로 하늘을 헤엄치며, 꼬리 한 번 휘두르는 것으로 너끈하게 대형 용차를 파괴한다. 시야를 막는 안개 속에서도 사냥감을 확실하게 포착하고, 렘의 마법으로도 대미지를 입지 않는다.

틀림없이 이 이세계에서 봐온 존재들 중에서 최대 최강의 난적이다.

그 위협과 비교하면 인간의 범주였던 엘자에게 대처하는 짓이든 무수한 울가름의 무리에 덤비는 짓이든, 훨씬 쉽게 공략법을 찾아낼 수 있을 것이다.

하지만 저 지경까지 이른 괴물에게는 이길 수 있는 전망조차 전혀 떠오르질 않는다.

"렘이라도 마찬가지야……. 놔두고 갈 수 있을까 봐. 그런 짓했다간!"

오니화한 렘의 강함은 스바루도 잘 알고 있다. 하지만 그 지식이 외치고 있는 것이다. 백경 앞에서는 그 강함조차도 의미가 없노라고.

이곳에 렘을 두고 가면 그녀는 확실하게 잃어버린다.

그래서는 의미가 없다. 그래서는, 스바루의 생존에 아무 의미도 없다.

스바루가 바라는 미래에는, 렘의 존재도 빠트릴 수 없으니까.

렘이 없으면 스바루는 스바루 자신조차 잃어버린다. 긍정할 수가 없어진다. 스바루에게는 렘이, 긍정해주는 존재가 필요한 것이다.

"시간 벌이용 버림돌 따위 용납할까 봐! 지금 당장 돌아가, 오토! 안 그러면……."

"당신 정신 나간 거 아녜요?!"

그러나 스바루의 간청은 오토의 노성에 뭉개졌다.

멱살을 잡고 있던 손목이 반대로 꺾여 잡히고, 다음 순간에 등부터 차부석에 내동댕이쳐졌다.

"아극!"

"가호도 끊어진 상태로, 단독으로 가도를 빠져나갈 때도 있는 행상인을 힘으로 복종시킬 수 있을 줄 알아요? 사람 너무 허투루 보네요!"

잡혀 있는 손목이 틀어지고, 앞으로 나동그라진 스바루의 어깨가 고정된다. 그러고 있는 사람은 지금도 한 손이 고삐를 잡고 있는 상태인 오토다.

"좌우지간 진정해요! 그게 지금 당신 상황이에요. 그런 상황에서 뭘 할 수 있다는 거죠? 그 애의, 남아준 그녀의 마음을 헛되이 할 겁니까!"

"네가 렘에 대해 말하지 마! 렘을 버리는…… 죽게 놔두는 네게, 걔에 대해 말할 자격이 있을까 보냐! 돌아가! 지금 당장, 렘을 구해!"

"아아 진짜! 말이 안 통해! 냉정하게, 냉정하게 하자고요!"

버둥버둥 허우적대며 고정된 팔을 풀려는 스바루의 저항에 오토가 혀를 찼다. 그대로 오토는 진로를 응시하며 지룡을 똑바로 모는 상태로 말했다.

"백경이 얼마나 무시무시한지 아직도 모르겠어요?! 몇 백 년씩 세계에 군림한 놈을 죽이겠다는 이야기는 몇 번씩 있었습니다! 알겠어요?!"

말귀가 어두운 스바루에게 말을 퍼부은 오토는 답답한 감정에 얼굴이 어두워졌다.

"몇 백 명씩 무기를 든 인간이 덤비고, 그러고도 놈을 못 죽였어요! 그런 판국에 무기도 싸울 힘도 없는 우리가 가서 뭘 할 수 있단 거예요! 놈 앞에 선 여자애를 구해낸다?! 우리에겐 그런 일조차 불가능해! 가능할 턱이 없어요!"

"시끄럽다고! 해 보기 전부터 그런 말……!"

"안 해 봐도 아는 일도 있다고요! 루그니카 왕국이 편성한 토 벌대! 대정벌 때에도 선대 검성을 죽인 괴물이에요! 이길 리가 없어요!"

쥐어짜내는 오토의 거센 토로는 원통하고 분통한 감정으로 떨고 있었다.

오토 본인도 백경에게 결코 덜하지 않은 분노를 품고 있는 것이다. 하지만 그렇더라도 인간에게 그 분노의 원인인 백경의 위협은 너무 크다.

앞뒤 꽉 막힌 스바루에게 그 사실을 가르치기 위해 본인 또한 백경의 크기를 되새길 수밖에 없는 말을 내뱉고, 마음이 꺾이는 괴로움을 맛보고 있는 것이다.

"검성을…… 죽였어……?"

그 영혼 어린 외침을 듣고, 그때까지 아무 말도 귀담아 듣지 않던 스바루의 기세가 시들었다.

검성(劍聖). ──그것은 이세계에 소환된 스바루가 목격한 최강의 인물에게 주어져 있던 칭호이자, 스바루에게는 오롯한 '강함'의 상징이다.

선대 검성이, '최강'의 체현인 라인하르트와 같은 수준으로 강하다고는 단정할 수 없다.

하지만 라인하르트와 같은 칭호를 가질 만한 힘이 있는 존재, 그것을 죽인 백경이란.

"라인하르트보다, 강하다……?"

최강의 존재조차도 능가하는, 최강의 재앙이라고 자청하기에 걸맞은 괴물이라는 뜻인가.

급속하게, 그때까지 근거도 없이 스바루의 등을 떠밀고 있던 초조감이 사라지기 시작한다. 뒤에서 밀어대던 그 감정들이 없어진 순간, 스바루는 정신을 차리고 보니 일어설 힘마저 잃고 있었다.

"나는, 뭘…… 지금 이런 곳에서, 뒹굴고 있을 때가……."

렘을 구하고 싶다. 구출하고 싶다. 지금 당장 돌아가지 않으면 그 바람은 이루어지지 않는다.

마음은 그 사실을 이해하고 있는데도 정작 중요한 투지가 손발에 전해지지 않는다. 영혼에 닿지 않는다.

오토는 구속되어 있던 스바루를 해방하고 연민 어린 목소리로 말했다.

"저는 약하고, 당신도 약해요. 그러니 우리는 그 여자아이를 구하지 못합니다. ──우리는 그 여자애의 강함을 따라잡을 수 없는 거예요."

──그렇지만 렘도 사실 강하지는 않은 것이다.

그 사실을 스바루는 알고 있는데, 알고 있을 텐데, 아무 말도 하지 못한다.

고개 떨군 채 용차의 진동에 몸을 맡겼다. 지룡은 밤안개 속을 똑바로 내달리고 있다.

등 뒤에 렘을 팽개친 채로 용차는 멀어졌다.

스바루는 렘에게서 멀어져가고 있었다.

"_____."

그대로 5분일까, 10분일까. 고개 숙인 채로 시간이 경과했을 때였다.

"나츠키 씨, 저건⋯⋯."

그때까지 잠자코 지룡을 몰고 있던 오토가 전방에 시력을 집중하면서 스바루를 불렀다. 천천히 고개를 든 스바루는 차부석의 오토 옆으로 기어간다. 거기서 그와 같은 방향으로 눈을 돌렸다가——뿌옇게, 어둠 속에서 일렁이는 빛을 발견했다.

"안개로 가려졌지만⋯⋯ 저건 결정등의 빛이에요!"

"안개를, 빠져나가는 거야⋯⋯?"

"빠져나간다고 해도 밖은 밤중의 가도니까 조명이 있는 건 부자연스럽죠. 아마도 우리와 비슷하게 안개에 말려든 사람 아닐까 싶은데⋯⋯."

오토의 추측을 뒷받침하듯 비슷하게 이쪽을 눈치챈 상대가 똑바로 접근했다. 10여 초 뒤에 안개에서 나타난 건 한 대의 용차와 차부의 남자였다.

"겨, 겨우 사람이랑⋯⋯ 이봐! 이거, 안개 맞지?! 배, 백경이란, 뜻이지?!"

장년의 남자는 입 끝에 거품을 물고 글자 그대로 공황 상태에 빠진 채 필사적으로 부르짖었다.

남자는 밤안개 속에서 발견한 스바루 일행을 하느님이나 부처님으로 여기듯이 매달렸다. 비통한 목소리는 추측이 부정되기를 바라고 있었지만, 오토는 고개를 가로저었다.

"네, 백경이에요. 저희는 이미 조우했습니다. 지금은 다행히도 뿌리쳤겠지만 안개를 빠져나올 때까지는 언제 어디서 맞닥뜨릴지 알 수 없어요."

"사, 사실이냐……! 아아, 최악이다. 왜, 왜 이런 일이……."

머리를 부둥켜안고 비탄에 잠기는 남자를 본체만체하며 스바루는 옆에 앉은 오토를 노려보았다.

'다행히도'라고 오토가 주워섬긴 게, 마치 태세 돌변해 렘을 팽개친 짓에 대한 죄책감을 잊은 말로 들렸기 때문이다.

"오토, 말조심해라."

"뭐죠, 나츠키 씨."

"같잖은 말투 하지 말라는 거야. 뭐 다행히도? 웃기지 마. 렘이, 렘이 무슨 기분으로 우리를……."

렘을 팽개친 시점에서 스바루와 오토의 입장은 완전히 똑같다. 그런데도 스바루는 렘을 생각하며 화냄으로써 죄책감을 달래려고 한다.

알고 있다. 스바루도 진즉에 알고 있는 것이다.

남겨진 렘이 백경 앞에서 지혜를 짜내어 살아남고 있다. ──그럴 일은, 희망적 관측조차 할 수 없는 망상에 불과하단 것쯤은.

렘은 이 안개 속에서, 3회째의 이 세계에서, 또다시 스바루를 구원하기 위해 죽──

"렘이라니, 누구 말이죠?"

그런 비장한 렘의 각오와 마음은, 놀랄 만큼 가볍게 배신당했다.

"──뭐?"

"아니, 그러니까 렘이라뇨? 뿔뿔이 흩어진 다른 행상인 중에도 그런 이름 가진 사람은 없었을 텐데……. 누구 말씀 하시는 거죠?"

오토는 스바루가 한 말의 의도를 알 수 없다고 갸우뚱했다.

그 렘의 존재를 대수롭잖게 여기는 몸짓이, 그녀의 고결함을 짓밟는 소행으로 느껴져서.

──쳐든 주먹으로 힘껏, 그 낯짝의 따귀를 후려치고 있었다.

그 즉시 차 위의 요동이 고삐 너머로 지룡에게 전해져서 용차가 크게 좌우로 흔들렸다. 버팀목을 잃은 스바루가 차부석 뒤쪽으로 쓰러지고, 얻어맞은 오토도 차부석에 옆으로 쓰러졌다.

맞은 뺨을 잡은 오토가 재빨리 일어나서는 쓰러진 스바루를 보고 외쳤다.

"가, 갑자기 무슨 짓이에요?!"

"까불지 마!"

믿을 수 없다고, 오토가 스바루의 흉행에 눈을 부라리고 있지만 오토의 언동을 믿을 수 없는 건 스바루 쪽도 마찬가지다.

"너, 뭔 소리를 지껄이는 거야……! 우리를 보내기 위해 남은 렘더러 누구 말하느냐고? 개소리 마! 이 자식, 죽고 싶은 거냐……!"

"무슨 말하는지 모르겠다고 하잖아요! 당신 뭐야. 갑자기 이상한 소리나 하고…… 백경을 보고 미친 거 아니에요?!"

물고 늘어지는 스바루의 말에 오토는 여전히 딱 잡아떼고 있다.

참을 길 없는 격정에 시야가 시뻘겋게 물든다. 시간이 유독 천천히 흐르는 것처럼 느껴진다. 솟구치는 살의가 눈앞의 남자의 가는 목을 부러뜨리라고 스바루에게 명령하고 있었다.

손을 뻗어 모든 걸 다 잊어먹은 배은망덕한 놈의 목숨을 뜯어내주려고 하──

"너희 뭐하고 있어?! 지금은 다투고 있을 때가 아니잖아! 좌우간 안개를……."

고함을 주고받다가 종국에 죽고 죽이는 싸움으로 발전하려는 두 사람을 보고, 나란히 달리고 있던 용차의 남자가 당황하면서 말리는 소리를 외쳤다. 하지만 그 목소리도 극도로 살벌해진 둘에게는 닿지 않았다.

그 추악한 다툼을 멈춘 건 필사적인 남자의 다음 모습이었다.

"안개를 빠져나가 백경에게서 도망치는 게 최우선이지──."

현실적으로, 정성껏 설득을 이어가던 남자. 그 몸이 배후에서 용차를 집어삼키는 백경의 아가리 속으로 빨려 들어가 한순간만에 스바루 일행의 시야에서 사라졌다.

용차와 지룡을 통째로 삼키고 얼굴을 위로 쳐든 백경이 거대한 질량을 씹었다.

목재와 철재가 으스러지고, 맷돌 같은 이빨로 살점이 짓이겨진 지룡이 단말마를 터뜨렸다. 그 절규와 파쇄음에 휩쓸려 똑같이 다진 고기가 되었을 남자의 목소리는 누구에게도 닿지 않았다.

"뭐, 어──."

그 거구의 소리도 없는 접근, 그리고 유린에 스바루와 오토는 동시에 말을 잃었다.

　오토는 재회한 백경의 위용에 다리를 후들대고, 스바루는 꼼짝 않고 눈을 부릅떴다.

　"어째……서…… 네가 여기, 있는데……."

　아직도 건재한 백경은 코앞의 하찮은 두 사람 따위에겐 눈곱만큼도 관심을 보내지 않고, 입안에 퍼지는 만찬을 음미하는 데에 푹 빠져 있다.

　"네가, 여기에 있단 말은……."

　이 괴물을 끌어내기 위해서, 그 자리에 남은 소녀는 어떻게 됐다는 말인가.

　그 압도적인 존재를 앞에 두고, 뻔히 다 아는 대답을 요구하지 않을 수 없었다.

　물론 백경이 그 물음에 대답해줄 턱이 없다. 씹는 행위를 마친 백경은 다음 사냥감을 품평하듯이 그 커다란 눈으로 나란히 달리는 용차를──스바루를 내려다보기 시작했다.

　"으, 아아아아아──!!"

　그 압박감에 버티다 못해 먼저 광란에 빠진 오토가 부르짖었다.

　지룡도 백경의 존재에 공황 상태가 되어 주인의 지시를 기다리지 않고 달리는 속도를 높였다. 딱 한순간 양쪽의 거리가 벌어지지만, 백경은 몸을 출렁이고 헤엄을 가속해 따라온다.

　"어째서 어째서 어째서…… 이렇게 집요하게, 떼어, 냈던 게에……!"

가속하는 용차의 차부석에서, 상실감에 때려눕혀진 스바루는 허물어진 채로 있었다. 착란을 일으킨 오토의 한탄도 지금은 한 귀에서 한 귀로 지나간다.

"왜, 우리만을······! 이렇게 어두운, 와중에····· 어째서······! 뭔가, 뭔가 표식이라도, 있단, 건가요오······!"

흐느끼면서 오토가 용차에 부착해둔 결정등을 떼어서 버렸다.

조금이라도 백경의 눈에 띄지 않도록 소용없는 저항하는 모습이 애처로웠다. 하지만 그런 오토의 말을 들은 스바루의 뇌리에 문득 어느 이미지가 떠올랐다.

집요하게 스바루 일행을 쫓는 백경에게, 표식이라도 있느냐고 한탄한 오토의 말.

그 백경의 끔찍스러울 정도의 집념에, 정녕 이유가 있다면──.

"설마······."

스바루가 차부석에서 몸을 내밀고, 뒤에서 유영하고 있는 백경 쪽에 시력을 집중했다.

밤안개 속을 유유자적 헤엄치는 백경은 어슴푸레한 어둠으로 그 거체를 가리고 있다. 그러나 열심히 발버둥 친 스바루의 눈은, 정면으로 이쪽을 바라보는 백경의 얼굴을 어렴풋이 확인했다.

그 백경의 머리 부분에 삐뚤빼뚤 뒤틀린 뿔이 돋아 있는 게 보였다.

──저택 주변의 숲에 생식하던 마수, 울가름은 체격이 큰 들

개에 뿔이 난 외견이었다. 그리고 마녀의 힘으로 태어났다는 마수는, 스바루의 몸이 풍기는 마녀의 냄새에 이끌려 덮치는 습성이 있다. 다시 말해.

"저 괴물도…… 백경도, 마수인가……?"

스바루는 믿기 어려운 가능성을 입에 담고, 받아들일 수 없는 현실에 고개를 가로저었다.

하지만 그렇게 생각하면 앞뒤가 맞는다.

뿔뿔이 흩어진 복수의 용차 가운데, 백경이 곧장 스바루 일행의 용차에 주목한 이유도, 오토의 용차에 옮겨 탄 뒤에도 집요하게 스바루 일행을 노려온 이유도.

렘이 죽음을 각오하고 시간을 번 다음에도, 이 용차를 쫓아온 이유도.

암흑 속에서 바싹 뒤따르는 백경의 존재에, 렘이 무슨 말을 하려다가 주저하던 모습이 떠올랐다. 렘은 그 시점에서 눈치챘던 것이다.

"내 몸이…… 백경을, 부르고 있단 건가……?"

백경은 스바루의 존재를 쫓아, 마녀의 냄새를 쫓아 덮쳐왔다.

렘은 그런 사실을 누구보다도 먼저 알아챘기에, 스바루를 지키기 위해 스스로 용차에서 내려 시간 벌이에 치중한 것이다. 스바루를 지키기 위해. 스바루를 위해서만.

"그럴 수가, 렘……. 나는, 그럴 수가…… 나 때문……에……!"

밀어닥치는 중압과 비탄에, 스바루는 얼굴을 가리고 쭈그려 앉았다.

렘을 잃은 사실이, 렘을 잃게 한 사실이, 그것들 전부가 자신의 책임임을 이해한 사실이 스바루의 마음과 몸을 후려쳤다.

"나츠키 씨……."

절망감에 꺾인 스바루의 어깨를 뒤에서 오토가 두드렸다.

떨리는 손끝과, 유난히 메마른 목소리. 스바루는 그런 오토 쪽을 쭈뼛쭈뼛 돌아본다.

"오토, 나는……."

"죽어주세요."

다음 순간, 어깨가 떠밀린 스바루의 몸은 싱겁게, 용차에서 밀려 떨어지고 있었다.

"——어?"

시야의 상하가 뒤집히고, 밀려 떨어진 몸이 천지를 잃고 세차게 휘돈다.

그 난동하는 시야 속에서, 떠들썩하게 웃는 오토의 모습이 보였다. 그는 하얀 이가 보일 만큼 크게 입을 벌리고 침을 흘리면서 외쳤다.

"당, 당신이, 잘못한 거라고요오! 당신이, 당신 때문에, 쫓아오는 거라면, 책, 책임져주세요오! 아하하! 죽어! 죽어서, 날 살려줘엇!"

광소하는 그 모습에 스바루는 그의 정신이 끝내 닳아 없어졌다고 깨달았다.

스바루의 허약한 중얼거림을 주워듣고, 근거도 묻지 않고서 그 말에 매달려 스바루를 떠밀어버릴 만큼 오토는 궁지에 처해

있던 것이다.

그 이해에 도달한 순간, 스바루의 몸 또한 땅바닥 위에 도달하고 있었다.

등 쪽부터 사정없이 땅바닥에 내동댕이쳐져 과장 없이 온몸의 뼈가 으스러지는 통증을 맛본다. 고통 어린 비명에 내장이 뭉개지는 소리가 섞이고, 굴러다니면서 사방에 피를 쏟아냈다.

통증을 자각하는 기능마저 빼앗길 정도의 충격.

위액의 구토와 토혈을 반복하며, 스바루는 느릿느릿 고개를 쳐들었다. 한참 앞에서, 자신을 떨구어낸 용차가 도망치는 소리가 멀어지는 게 들린 것 같았다.

묘하게도 원망은 솟지 않았다.

아프고 괴로워서 그럴 경황이 없다는 게 사실이지만, 그것 말고도 어째선지 오토를 책망할 마음을 먹지 못할 불가사의한 감정이 있었다.

말려들었을 뿐인 오토가, 살아남겠다고 필사적으로 발버둥친 끝에 자신을 밀어 떨어뜨린 것이다. 어쩔 수 없는 일이라고, 그 행동을 용서해버렸을지도 모른다.

"웨흑, 끄웩."

그런 감상은 입안에 가득 찬 피 맛과, 생각난 듯이 온몸을 뚫는 격통, 그리고.

"——————."

몸부림치는 스바루 앞에 모습을 드러낸, 너무나도 거대한 존재 앞에서 깨끗이 날아갔다.

──그 강대한 위용은, 저항하는 행위가 어리석다고 한눈에 스바루에게 이해시켰다.

　　엎드린 스바루의 눈앞, 손을 뻗으면 닿을 정도의 거리에서, 백경은 그 과도하게 큰 입에서 비릿한 숨을 토해내며 하찮은 스바루의 존재를 확인하는 중이다.

　　왜소한 사람의 몸에겐 백경의 단순한 호흡마저 폭풍이나 마찬가지다. 하물며 지금의 스바루가 자신의 몸을 지탱할 수 있을 리도 없어서 날숨 한 번에 한없이 땅바닥을 구른다.

　　부러진 뼈가 복잡하게 찌그러지고, 신선한 통증에 질리도록 들은 절규가 스바루의 목에서 작렬한다.

　　"───."

　　백경은 그렇게 몸부림치며 괴로워하는 스바루를 내려다보고, 마치 가지고 놀듯이 침묵을 지켰다.

　　유유자적 머물러 있는 그 모습에 방심이란 말은 적합하지 않다. 생물로서의 격이 다른 것이다.

　　숫제 코끼리에게 개미가 도전하는 상황이나 마찬가지. 고래에게 사람이 바닷속에서 덤비는 꼴과 같다.

　　통증과 토악질에 지배되는 머릿속으로, 스바루는 지척에 다가든 '죽음'의 감각을 이해했다.

　　이미 몇 번이고 맛봐온 절망감.

　　자신이 천천히 확실하게 사라져가는 상실감.

　　도중에 꺾여 또다시 아무것도 이루지 못한 자신에 대한 무력감.

그것들이 친근하게 스바루에게로 다가붙어 허물없이 어깨에 팔을 두르고, 이번의 꼴사나운 갈등과 우스꽝스러운 발버둥질을 코웃음치는 걸 알 수 있었다.

무엇이 잘못이었는지 이제는 다 모르겠다.

그저, 렘을 잃어버린 지금 스바루의 손아귀에는 아무것도 남지 않았다.

그토록 꼴사납게 살아남으려고 하던 짓조차 미련스러운 저항이었다고 자조한다.

하잘것없다. 시시하다. 아무것도 하지 못하고 남기지 못한, 형편없는 삶이었다.

눈앞에 백경의 코끝이 다가드는 걸 느낀다.

벌어진 구강에 딱딱한 비늘을 가진 지룡마저도 쉽사리 다지는 강인한 이빨이 줄지어 있다.

스바루의 살점을, 뼈와 영혼을 갈아서 씹고 게걸스레 먹어치우려 한다.

차라리 죽이라고, 빨리 그 아가리로 깨물라고, 오기 서린 말을 입에 담으려 입술을 푸들거린다.

"죽고, 싶지 않아……."

그리고 그마저도 하지 못하는 약한 자기 자신에게, 비로소 스바루는 진정으로 절망했다.

여태껏 없었을 정도의 무력감이 가슴 내면에 차가운 칼날을 들이대었다. 온몸의 피가 얼어붙어 싸늘해지고, 실망감에 눈앞이 컴컴해졌다.

"싫……어……. 죽고, 싶지 않아. 살려, 죽고 싶지, 않아……! 죽고 싶지 않아, 죽고 싶지 않아 죽고 싶지 않아……. 싫어 싫어 싫어어……. 살려줘, 렘, 살려줘……."

우는 소리가, 약한 소리가, 그치지 않는 삶에 대한 너절한 집착이 입에서 넘쳐 나온다.

이미 잃은 생명에, 잃게 만든 생명에 매달린다. 아무것도 하지 못한 약자가, 아무것도 이루지 못한 패배자가, 아무것도 지키지 못한 쓰레기가 그래도 목숨이 아깝다고 울부짖는다.

가엾었다. 무참했다. 추악이란 바로 그 모습을 말하는 것이었다.

누구나 그 우스꽝스러운 몰골에서 눈길을 돌리고 조롱의 말을 던지며 보는 것도 고통이라고 비방할 것이다. 고결한 인간성은 그렇게까지 해서 목숨에 매달리는 짓을 결코 허용하지 못한다.

비참했다. 버러지가 사는 방식이라도 그나마 귀염성이 있었다. 제 몸이 아깝다고 존귀하고 긍지 높은 존재의 존엄조차 더럽히는 그것은, 바로 '돼지의 욕망' 그 자체다.

"싫……어어……. 죽고, 싶지 않…… 살려……."

그런데도 기어 다닌다. 여전히 도망쳐 다니며 목숨을 부지할 가능성을 찾아 비겁하게 신음한다.

어느덧 힘을 잃은 몸은 전진하지 못한다. 손끝은 풀만 매만지고 흙을 파헤칠 힘도 남지 않았다. 울부짖을 기력조차 일찌감치 다 쥐어짜서 몸을 옆으로 굴리는 게 마지막 저항이다.

"죽고, 싶지 않……아아……."

그렇게, 위를 보고 나뒹군 스바루의 입에서 새어 나온 목숨 구걸.

그것이 마지막 몸부림이었다.

더는 아무것도 할 수 없다. 생각할 수 없다. 하는 대로 당할 수밖에 없다.

그런데도 스바루에게 종말을 가져올 충격은 아무리 지나도 찾아오지 않았다.

친근한 '죽음'의 기척이, 이빨에 으스러지는 처절한 종말이 암만 가도 찾아오지 않는다.

언제 끝날지 알 수 없는 종말을 하염없이 기다리는 공포는 사람의 마음을 쉽사리 부순다.

스바루는 견뎌낼 도리도 없는 공포에 몸을 뒤틀고, 떨고 있는 몸을 혹사해 자신을 끝낼 절망을 찾아 시선을 헤매다가.

"……어."

──코앞에 다가섰을 백경이 아무 데도 없다는 사실을 깨달았다.

8

그 뒤의 스바루는 오로지 삶에 대한 집착만으로 달리고 달렸다.

"죽고 싶지 않아……. 죽고 싶지 않아, 죽고 싶지 않아……."

숨이 막히고 다리가 휘청거린다. 떨어지는 피가 눈에 들어가

시야가 흐려진다. 하지만 스바루는 그조차 마다 않고 달렸다. 원래부터 어둠과 안개가 끼어서 시야가 나쁘든 말든 다를 바가 하나도 없다.

별도 달도 보이지 않는 밤의 품속에서 스바루는 자신의 발밑조차 내다보지 못하고 있다. 혹은 알아채지만 못했을 뿐이지 자신은 이미 백경에게 삼켜진 건 아닐까.

지금은 그 마수의 배 속을 향해, 스스로 종말로 향해 나아가고 있을 뿐일지도 모른다.

"히끅."

암흑 속에서 스바루는 끝까지 혼자뿐이었다.

렘을 잃고 오토에게 버림받았다. 백경마저도 스바루를 두고 갔다.

존재 가치를 잃은 스바루에게, 하찮은 존재에게 아무도 상관해주지 않는다.

죽고 싶지 않다. 왜 그렇게 생각하는지조차도 알 수 없다.

살아서 무슨 의미가 있는가. 죽지 않는 것에 무슨 의미가 남아 있는가.

두서없는 사고가 떠오르는 이유는 통증과 공포를 얼버무리기 위한 자기 방위 본능 때문일까. 이런 장면에서도 제 몸의 안전을 따지는 자신이 숫제 끔찍했다.

"──아?"

안개의 종단은 자학을 할 때까지 하고 욕설조차 떠오르지 않을 즈음에 갑자기 찾아왔다.

끝이 없다는 생각마저 들던 어둠이 갑작스럽게 종결을 맞는다. 스바루는 믿을 수 없는 얼굴로 땅바닥에 허물어졌다. 부드러운 달빛이 내리쬐고, 스바루는 자신이 살아남았음을 이해했다.

손발에 피가 흐르는 감각이 되살아난 스바루는 밤하늘로 두 손을 뻗었다.

스바루에게 그렇게 시킨 감정은, 가슴에 치밀어 오른 감정은 삶을 거머쥔 환희가 아니다.

"또, 나는……."

또다시 볼썽사납게 발버둥 친 끝에, 목숨을 거머쥐고 만 자신에 대한 실망이었다.

그토록 갈망한 삶을 손에 넣은 스바루는 아무 감상도 품지 못했다. 견디지 못할 죄책감이 가슴속을 태우고, 존재를 잊었던 수치의 감정에게 살해당해버릴 것만 같다.

"렘…… 렘……!"

얼굴을 가리고 참지 못할 뜨거운 눈물과 소녀의 이름을 하염없이 흘렸다.

그 이름을 부름으로써, 용서를 청함으로써 스바루는 자신의 영혼을 하염없이 위로했다.

흙에 이마를 찧으며 흐느끼고, 시간이 얼마나 지났을까.

그것은 천천히 삐거덕거리는 소리와 함께 웅크린 스바루 쪽으로 다가왔다.

"너……는……."

원형을 잃은 차체를 끌며 피로 범벅된 그것은, 용차 한 대와 지룡이었다.

본 적이 있는 그건 틀림없이 오토가 소유하던 지룡이다. 하지만 그 차 위에선 스바루를 밀어 떨어뜨린 청년의 모습은 찾아볼 수 없었다.

"왜, 네가……. 그 녀석은, 오토는?"

의문이 입을 비집고 나왔지만 당연히 응답하는 말은 없다.

용차가 비틀비틀 접근해오자 스바루도 일어나서 걸어갔다. 그 끔찍하게 파손된 용차를 바라본 스바루는 알아챘다.

──차부석에는 십자가를 본뜬 단검이 여럿 박히고 혈흔이 남아 있다.

안개를 빠져나갔을 때에 누군가에게 습격당한 것이다.

광란을 일으켜서 스바루를 버리고 목숨만 부지해 달아난 오토가, 그 뒤에 덮쳐든 절망 앞에서 무슨 감정을 품었을지는 상상도 할 수 없다.

그러나 그의 신변에 무슨 일이 일어났는지는 이렇게 혼자뿐인 지룡을 보면 명확했다.

"……가자."

나직이 중얼거린 스바루는 아픈 몸을 들어 올려 차부석에 올라탔다.

고삐를 가까스로 움직이는 오른팔로 잡고, 보고 배운 흉내로 휘둘러 지룡에게 지시를 내린다.

주인과는 다른 고삐의 감각에 지룡은 당황한 듯이 동그란 눈동자로 스바루를 쳐다보았다.

하지만 스바루가 반복해서 고삐를 휘두르자 지룡은 천천히 가도를 따라 나아가기 시작했다.

──은빛 달의 광채 아래서 용차는 천천히 달리기 시작했다.

마찬가지로 소중한 존재를 잃은 사이끼리, 상처 자국을 핥아주는 듯한 사람과 지룡의 모임이 천천히 천천히, 별과 달의 조소를 받으며.

용차는 천천히, 천천히 달렸다.

계속 달렸다.

제4장 『말하게 두진 않아』

1

삐걱삐걱. 용차는 소리와 함께 전진하고 있다.

차부석에 기대어 구색만 갖춘 차부를 맡고 있는 스바루의 의식은 몽롱했다.

피로가 있다. 부상의 영향이 있다. 무엇보다 정신이 크게 마모되었다.

부러진 뼈와 찢어진 이마의 치료도 마땅치 않고, 빠져 있는 왼쪽 어깨는 단속적으로 통증을 호소한다. 입안은 깨진 이빨의 감촉 때문에 불쾌하기 짝이 없고, 피와 진흙과 소변으로 온통 더러워진 의복은 맨 살갗에 싸한 감각을 직접 전달하고 있다.

──왜, 살아남아버린 것일까.

렘에게 지켜지고. 그녀를 잃고. 오토에게 버림받고. 꼴사납게 목숨을 구걸하고. 백경도 본체만체하고. 밤안개의 가도를 무작정 돌파해 빠져나와서 생존해버렸다.

지금 함께 살아남은 지룡과 나아가고 있는 이 길은, 어디로 이어져있는 걸까.

어디에 도착하든지 간에 그곳에서 자신이 대체 무엇을 할 수 있다는 걸까.

누군가를 지키고 싶다. 구하고 싶다. 그 마음이 자신을 움직이고 있다고 믿었다. 하지만 실제로는 보고 싶지 않은 것을, 번듯한 말로 치장하며 기쁨에 잠겨 있었을 뿐이다.

자기 자신이, 제 목숨을 가장 아까워하는, 제 몸 걱정만으로 이루어진 살덩어리라고 깨닫고 말았다.

렘을 백경 앞에 방치하고 오토에게 돌아가라고 명령했을 때, 반론하는 오토에게 마음이 꺾인 척하고서 속으로는 안도하던 건 아닌가.

검성 같은 존재마저 대적할 수 없는 상대라면 돌아가봤자 개죽음당할 뿐. 그건 렘도 바라지 않는다. ──그러므로 내가 돌아갈 필요는 없다. 죽을 필요는 없다고.

엄연한 사실로 스바루는 렘을 구하러 돌아가지 않았고, 미워해야 할 대상인 백경에게 살려달라고 애걸하기까지 했다. 죽고 싶지 않다고 외치며, 소변을 지리면서 도망쳐 다녔다.

그때의 뇌리에, 렘의 안부 따위는 단 한 번도 스치지 않았다.

이런 남자를 위해 목숨을 내던지다니, 렘은 어쩜 그리도 바보 같은 짓을 했을까.

"하지만…… 가장, 바보인 건……."

이제 렘은 아무 데도 없다.

오토도, 다른 행상인들도 남지 않았다. 스바루는 혼자뿐이었다.

지룡만이 말없이 정비된 가도를 더듬듯이 사람 마을을 찾아

걷고 있다.

어디든 좋다. 아무 데라도 데려가주면 좋다.

될 대로 되란 기분이 들어 스바루는 고삐를 놓고 차부석에 쓰러졌다. 드러누운 시야에 들어온 것은 보이기 어려운 장소에 박혀 있는 채로 남은 십자검이다. 안개에서 벗어난 오토가 조우한 모양인, 마녀교 신도들이 습격한 흔적이었다.

차라리 이대로 스바루 쪽에도 마녀교가 나타나주진 않을까. 오토와 비슷하게, 이 무의미한 목숨을 거두어가주진 않을까.

아니면, 막상 그 장면이 되면 역시 자신은 살려달라고 애걸해버리는 걸까.

그, 페텔기우스를 앞에 두었을지라도.

"페텔, 기우스."

나직하게 증오 서린 대상의 이름을 주워섬긴 스바루는, 마음에 뚫린 공동을 절절히 깨우쳤다.

렘을 참살하고 스바루는 조소한, 모든 악의 근원이던 광인의 이름을 주워섬겨도 스바루의 마음에는 아무 파문도 일지 않았다.

불과 몇 시간 전까지 그 광인에 대한 분노만이 스바루에게 활력을 주고 있었는데도.

"나는, 대체, 뭘……."

용차의 바퀴가 삐걱거리고 매우 날카로운 소리가 고막을 쥐어뜯는다.

스바루는 통증조차 느껴지는 불협화음에 얼굴을 찡그리고 슬쩍 몸을 일으켰다.

"숲……?"

쳐다보자 어느 틈에 지룡은 그 걸음을 멈추고 있었다. 주위를 둘러보니 나무들에 둘러싸인 숲길을 헤치고 용차는 흙이 드러난 지면을 밟고 있었다.

아침 해가 뜨고 한동안 지났는지 머리 위에서 하얀 햇빛이 스바루의 몸을 지지고 있었다.

의식하고 보니 서서히 그 열기가 몸의 심지에 스며들어 번지기 시작하고…

"──어, 스바루?"

별안간 능청맞고 높은 목소리가 들렸다. 스바루는 자기 이름이 불려 경악했다.

멈춘 용차에 기어올라 차부석의 스바루를 들여다보는 작지 않은 여러 인영.

"역시 스바루다." "왜 그래, 스바루." "지저분해, 스바루." "냄새 나, 스바루."

그들을 스바루를 가리키며, 저마다 그 참담한 몰골을 보고 웃기 시작했다.

하지만 그건 스바루를 조소하는 악의 서린 웃음이 아니라, 오히려 친밀한 관계에게만 용납된 친애가 서린 것이었다.

"너희……들……."

알고 있는 얼굴이다. 요 며칠 동안에 몇 번씩 본 얼굴이다. 모두 다 고통과 한탄에 일그러져서 다시는 웃을 수 없어진 모습을 목격해온 얼굴이다.

그건 로즈월 저택 근처의 아람 마을, 그곳에 사는 아이들의 웃는 얼굴이었다.

　멍하니 고개를 들어 스바루는 숲길 앞에서 사람 사는 마을의 기척을, 갈구한 광경을 찾아냈다.

　──그토록 바라고, 그토록 소원한 장소에 마침내 도착해버렸다.

　모두 다 잃고 모든 것에 절망해 포기한 이 순간, 스바루는 늦지 않아버린 것이다.

　“스바루?” “어, 왜 그래?” “위, 위험하다고!”

　아이들의 목소리가 높아져서 이쪽을 걱정하는 마음을 알 수 있다.

　알 수 있었지만, 머리가 무거워서 더는 몸을 지탱할 수가 없어서.

　팽팽하던 뭔가가 소리를 내고 끊긴다. 스바루의 의식 또한 온갖 고뇌에서 내쳐지듯 고요하게 깊은 곳으로 떨어지기 시작한다.

　“잠깐, 떨어지──.”

　──떨어져, 간다.

2

　──스바루가 눈을 떴을 때, 맨 처음 눈에 들어온 건 낯익은 하얀 천장이었다.

　결정등만 설치된 간소한 천장은 현란하게 장식된 방이 많은 저택 중에서는 드물다. 그 점이 마음에 들어 자기 방으로 선택한 자신의 소시민성을 실감할 수 있다.

머리 위에 있는 건 언제까지고 부드러운 감촉과 높이에 익숙해지질 않는 베개였다. 어깨까지 낙낙한 시트가 덮여진 자신이 침대에 눕혀져 있음을 금세 알 수 있었다.

스바루의 체질은 어떤 상태여도 기상하면 금방 의식이 각성한다. 방 안을 둘러보고 그곳이 쭉 기거해오던 방임을 확인한다. 그리고.

"──아."

침대 옆에서 의자에 앉아 조용히 책을 내려다보고 있는 소녀가 있었다.

흑색 기조의, 노출을 많이 잡은 개조 메이드복. 짧은 머리를 장식하는 하얀 꽃의 머리장식과, 귀여운 이목구비에 날카로움이 서린 굳은 미모가 고상한 내심을 알리고 있다.

그 모습을 깨달은 순간, 스바루는 펄쩍 뛰듯 상반신을 일으키고 그의 기상을 눈치채지 못한 소녀의 손을 잡아 그 표정을 놀라움의 색으로 칠했다.

"──어딜 함부로 만지고 있어, 바루스."

차갑고 매몰차게 흔들어 푼 손의 감촉에, 그 음색에 환상이 바스라진다.

잃어버린 소중한 존재와의 재회는, 눈앞에 있는 소녀의 머리카락이 분홍색임을 깨닫자마자 허구였음을 깨닫게 했다.

스바루가 만나고 싶은 소녀와 똑 닮은, 머리카락 색만이 다른

쌍둥이 언니.

"며칠 만에 람과 만나서 기쁜 건 알겠지만, 그렇게 본능 그대로 덤비는 건 남자답다기보다 수컷 같아. 추잡해."

경멸하듯이 스바루를 노려본 람이 침대에서 멀어지듯이 의자 위치를 비꼈다.

눈초리와 목소리의 냉기에, 외견만은 판박이인 여동생과의 명확한 차이가 느껴졌다.

"아아……. 그렇……겠지. 이제 와서 내게, 그럴 자격이……."

스바루가 머리를 쥐어뜯으며 입술을 깨물고 고개 숙이자, 람은 미심쩍은 듯이 눈썹을 찡그렸다.

람의 입장에선 방금은 아침 인사나 마찬가지인 독설에 불과하다. 평소의 스바루라면 너스레로 받아칠 정도의 대화인데, 심각한 표정과 함께 입을 다문 것이다.

"……너무, 람의 분수에 맞지 않는 일을 시키지 말았으면 좋겠는데."

말과 함께 몸을 붙인 람의 손바닥이 스바루의 머리를 자상하게 쓰다듬었다. 조용하고 온화한 리듬을 새기고 심장박동을 누그러뜨리는 자애의 손끝에 스바루는 동요했다.

"실례되는 생각을 하고 있는 얼굴인걸, 바루스. 람이 자상한 게 뜻밖이야?"

"뜻밖……이지. ……넌 내가 약해지면 더 밟아댈 타입이잖아."

"람만큼 자애와 관용이 넘치는 메이드도 없을 텐데 말이야.

지금의 바루스를 들볶으면 너무 악랄하지. 이 자리는 나중으로 미루고 다음에 쌓은 몫을 발산하기로 하겠어."

"정정해서, 역시 넌 생각한 거랑 같은 여자다."

람은 다음 기회로 심술을 미루겠다는 선언을 했어도, 스바루는 그 손끝에서 보듬는 감정이 사라지지 않은 걸 체감하고 있다.

몸짓이고 말투고 성격이고 뭐고 다 다른데도 역시 그녀들은 자매인 것이다.

그 마음씨가 동질의 것임을 이해할수록 스바루의 마음은 옥죄였다.

전해야만 하는 사실이 있고, 피할 수 없는 고통이 기다리고 있다.

"아……."

고민하는 스바루의 머리에서 손끝이 멀어지고 아쉬움에 그만 목소리가 나왔다. 당황해서 입에 손을 대지만, 장난스러운 눈길의 람이 입술에 웃음기를 머금는 쪽이 훨씬 더 빠르다.

"더 해주길 바랐어?"

"어린애도 아니라고. 필요 없어……."

"어린애처럼 울려는 얼굴로 말은 잘 해. 고집 부리는 방식이 애들 그 자체야."

람이 거북해하는 스바루를 흘겨보고, 어깨를 으쓱이면서 우월한 눈으로 말했다.

"그러면, 바루스."

"…………."

스바루 앞으로 다시 의자를 움직여 정면에 앉은 람이 스바루를 바라보았다.

"──이야기를 들어보도록 하겠어."

그렇게, 람 쪽이 먼저 이야기의 불을 당겼다.

"심각한 꼴이더라. 마을에 모르는 용차가 나타난 줄 알았더니 반쯤 죽어가고 지저분한 바루스가 있다. 마을에 사는 사람이 람을 부르러 왔을 때, 처음에는 농담인 줄 알았을 정도야."

람은 담담하게 의식을 잃은 스바루가 저택에 후송될 때까지의 일을 되짚었다.

"빠진 어깨와 깨진 이마. 부러진 갈비뼈는 붙여놨지만 무리하다간 상처가 덧날 거야. 피와 진흙으로 더러워진 옷은 처분했어. ──지렸던 건 에밀리아 님에게는 덮어줄게."

"……아아, 그건 고맙다."

스바루의 쉰 목소리에 람은 따분한 얼굴로 어깨를 으쓱였다.

람 입장에선 지금 건 약간의 우스개였던 거겠지만, 정작 스바루 쪽이 이래서야 별다른 화제도 되지 못한다.

"내 상처, 이걸 고쳐준 건……."

"에밀리아 님이야."

선뜻 람이 스바루가 염려하던 바와 같은 내용을 입에 담았다.

그 대답에 스바루가 고개를 떨어뜨리자 람은 허리에 손을 얹고서 코웃음을 쳤다.

"어쩔 수 없잖아. 처음에는 베아트리스 님께 부탁했지만 거절당해버렸단 말이야. 그분도 까다로우신 분이니 거절당할 건 각오하고 있었지만."

"그…… 에밀리아는, 나에 대해 뭐라 했었어?"

"람 입으로는 아무 말도 못해. 그건 본인과 대화를 해야 할 일이겠지."

빠져 있었던 어깨에 손길을 준 스바루가 쭈뼛쭈뼛 물었으나, 람의 대답은 차가웠다.

"왕도에서 에밀리아 님과 바루스 사이에 무슨 일이 있었는지 람은 듣지 못했어. 흥미도 없어. 지금 바루스 반응을 보면 어차피 바루스가 변변찮은 짓을 저지른 거겠지."

"신랄한데."

"어울리는 평가라고 보는데? 핵심에 들어서기 무서워서, 다른 화제로 조금이나마 더 뒤로 미루려고 하는 허당에게는 딱 맞지."

"욱…… ."

끽소리도 내지 못한 스바루는, 실인즉슨 람이 바라는 이야기를 알고 있었다. 어쨌든 간에 돌아온 스바루 옆에 있어야 할 존재가 없는 것이다. 당연히 응당 최초로 보고해야 할 사항이다.

그 말을 이렇게 입에 담지 않고 스바루가 직접 말을 꺼내기를 기다리는 건 람이 자상하기 때문일까, 아니면 엄격하기 때문일까. ──필시, 자상하고 엄격한 마음씨다.

그 배려에 마냥 응석만 부리고 있을 수는 없었다.

"──렘이, 죽었어."

그 말을 입에 담은 순간, 스바루의 가슴속에서 뭔가가 쑥 빠졌다.

그것은 가슴 밑바닥에 줄곧 묵직한 덩어리로 뭉쳐서 얹혀 있던 것이고, 방금 고백을 한 순간에 흐물흐물 모양을 잃어 위 속으로 떨어져서 자기 존재를 주장하기 시작했다.

그 덩어리가 대체 무엇이었는지 뺨에 흐르는 뜨거운 감촉이 있고서야 비로소 이해했다.

——나는 렘을 잃게 만든 거다.

눈물이 철철 흘러 떨어졌다.

그리고 깨달았다. 간신히 깨달았다. 스바루는 몇 번이고 렘을 죽게 했다.

스바루가 렘을 죽게 한 건, 그녀의 죽음을 실감한 건 이전에 저택에서 벌어진 루프도 포함하면 이걸로 네 번째다. 렘을 네 번 죽게 하고서야 깨달았다.

렘의 죽음에 스바루가 그녀를 위해 눈물을 흘린 건 이번이 처음이었다.

이런 자신에게 헌신해준 렘을 위해서, 스바루는 겨우 눈물을 흘렸다.

자기 걱정 때문이 아니라, 죄책감 때문도 아니라, 겨우 순수하게 렘을 위해서만.

"내가…… 아무것도 하지 못해서. 가도에 안개가…… 백경이, 나왔어. 그래서, 렘이 나를 도망쳐 보내려다가…… 하지만 난 안개 속에 남겨져서…… 그래서 결국……."

하고 싶은 말이 정리되지 않는다.

오열 섞인 말은 혀가 꼬부라졌고 대화 전후도 잘 맞물리지 않는다. 그치지 않는 변명 같은 내용이 렘의 최후를 더럽히는 느낌이 들어서 스바루는 무서워졌다.

죄는 인정했다. 벌을 받아들이자. 보기 흉한 자신에게 어울리는, 마땅한 벌을.

그러니 그러기 위해서, 모든 것을 밝히기 위한 설명을――.

"렘이라니, 누구?"

―――.

―――――.

―――――――.

"아, 어, 뭐……?"

무슨, 말을, 들었는지, 알 수 없었다.

람이 입에 담은 말의 의미를 이해할 수 없어서 스바루는 얼이 나간 목소리로 되물었다.

렘이라니 누구라니 무슨 의미인 걸까.

하지만 람은 그런 스바루를 의심스럽게 쳐다보다가 갸우뚱하며 다시 입을 열었다.

"렘이라니 누구 말하는 거야, 바루스."

쌍둥이 동생의 이름에 눈썹 하나 까닥이지 않고, 그게 누구인지를 물어왔다.

"누, 누구고 자시고…… 어처구니없는 소리 하지 마! 너, 너의, 너의 여동생 이름이잖아?! 렘이라고? 렘이야. 렘 말이야. 장난치고 있을 때가."

"람의 여동생……."

입술에 손가락을 얹고서, 람은 진지하게 생각에 잠긴 듯 눈을 감았다.

그 기억을 떠올리려는 몸짓이 지금의 스바루에게는 견디기 어려울 만큼 답답했다. 뭘 하고 있느냐고 고함친 다음, 지금 당장 안개가 낀 가도에 람을 내동댕이쳐주고 싶어진다.

"람의 여동생. 렘. 아아……."

"기억이 났냐?!"

"없는 건 기억해낼 수 없지. 람은 줄곧 혼자고 여동생 같은 게 있을 리가 없어."

매우 덤덤한 얼굴로 람은 스바루에게 기대도 품게 해주지 않고 딱 부러지게 단언했다.

"그런, 말도 안 되는……. 무슨, 소리를……."

"──람에게 여동생은 없어."

"웃기지 마! 렘이 없으면 마수의 숲 소동은 얘기가 어떻게 되는데! 나랑, 렘이랑, 너하고, 마수를……."

"정말로 왜 이래, 바루스. 성질이 나긴 해도 울가름의 무리를 박멸할 수 있던 건 바루스의 공훈이 절반. 나머지는 람의 노력과 로즈월 님의 힘이 전부. ……그, 렘이라고 하는 이름의 생이

별한 여동생이 끼어들 틈이라곤 없어."

스바루의 항변을 들어도 람은 완강하게 여동생의 존재를 인정하려 하지 않는다.

저택에서 일어난 반복되는 나날의 전말도 람 안에서는 다른 이야기와 바뀌쳐져 있다.

확실하게 있었음이 분명한 사건이 람 안에서는 허위의 추억으로 덧칠되었다.

뭐가 뭔지 알 수 없다. 어떻게, 그런 대답을 할 수 있는지 알 수 없다.

"농담도, 못 돼……. 악몽이라고 해도, 수준이 너무 나쁘지 않느냐고……."

"람은 언제나 진지하게 있어. 꿈을 꾸고 있는 건 바루스 쪽이겠지."

"꿈…… 꿈? 꿈이라고?! 웃기지 마!"

말 붙일 염도 못 낼 람의 태도에 스바루는 시트를 밀어제치며 침대에서 내려왔다. 아직 체력이 돌아오지 않은 하반신이 휘청거렸지만, 격정이 그 몸에 활력을 주어 걷게 만들었다.

"바루스, 아직 일어섰다간……."

"시끄러워! 잠자코…… 잠자코 보기나 해!"

휘청거리는 몸에 람이 손을 뻗으려고 하지만, 격분한 스바루는 그 손을 뿌리쳤다.

스바루가 눕혀져 있던 곳은 저택 동쪽 별동 2층의, 스바루가 지내는 방이다. 렘의 방은 3층. 그곳에서 그녀의 흔적을 찾아 스바루는 위층을 목표로 걷기 시작했다.

"체력도 돌아오지 않았는데 계속 무리하면 쓰러져서 람에게 폐를 끼칠 거라고."

뒤에서 따라오는 람이 그런 말을 걸지만, 울화로 어깨를 들썩이며 걷는 스바루는 귀도 기울이지 않는다. 평소보다 시간을 들여 계단을 올라간 스바루는 저택 3층의 통로를 직진해 수도 없이 드나든 방 앞에 섰다.

도착한 렘의 방을 보면 람의 이상한 생각도 산산이 쳐부술 수 있을 터다.

방의 문고리를 잡은 스바루는 단번에 그 방에 쳐들어갔다.

주저할 필요라곤 없다. 여기서 주저하면 겁을 집어먹는 스바루의 마음에 또다시 변명을 허용해버린다. 고민하고 헤맬 시간 따위 주지 않는다.

발 들인 방의 실내장식은 간소하지만, 얌전하고 소녀다운 장식이어서——

"……이게, 뭐야."

아무것도, 없었다.

들이친 방 안에는 다른 빈 방과 똑같이 모양만 정돈된 침대와 방에 비치된 작은 탁자가 있을 뿐. 렘의 방은 심플하긴 했으나 무개성 덩어리 같은 이런 방과는 다르다. 여자아이다운 소품과 장식물은 분명히 존재했다.

"그럴 리가……."

방 안을 둘러본 스바루는 믿을 수 없는 심정과 함께 복도로 뛰쳐나갔다.

　문 옆에 선 람의 시선을 무시하고 스바루는 계단에서 지금 방까지의 문 수를 세었다. 틀리지 않았다. 틀릴 리가 없다. 눈을 감아도 이곳에 도착할 수 있다.

　──그런데, 어째서.

　"베, 베아트리스인가? 처음 때처럼, 공간을 셔플해서 나를……."

　"바루스."

　"그래, 그게 맞아! 그 녀석, 이상한 재주를 익혀가지고. 날 놀려먹……."

　"바루스, 적당히 해."

　발악하는 스바루를 본 람이 조용한 목소리로 미련을 끊으려 들었다.

　화들짝 놀란 스바루가 람을 바라보았다. 스바루를 보는 람의 눈에는 애절한 감정이 떠올라서, 평소의 그녀에게선 생각할 수 없을 만큼 스바루의 몸을 염려해주고 있음을 알 수 있었다.

　그런데, 그게 아닌 것이다. 지금 스바루가 바라는 것은 그런 눈초리가 아니다.

　"렘은…… 이곳에는……."

　"──그런 사람은, 이 저택에는 처음부터 없었어."

　람은 고개를 저으며 눈을 어두워진 스바루에게 똑똑히 내던지듯이.

　"람에게, 여동생은, 없어."

그렇게 말해 스바루의 당혹에 이번에야말로 결정타를 꽂은 것이었다.

3

──렘의 죽음은 자신의 책임이라고, 스바루는 짊어져야 할 죄를 자각했다고 여겼었다.

그 지나치게 무거운 중책을, 지금까지라면 내던지고 도망쳤을 책임을 받아들이고서 겨우 렘의 죽음과 마주보려고 하고 있었건만.

"내……게는……."

렘의 생명을 한탄할 자격도, 용서를 청할 자격마저도 없다는 말인가.

에밀리아를 위한다는 생각에 했던 행동은 그녀에게 받아들여지지 않았고, 감정은 엇갈린 채로 아직도 이해를 주고받지 못했다.

스바루를 위해서 모든 것을 던진 렘은 세계를 반복할 때마다 장렬하게 목숨이 스러진다. 그 생명의 책임을 지겠다고 하니 세계는 그 책무조차 스바루에게서 앗아갔다.

시간이, 세계가, 마녀교가, 백경이, 온갖 장애가 스바루의 소망을 방해한다.

왜 세계는 이다지도 자신에게 차갑고, 온갖 상념은 스바루를 배신하는가.

그것은, 그것은──.

"바루스, 방으로 돌아가."

람이 텅 빈 방에 멍하게 붙박인 스바루에게 그렇게 일렀다.

곁에 서 있던 람은 뻣뻣하게 서 있는 스바루를 방에서 끌고 나와서 등을 떠밀며 말했다.

"피곤해서 여러모로 혼란을 일으킨 거겠지. 방에 돌아가서 침대에서 마저 꿈을 꾸도록 해. 람은 아직 할 일이 있어서 별로 챙겨줄 수 없어."

맥을 못 추는 스바루를 앞에 두고도 람의 판단은 엄격하다. 계속 곁에 있어주지도 않으며, 자신에게 부과된 역할을 다하고자 한다.

"방에 돌아가서 자고 있어."

떠날 때에 한 번 더 말을 남기고, 람의 모습이 계단을 내려가 사라졌다.

그녀가 한 말대로 잠들어버리면 이 소외감에서 도망칠 수 있을지도 모른다.

분명히 나쁜 꿈인 것이다. 꿈을 꾸고 있는 중에, 꿈을 꾸기 위해서 침대에 들어간다.

도망치고, 도망치고, 도망쳐버리면 된다. 계속 도망쳐서 여기까지 왔다. 지금까지와 똑같이, 여태까지처럼 도망치고 도망치고 도망치고 도망치고 도망치면──.

"도망쳐서, 어떻게 돼……."

중얼거린 스바루의 다리는 계단을 내려가기 직전에 멈추어 있었다.

　꿈속으로 도망치려는 판단을, 계단에 디디려던 다리를 거두어서 접었다. 가볍게 턱을 든 스바루가 바라본 것은 위층으로 가기 위한 계단이다.

　도망쳐도 아무것도 변하지 않는다. 또다시 스바루는 렘을 배신할 뻔했다.

　렘이 스바루를 지키고, 목숨을 걸어 백경에게서 도망쳐 보내준 이유는 무엇 때문인가.

　스바루에게 목적을 달성시키기 위해서다.

　스바루의, 소중한 사람들을 마녀교의 마수로부터 벗어나게 한다는 목적을 위해서다.

　지금 여기서 그 목적조차 팽개쳐서, 의식을 도피 속으로 놓아 버린다면.

　"용서를 청하는 것보다도, 비겁한 짓이지……."

　스바루는 뒤돌아서 내려가려던 계단에 등을 돌렸다.

　이번에야말로 진행하는 발걸음에 망설임은 없다. 들어 올린 다리가 계단을 밟고, 스바루의 몸은 계단 밑이 아니라 위층으로 간다. 그곳에 스바루가 돌아온 이유가 기다리고 있다.

　한 단 한 단을 확인하듯이 내딛으며 스바루는 천천히 위로 향한다. 도착한 최상층에서 스바루는 줄곧 갈망해온 문을 찾아내고 숨을 내뱉었다.

　문고리에 손을 얹은 순간, 스바루는 자신이 유난히 평온한 기분임을 알아챘다.

조금 전 렘의 방에 들이쳤을 때, 그토록 세차게 뛰고 있던 심장이 거짓말처럼 착 가라앉았다. 그것이 침착해졌기 때문인지, 긴장을 뛰어넘은 바람에 고동치는 것을 잊고 무겁게 가라앉은 건지 구별이 가지 않는다. 하지만.

"용기를, 빌려줘. 렘——."

그 이름을 입에 담은 순간, 스바루의 손에 분명한 힘이 깃들었다.

전해진 힘이 문고리를 돌리고, 강고하다고 느끼던 문이 느릿하게 열린다.

그리고 열린 문 너머, 책상 앞에 앉아 있던 소녀가 돌아본다.

"——스바루?"

은방울과 닮은 목소리가 자신의 이름을 부르는 것을 들은 스바루는 눈을 감았다.

몹시도, 말로 표현하기 어려운 감개가 가슴을 내달린다. 그리고 스바루는 겨우 떠올렸다.

자신이 그녀의 이 목소리를 듣기 위해서 돌아왔다는 사실을.

은빛 머리카락을 살랑이고 뽀얗게 비치는 하얀 살결에 남보랏빛 눈동자를 가진 소녀. 그 아련한 미모에 애수의 빛깔이 번진다. 일어선 그녀는—— 에밀리아는 스바루에게 말했다.

"……왜, 돌아온 거야."

스바루는 그 말의 내용이 아니라 떨리는 음색 쪽에만 의식을 빼앗겨 있었다.

입술을 떨고 눈빛에 힘이 없는 에밀리아.

오랜만에 얼굴을 마주한 그녀의 모습. 마지막에 헤어졌을 때보다도 야위어버린 느낌이다. 목소리에도 눈동자에도 피로의 기색이 짙어서 자고 있는 게 아닐까 싶을 정도다.

필시 자기 자신을 몰아붙이다가 외부의 간섭에 마음이 갈려나가고 있는 것이다.

그래서 스바루는.

"가자. 이곳에 있으면 안 돼."

발을 내딛고 에밀리아의 물음을 무시하며 손을 뻗었다.

그 막무가내 태도에 에밀리아는 놀라서 살짝 몸을 빼고 스바루와 거리를 벌렸다. 줄어야 했을 거리가 벌어져 스바루의 표정이 난처해지고 에밀리아는 고개를 가로젓는다.

"가자니, 어디로…… 으응, 아니. 무엇 때문에?"

"여기가 아닌 장소라면 어디든 좋아. 무엇 때문이냐고 물으면, 난 널 위해서라고 대답할 거야. 난 널 위해 이곳에……."

"또. 그거니? 스바루."

스바루의 대답에 에밀리아는 마치 실망한 듯한 목소리로 말했다.

에밀리아는 남보랏빛 눈에 희미하게 습기를 머금고, 입을 다문 스바루를 치켜뜨며 노려보았다.

"갑자기 돌아와서 상처투성이로 걱정까지 끼치고…… 왕도에서, 페리스의 치료를 받고 있어야 하지 않았어? 왜 지금, 여기에 있는 거야."

"이것저것 사정이 있었어! 설명하고 싶은 마음은 굴뚝같지만 그럴 시간도 아까워. 부탁이니 내 말을 들어줘. 지금 당장 함께 이 저택에서……."

"할 수 없다고 말했잖아? 난 그래가지고선 스바루를 믿을 수 없다고 말했어. ……말했다고."

도리질과 함께 에밀리아는 떨리는 목소리로 스바루를 거절했다.

그것은 왕성의 대기실에서 주고받은 대화의 속편이자 진전이 없는 재현이었다.

스바루가 품은 결사의 마음은 에밀리아에게 전해지지 않고, 스바루는 에밀리아가 왜 자신의 마음을 알아주지 않는지 알 수 없다. 다만 지난번과 다른 점도 있다. 그것은.

"싫어한다면 억지로라도 데리고 가겠어. 며칠만 지나면 싫어도 내가 옳았단 걸 알걸. 그러니까……!"

"기다려, 기다려봐, 스바루. 어떻게 된 거니? 그렇지, 스바루는 그렇지 않았잖아. 나는 스바루를…… 그런데."

"잔말 말고 가만히 내가 하는 말이나 들어!!"

고함친 순간, 에밀리아가 그 어깨를 떨었다.

믿을 수 없다고, 눈을 크게 뜬 에밀리아 앞에서 스바루는 고함친 기세 그대로 거친 숨을 몰아쉬며 에밀리아를 강하게 노려보았다.

"이곳에 있으면 안 돼. 넌 후회해. 반드시 해. 아무에게도 보탬이 되지 못해. 아무도 보답받지 못해. 난 더 이상 괴로워하고 싶지 않고, 울고 싶지도 않다고!"

"무슨, 얘기야……? 스바루, 난 모르겠어."

"시끄러워! 너희는…… 너는! 내가 하는 말대로 하면 된다고! 그러면 잘 풀려. 그렇다고! 왜 아무도 알아주지 않는 거야……!"

머리를 쥐어뜯으며 스바루는 눈앞의 에밀리아에게가 아니라, 부조리 전부에게 소리쳤다.

발작을 일으킨 스바루의 발언은, 에밀리아에게는 의미를 알 수 없었을 것이다. 그러나 스바루에게 그 저주를 토해낼 장면은 이 순간밖에 있을 수 없었다.

스바루가 조우한 모든 부조리── 그 출발점인 에밀리아 앞에서밖에, 이 참기 어려운 추한 감정은 토해낼 수 없는 것이었다.

울먹이는 소리로 호소하는 스바루를 본 에밀리아가 슬프게 눈을 내리깔았다.

"미안해. 스바루가 무슨 말을 하고 있는지, 난 모르겠어. 알아줄 수가 없어."

눈을 내리깐 채로 에밀리아는 스바루의 마음을 달래듯이 어조를 누그러뜨렸다.

"알아주고 싶어. 하지만 지금은 그렇게 해줄 수 있는 시간이 없을지도 몰라서. ……꼭 해야 할 일이 많이 있어서 그래. 그러니까 지금은."

"잘 안 풀려."

스바루는 그 배려를 가로막고 짧은 말로 에밀리아의 마음을 짓밟았다.

악의에 찬 목소리를 들은 에밀리아는 얼떨떨한 얼굴로 눈을 연방 깜빡였다.

"잘 안 풀린다고. 넌 글렀어. 실패해. 할 수 있을 리 없어. 완전 글러먹었지. 주둥이뿐이야. 구원할 수 없어. 구원받지 못해. 무턱대고 무모한 짓을 쌓아 올리고, 반복한 무리와 같은 수만큼 시체산을 보게 돼. ──그게 네 미래다."

거무칙칙하고, 추악하고, 비천하고, 혐오해야 할 쾌락이 스바루의 몸을 채우기 시작했다.

자신이 주워섬긴 말, 단어 하나하나가 에밀리아의 고막을 울릴 때마다 그 표정에 아픔이, 가슴에 균열이, 마음에 칼날이 퍼지는 걸 실감할 수 있다.

이 순간, 에밀리아의 모든 것은 자신에게 쏠려 있다.

이 찰나만은 에밀리아가 자신을 무시할 수 없다는 음침한 기쁨이 그곳에 있었다.

결의를 무시당하고 각오가 웃어넘겨진다. 행동이 악랄하게 짓밟히고, 과거는 무익하다고 조롱당한다. 미래는 깜깜하다는 선언을 듣는다.

그 하나하나에 희롱당하는 에밀리아를 보고, 스바루의 마음은──.

"어째서?"

나직이, 에밀리아가 중얼거렸다.

인정머리 없는 스바루의 말에, 어둠에 닫힌 미래를 선고받는 아픔에 그 표정을 비탄으로 굳힌 에밀리아. 하지만 그녀의 남보랏빛 눈은 그럴 때에도 어두워질 줄 모른다.

　애틋하게 촉촉해진 빛에 홀려 들어 그곳에 비치는 세계——즉, 에밀리아가 바라보는 스바루 자신이 반사된 모습을 보고.

　"어째서, 스바루는 그렇게 괴롭게 울고 있어?"

　——자신이 눈물을 흘리면서 일그러진 웃음을 띠고 있음을 깨달았다.

　모든 말이 반사되는 걸 알 수 있었다.

　눈물을 흘리며 에밀리아의 마음을 짓밟은 말 하나하나를 되짚으면, 별다를 것 없다. 그건 전부 스바루 자신을 찢어발기는 말들이었다.

　결의를, 각오를, 행동을, 과거를, 미래를 부정당한 건 스바루도 같았다.

　무엇을 해도 소용없다고 여기는 마음이 있다.

　뭔가를 해야만 한다는 의무감에 재촉받는 자기 자신이 있는 것도 알 수 있다.

　무엇을 위해서 저항해야 하는지 알 수 없다. 알 수 있는 일이라면.

　"나는…… 나를, 여기까지 보내준…… 아냐. 여기까지 데려와준 렘을 위해, 렘을 위해서도, 꼭 해야 할 일이……."

　"렘?"

　더듬더듬 속내를 더듬으며, 이곳에 온 원초의 마음을 되찾으려고 한다.

그런 스바루의 의미를 이루지 못하는 중얼거림을 주워들은 에밀리아가 살짝 갸웃했다.

"————."

숨이, 막혔다.

에밀리아의 입에서 풀려 나온 이름, 그 어감.

그것은 병백하게 그 소리의 의미를 모르는 사람이 입에 담는 부류의 것이었기에.

"——너도."

"응?"

"너도 렘을, 잊는 거냐——."

쌍둥이 언니마저 존재를 잊어버리고, 있었다는 흔적조차 소멸했다. 목숨을 걸고 돌아온 이유였던 인물마저 그 아이를 기억하지 못하고 있다.

그녀의 나날은, 시간은, 마음은, 삶은, 소원은. 그래서 어디로 사라진단 말이더냐.

그 웃음은, 그 분노는, 그 눈물은, 그 접촉은, 그 아이가 확실하게 살아 있던 증거는, 그 아이를 구성하는 모든 것은 어쩌라는 말인가.

"——좋아, 전부 얘기해주지."

'엑.' 하고 스바루의 말에 놀라는 에밀리아. 그 단정한 미모를 쳐다본 스바루는 자신을 이렇게까지 움직여대는 마음의 근원을 재확인했다.

이대로 렘이, 그녀의 마음이 저편으로 사라져버릴 바에는.

"모조리 다 드러내서, 피를 토하는 편이 나아."

결단한다.

모든 것을 털어놓고, 진실을 얘기해 자신의 마음속을 드러내기를.

스바루의 시선이 바뀐다. 그것을 알아챈 에밀리아가 마른침을 삼킨다.

그런 에밀리아 앞에서 스바루는 자신의 가슴에 손을 얹었다. 심장박동이 빠르다. 지금부터 무엇이 일어날지, 그 결과를 사전에 이해하고 있기에 우러나온 공포다.

그것은 통증이다. 그것도 발광할지도 모를 정도의 통증.

심장이 쥐어터지도록 희롱당하며 소리도 지를 수 없는 고통을, 언제 끝날지도 모르는 채 하염없이 당하는 것이다.

하지만 생각한다. 이렇게도 생각한다.

알 바냐. 상관할쏘냐. 통증 따위, 이 괴로움에 비교하면 어쨌단 말이냐.

믿어주지 않는다. 이해해주지 않는다. 무엇보다 렘의 존재를 아무도 기억하지 못하는, 이런 괴로움을 참을 바에는 통증 따위 별반 대단할 것도 아니다.

──올 테면 오도록 해라. 심장 정도야 내주마.

"에밀리아."

"응."

"나는 미래를 봐왔어. 앞으로 무슨 일이 일어날지를 알고 있어. 어째서냐면, 나는…… 나는 '사망귀환' 해서——."

모든 것을 털어놓으려고, 핵심을 건드린 순간에 역시 정체는
찾아왔다.

예상대로 세계의 움직임은 서서히 완만해지다가 이윽고 정지
했다. 그 즉시 경치는 색을 잃고 그때까지 듣고 있던 모든 소리
가 사라졌다.

바람 소리가, 숨결이, 심장 소리가, 멀어지고 멀어져서 돌아
오지 않는다.

오감이 모두 의식에서 멀어지고 스바루는 세계에 고립된다.

——그리고 그 고립된 스바루를 혼자 두게 하진 않겠다고, 바
라지도 않은 자애의 손바닥이 천천히 모습을 드러냈다.

발생한 검은 아지랑이는 조용히, 허공을 미끄러지듯이 꿈틀
거리며 팔 모양을 형성한다.

전까지는 뚜렷하게 팔 모양을 이루던 것은 오른팔뿐이었다.
하지만 밀회의 횟수가 늘어날 때마다 접대 방식을 바꾸는 마수
(魔手)는, 서투른 속도로 왼팔마저 빚어낸다.

두 손이 스바루에게 짓쳐든다. 왼손은 사랑스러워하듯이 뺨
을 어루만졌다. 남은 오른손은 못 기다리겠다는 듯이 애무를 서
두르며 가슴속에 들어가 늑골을 지나치고, 심장을 부드럽게 감
싸쥐었다.

조물조물. 심장이 손아귀 속에서 놀아나는 감각이 온몸에 소
름을 퍼뜨린다.

한 번에 격통을 주던 지금까지와 다르게 말 그대로 스바루의

생명을 틀어쥔 검은 아지랑이는, 마치 스바루의 각오와 결의를 극한의 공포로 꺾기라도 하겠단 듯이 악랄하게 다루었다.

와야 할 통증이 찾아오지 않아 스바루의 마음에 조용한 공포가 싹트기 시작했다.

통증에 대한 각오, 견뎌내겠다는 맹세. 마수는 그런 스바루의 결의를 비웃듯이 그저 고통을 주는 것만으로는 부족하다는 양, 마음도 몸도 굴복시키겠다고 슬기를 발휘했다.

상상하던 것과 다른 방식으로 고통을 주는 바람에 스바루는 몸부림이 봉해진 상태에서 비명을 지르고 싶어졌다. 그러나 움직이지 않는 어금니를 깨물어 그 충동을 거부했다.

통증이, 공포가, 미지가 스바루를 괴롭힐지라도 마음은 절대로 굴하지 않는다.

그렇지 않으면 보답이 없다. 그렇지 않으면 용서받을 수 없다.

아무도 렘의 존재를 기억하지 못하는 이 세계에서 렘의 죽음의 책임을 진 스바루가 용서를 청할 상대는, 자신의 영혼 말고는 있을 수 없으니까.

통증이든 괴로움이든 마음대로 새겨 넣어라.

──이 결의만은, 그렇게 간단히 박살 나주지는 않는다.

스바루는 심장을 가지고 노는 검은 마수를 노려보고, 올 순간을 숨을 죽이며 기다린다. 하지만 마수는 일절 움직이지 않는다. 언제든지 할 수 있기에 하지 않고 있을 수도 있다.

시간이 정체된 세계에서 소모전이 걸려오면 정신이 닳아 없어질 때까지 싸울 수밖에 없다.

지금은 굳건한 스바루의 결의도 언젠가는 파탄 나 체념에 삼켜져 부러진다.

──만약 그렇게 생각하고 있다면, 그 생각은 너무 허술하다.

몇 시간이라도, 며칠이라도 고통에 견뎌주겠다. 겉치레로 몇 번씩 죽고 있는 게 아니다.

죽는 것도 아니라면, 아픔쯤이야 얼마나 되든지 간에 견뎌내 보이겠다.

그런 스바루의 각오는──.

"──아?"

느닷없이, 정지해 있던 세계에 색이 들기 시작했다.

찾아와야 했을 통증은 전조만으로 기척을 지우고 이 세상 아닌 어딘가로 사라진다.

각오와 함께 남겨진 스바루 쪽에, 소리가, 색이, 시간이 되돌아왔다.

숨결이, 심장박동이, 세계가 움직이기 시작하는 소리가 스바루의 주위에 넘쳐나고, 멍해진 스바루를 비웃듯이 세계가 숨을 되찾았다.

스바루의 단호한 각오 앞에서 마수는 자신이 하는 행위가 무력하다고 깨달았다는 걸까.

그럴 리가 없다고, 지금까지 마수의 괴롭힘을 당한 갖은 경험이 그 생각을 웃어넘긴다.

지금도 가슴에는 검은 아지랑이의 오른손이 심장을 부드럽게 쥐던 감촉이 남아 있다.

그걸 움켜쥐었더라면, 지금쯤 스바루는——.

"————."

거기까지 생각하다가 스바루는 문득 의문을 품었다.

스바루의 심장에 닿고 있던, 가증스러운 오른손의 감촉은 똑똑히 기억하고 있다.

그런데 그동안 왼손은 어디에 가 있던 건가. 처음에 뺨을 만지고, 그다음 왼손은——.

"——후."

의문의 대답이 나오기보다 먼저, 눈앞의 에밀리아가 무슨 말을 중얼거렸다.

그 목소리에 제정신으로 돌아온 스바루는 시간이 멈추기 전에 전하려던 말의 뒷말을 떠올렸다.

아무 일도 없이 악몽에서 해방된 것에 동요했지만, 금기를 범한 대가를 상대가 바라지 않는다면 더할 나위 없다.

모든 걸 털어놓아 1초 뒤의 미래를 함께 나누어서, 스바루가 진심으로 바라고 모두가 진심으로 바랄 세계를 얻는다. 그러기 위한 결의가 간신히 결실을——.

"아."

그 직전, 별안간 에밀리아의 몸이 앞으로 기울어지며 스바루 쪽에 기댔다.

무심코 손을 뻗어 에밀리아의 몸을 받았다. 손바닥에 따뜻하고 부드러운 감촉이 닿아서 스바루는 살짝 숨을 죽이고——.

철퍽.

“——에.”

　　철퍽, 철퍽, 철퍽.

　　“——에밀리아?”

　　철퍽철퍽철퍽, 촤악.

　　이상한 소리가 나고, 받아 안은, 에밀리아의, 입에서, 피가, 왈칵, 넘쳐서.

　　——오른손이 스바루의 심장을 만지고 있을 동안, 왼손은 어디로 사라졌었지?

　　스바루의 어깨에 머리를 얹은 에밀리아의 토혈은 그치지 않는다.

　　넘쳐 나오는 어마어마한 양의 피가 스바루의 몸 절반을 붉게 물들이고 에밀리아의 몸무게를 덜어낸다.

　　“그만…… 어? 잠깐, 어?”

　　토하는 피를 막으려고 그녀의 얼굴을 뒤로 젖힌다. 곧바로 그 목이 힘없이 꺾인다. 어깨가 축 늘어진다. 빛을 잃은 눈동자와 눈이 맞고, 모든 것을 깨닫는다.

　　——스바루의 눈앞에서, 지금, 에밀리아가, 목숨을.

　　“어으으아아아아아아아아——!!”

　　절규가 메아리친다.

　　부르짖어서, 목이 터질 만큼 절규해서 모든 것을 잊을 수 있다면.

지금 당장 이 목을 찢어발겨, 쪼개서, 전부 다 빼앗아 가다오.

품속에서 에밀리아의 몸이, 힘없는 몸이 가벼워진다.

흘러나오는 피는 그치질 않는다. 스바루의 몸이 붉어진다. 자꾸자꾸, 자꾸자꾸 붉어진다.

──오른손이 스바루의 심장을 만졌을 때, 왼손은 에밀리아의 심장에.

결의가, 각오가, 행동이, 과거가, 미래가 조소에 짓밟혀간다.

단호한 결의가, 쳐부수어지지 않겠다고 결심한 직후의 각오가 산산이 쳐부수어져서 나츠키 스바루를 절망의 구렁텅이로 몰아넣는다.

──절규는 높게, 드높게 꼬리를 끌며 사라지질 않는다.

스바루는 마침내, 마침내.

──에밀리아를, 죽였다.

4

──핏덩이도 눈물도, 이번에야말로 온몸에서 다 짜내버린 건 아닐까.

도대체 얼마나 울면 족한 걸까.

도대체 얼마나 괴로워하면 족한 걸까.

자신은 그렇게나 용납 받지 못할 짓을 해왔던 걸까.

상처를 입고 마음을 짓밟히고. 소중한 사람을 빼앗기고 지켜야 할 사람들을 구하지 못하고. 가장 소중한 사람의 목숨을 이 손으로 끔찍하게 꺾어버리게 됐다.

──이건 대체, 누구에게 내리는 벌인 걸까.

"나……는……."

잘못하고 있었다. 착각하고 있었다. 우쭐대고 있었다.

자신의 영혼에 눌러 붙은 '마녀'의 저주를 한 번쯤 보기 좋게 역으로 써먹은 정도로, 이용할 수 있다며 자만하고 있었다. 죽어도 돌아갈 수 있다는 경솔한 생각이 그것을 조장해 '마녀'라는 꺼려야 할 존재와 그 마수를 경시하는 결과를 불렀다.

그것들이 켜켜이 쌓인 결과가 지금 눈앞에 있는 참상이다.

허물어진 스바루가 무릎 위에 에밀리아의 유해를 싣고 공허한 눈을 이리저리 헤매었다.

에밀리아가, 그 생명이 스러지고 얼마나 시간이 지났을까.

만져본 그녀의 뺨은 차갑고, 그 입에서 넘치는 선혈도 열기를 잃고 식어 있었다. 부드러운 팔다리도 딱딱해지기 시작해서 그 '죽음'을 부정할 요소가 사라져간다.

그 사실을 이해하고도 여전히 스바루는 움직이지 못하는 상태였다.

이제, 지쳐버렸다.

이만큼 괴로워했으니 이제 괜찮지 않은가.

스바루만큼 괴로운 경험을 한 인간이, 이 세계 어디에 얼마나 있다는 말인가.

전의 자신과 비교하면 생각도 못할 만큼 노력했고, 어떻게든 하려고 노력도 거듭했다. 그런데도 최악은 회피하지 못하고 재앙에 삼켜져 모든 것을 잃었다. 그렇다면 이젠——.

"——마치 내가 세상에서 제일 불행하단 말이라도 하고 싶어 하는 얼굴인 것이야."

아무도 없었을 장소에서 스바루는 환청을 들은 얼굴로 입구 쪽을 바라보았다.

느릿느릿 답답한 움직임으로 고개를 쳐든 스바루는 한 소녀가 문 앞에 서 있는 모습을 발견했다. 소녀는 경멸 어린 시선으로 쳐다보고 있다.

크림색의 긴 머리는 둘로 나뉘어 아름답게 말렸으며, 마치 서양 인형이 입을 법한 화사한 드레스를 반듯하게 입고 있는 깜찍한 이목구비의 소녀였다.

이 반복되는 나날 중에 저택에 두 번 귀환한 스바루가 얼굴을 보지 못한 인물이다.

"베아……트리스……."

"한동안 못 본 사이에, 얼빠진 낯짝이 더욱 얼이 나가버린 것 같구나."

신랄하게 내뱉은 베아트리스는 방의 참상을 둘러보았다. 그리고.

"꽤나 화려하게도 저질렀어."

매우 선선하게, 베아트리스는 한숨과 함께 참상을 그렇게 평했다.

피바다에서 움직이지 못하는 에밀리아를, 그런 그녀를 공허한 눈으로 안고 있는 스바루를. 그런 장면을 보고서 그런 감상밖에 떠오르지 않는 건가.

하지만 그런 당연한 반감조차 지금의 스바루에게는 솟질 않았다.

오히려 별달리 캐물으려고 들지 않는 베아트리스의 태도는 지금의 스바루에게는 고마웠다. 고마운 김에 이대로 스바루를 방치해주면 좋을 텐데.

"빠냐……는 나오지 않는 걸까."

말과 함께 스바루 바로 옆으로 걸어온 베아트리스가 무릎을 굽혔다.

"찾으라고 말해도 듣지 않을 것 같구나. ……손이 더러워지니까 사실은 싫은 것이야."

내키지 않는 투로 말한 베아트리스의 손이 에밀리아에게로 뻗었다. 죽은 에밀리아에게 무슨 짓을 하는지, 반응 없는 스바루 앞에서 소녀의 손끝이 에밀리아의 목덜미를 건드렸다.

그 행위에 말 못할 불쾌감이 있어 스바루는 그것을 비난하려고 한다.

"빠져나간 걸까."

하지만 비난하는 목소리보다 베아트리스가 목적을 달성하는 쪽이 더 빠르다. 에밀리아에게서 떨어진 베아트리스의 손바닥은 녹색으로 빛나는 아름다운 결정석을 잡고 있었다.

그것은 에밀리아가 몸에서 떼지 않으며 목에 걸고 있던 펜던트. ——에밀리아가 계약한 정령 팩의 그릇이자 그 계약의 증거다. 그러나 그것은 현재.

"깨……져…….."

"깨트린 장본인이 능청스러워……라고 해도 네게 자각은 없나 보구나."

베아트리스는 손바닥 위에 두 동강 난 결정석을 적적하게 바라보다가 품속에 돌을 갈무리했다.

깨진 결정석, 그 안에 있었을 정령은 어떻게 되어버린 건가.

지금 이렇게 품속에 자고 있는 에밀리아를 '딸'이라고 칭하며, 누구보다 사랑했을 그 정령은 어떻게 되어버린 건가. 어디로 가버린 건가.

"걱정하지 않아도 빠냐는 죽진 않은 것이야. 한 번 본체로 돌아가버렸을 뿐이지. 이쪽에 오는 데에는 시간이…… 하지만 유예는 썩 없는 것이야."

스바루가 품은 의문에 당연한 듯이 대답한 베아트리스가 일어서더니 치맛자락을 가볍게 털었다. 스바루는 튕기는 소녀의 롤 머리를 보면서 그 대답에 안도했다.

그 정령이 살아 있다면, 이 장소에 돌아온다면, 반드시.

"——뭔가, 하고 싶은 말은 있는 것이야?"

몹시 생뚱맞은 안도감을 느끼고 있던 스바루에게 베아트리스가 평탄한 목소리로 물어보았다.

그 목소리에 베아트리스의 어떤 감정이 담겼는지 스바루는 깨닫지 못했다.

다만 뭔가 하고 싶은 말이 있느냐고, 그렇게 묻는다면——.

"죽여줘."

——지금 당장, 죽여주기를 바랐다.

이젠 죄다 지긋지긋했다. 모든 일에 다 지쳐버렸다.

그래서 죽고 싶어졌다. 죽어서, 전부 다 끝내버리고 싶다. 죽어서 재시도한다고 하더라도, 필시 자신은 또 전부 잃을 것이다. 죽어서 재시도하더라도, 재시도하지 못하더라도 더 이상 이 세계에 있고 싶지 않은 것이다.

에밀리아가 죽고, 렘은 존재가 사라지고, 스바루는 아무 보답도 없다.

그러니까.

"죽여, 줘……."

종말만이 지금 스바루의 구원이었다.

무언가 부탁을 들어주겠다면, 이 답이 없는 목숨을 쪼아 먹어주길 바란다.

관련된 생명의 존엄을 짓밟고 마음을 헛되이 저버려서, 모든 것에 버림받은 가엾고 어리석은 이 몸을 불태워 없애주길 바란다.

눈앞의, 초상적인 힘을 가진 소녀라면 그럴 수 있을 것이었다.

베아트리스는 스바루를 싫어하고 있었을 터다. 그런 베아트리스가 이 소원을 들어준다면, 분명히 스바루에게 끔찍하고도 죄업에 걸맞은 최후를 선사해줄 것임이 틀림없다.

스바루라는 어리석은 인간은 아홉 번 죽어도 아무것도 변하지 않았다.

이로써 열 번째. 끝자리가 딱 좋다. 신이든 부처이든 여신이든 마녀든, 정나미를 떨구기에는 딱 알맞은 때다.

그러니까.

"여기서, 죽여줘."

에밀리아의 주검을 안고서 스바루는 베아트리스에게 간청한다.

이곳이 최후가 된다면, 에밀리아의 주검을 안은 채로 끝내버리고 싶다.

생떼만 부리다가 최악의 결과를 부른 스바루의 마지막까지 염치없는 생떼.

스바루는 에밀리아를 안은 팔에 꼬옥 힘을 주고, 눈을 감고서 최후를 기다린다.

그렇게, 한동안 침묵의 시간이 내려앉았을까.

"……이야."

그것은 제멋대로 자신의 최후를 결정한 스바루의 고막을 느닷없이 때리고 있었다.

"──뭐?"

작고 허약한, 쉰 목소리였다.

무심코 숨결이 내쉰 스바루는 감고 있던 눈꺼풀을 들고 소녀를 쳐다보았다.

스바루 앞에 선 베아트리스는 변함없는 장소에서 지금도 그를 내려다보고 있다.

그 조그만 몸을 자신의 두 팔로 껴안으며 추위에 떨 듯이 입술을 깨물고 말한다.

"베티더러 너를 죽이라니…… 그런 건, 너무 잔혹한 것이야……!"

울 것 같은 얼굴과 목소리로 나온 말에, 스바루는 갈피를 잡지 못했다.

눈을 여러 번 반복해 깜빡여도 베아트리스의 진한 비탄은 사그라지지 않는다.

그건 스바루가 아는, 소녀의 어느 표정과도 다른 것이었다.

왜냐면 베아트리스는 스바루를 싫어했을 터다.

늘 쌀쌀맞았고 어수룩한 부분이 있어서 스바루를 챙겨주고는 있었지만, 기본적으로는 철저히 매정하게 굴 수 있는 인물이라고 생각했었다.

선뜻 받아들여줄 일은 없다고 해도, 거부당할지도 모른다는 생각은 했어도 그건 모멸과 조롱을 수반해서 날아올 줄로만 알았는데.

"아무것도 모르고 있어……. 넌 아무것도, 모르고 있지 뭐야……."

스바루를 죽인다는 행위를, 이렇게 슬픔의 표정으로 거절당할 줄은 몰랐었으니까.

"베, 베아트리스……?"

"네 소원 따위 무엇 하나 들어줄까 봐. 죽고 싶으면 죽고 싶은 대로, 알아서 죽으면 그만인 것이야……. 베티는 사절이야."

고개를 가로저은 베아트리스는 두 눈을 감아 표정을 죽였다.

샘솟은 눈물은 흐르지 않고 눈 안쪽에 숨고, 소녀는 그 손을 스바루에게 겨눈다.

"뭘 하려…… 이건?!"

순간, 세계가 일그러지기 시작했다.

스바루의 주위 공간이 일그러지고 균열이 퍼진다.

세계가 붕괴할 예조. 그 생각에 순간적으로 품속의 주검을 세게 끌어안았다.

그 모습을 내려다보는 베아트리스는 차갑게 식은 감정을 눈에 드리우고 말했다.

"어차피 이미 죄다 글렀지만, 네가 이곳에 있으면 곤란해. ──하다못해, 이 저택만은 지키도록 하겠어."

"무슨 말을…… 아니, 베아트리스, 너는!"

"──베티는, 로즈월과는 달라. 설령 미래를 얻기 위해서라도, 아픈 것도 괴로운 것도 힘든 것도 슬픈 것도 무서운 것도 전부, 싫어진 것이야."

물음이 되지 않는 물음에 대해, 답이 되지 않는 답이 돌아왔다.

공간이 일그러지고 생긴 균열에 스바루의 육체가 물리 법칙을 넘어서 말려들어간다.

아픔은, 없다.

"하다못해 베티가 보지 못하는 곳에서 죽어버리면 그만인 것이야."

마지막으로 중얼거린 말은 야박한 내색을 가장하면서도 쓸쓸한 내색을 눈곱만큼도 숨기지 못하고 있었다.

아무 말도 할 수 없다. 아무것도 알 수 없다. 그러나 단 하나 전해진 감정이 있었다.

——베아트리스는 스바루의 결단을, 행동을, 슬퍼하고 있던 것이다.

일그러짐이 극한에 이르고 찌그러진 공간이 터지듯이 날아간다.

시야에 노이즈가 퍼지는 듯한 위화감이 찰나 동안 세계를 석권하고, 그 직후에 대기의 왜곡은 잔재마저 남기지 않고 사라져 있었다.

있는 것은 피로 범벅된 바닥째로 도려낸, 스바루와 에밀리아가 있던 흔적뿐.

둘의 소실을 지켜본 베아트리스는 피곤한 표정으로 벽에 등을 기대었다. 느릿느릿 들어 올린 손바닥이 그 눈을 위로 덮어 베아트리스에게서 세계를 가린다.

"——어머니. 베티는, 앞으로 얼마나 더."

세계에 남겨진 소녀의 그 중얼거림은, 아무에게도 닿지 못하고 갈라지다가 사라졌다.

5

──공간이 터진 틈에서 전조 없이 방출되어, 이끼 낀 초목에 머리부터 처박았다.

"푸압."

흙 맛이 나는 침을 뱉어내고 고개를 든 스바루는 주위를 둘러보았다.

어두컴컴한 시야에는 나무들이 무리를 이루어 모든 방위를 자연스럽게 둘러싸고 있다. 스바루는 자신이 숲 안에 내던져졌음을 깨달았다.

"밤의, 숲……. 어디 산속이지……?"

달빛이 막히지 않은 덕분에 시야는 가까스로 확보할 수 있다.

차가운 바람이 나무들의 잎사귀를 흔들고, 벌레 우는 소리가 거슬리도록 야밤의 숲을 지배하고 있다. 저택의 밖이 밤이던 사실로 말미암아 스바루는 자신이 반나절 이상이나 자고 있었음을 알아챘다.

동시에, 자신이 이렇게 숲 안에 있다는 말은.

"공간전이…… 같은 인식이면 되는 건가."

대기가 일그러지고 발생한 균열에 삼켜진 직후, 숲에 방출당한 것이다.

'징검문'이라는 마법으로 저택 안의 문과 자신의 금서고 공간을 자유롭게 연결하던 베아트리스다. 마음만 먹으면 사람 한 명을 전이시키는 것쯤은 문제없을지 모른다.

하지만 이치를 이해할 수 있다 해도 베아트리스의 참뜻은 알 수 없는 상태다.

──지금도 마지막에 보여준 울 것 같은 얼굴이 뇌리에서 떨어지지 않는다.

소원을 거절당하더라도 경멸 사서 방치당할 줄로만 알았다.

그런데 베아트리스는 낙담과 실망을 눈에 머금고 스바루를 응시하고──.

"그래선, 마치……."

기대라도 받고 있었던 것 같지 않은가.

너무나 이기적이고 자신 본위의 감상이라고 스바루는 그 생각을 부정했다.

자기 자신이 아무것도 못 하는 역귀라고 자각하지 않았던가. 납득하지 않았던가.

자신이 자기 자신에게 기대할 수 없으니, 누군가가 자신에게 기대해줄 리가 없다.

하물며 미움받고 있던 상대에게까지 그것을 요구하다니, '오만'이 지나치다.

──기대 따위 받고 싶지 않다고, 줄곧 내내 도망치다가 이 세계에 온 주제에.

"답이 없군, 나란 놈은……."

삭막한 웃음을 띤 스바루는 천천히 풀 위에 무릎을 세웠다. 생각대로 움직이지 않는 발밑을 본 스바루는 자신의 무릎에 실은 또 하나의 무게를 그제야 깨달았다.

무릎 위에는 지금도, 함께 전이해온 에밀리아의 주검이 실려 있던 것이다.

"에밀…리아……."

어스름 진 세계에서 뜸한 달빛에 비추어진 푸르스름한 시신의 얼굴.

그 얼굴은 고통도 편안도 아니라 오로지 자기 몸에 일어난 불운의 원인을 이해하지 못하는 곤혹감에 차 있었다. 산 채로, 시간이 멈춘 세계에서 심장이 찌부러진 것이다.

고통을 이해할 시간이 남아 있었는지 그조차도 미심쩍다.

그러나 만약 고통을 느끼지 않았다고 하더라도 구원이 되지는 않을 것이다.

편안한 죽음은 필시 존재하지 않으며, 죽음으로 구원받을 일도 없을 것이다.

──지금의 스바루 자신을 제외하면 말이지만.

"미안해. 미안, 미안. 정말로, 미안……."

에밀리아의 얼굴을 내려다보는 사이에, 그 하얀 뺨에 물방울이 떨어진다.

메말랐다고 믿던 눈물은 끝을 모르고, 끝나지를 않는 고문이 스바루를 괴롭힌다.

목소리가 들린다. 자신을 규탄하는 목소리다.

만난 모든 사람들이, 냉엄한 분노로 스바루에게 욕설을 던져 댄다.

그중에는 은빛 머리의 소녀도, 푸른 머리의 소녀의 모습도 있어서──.

"누가…… 누구라도, 좋아……."

──죽여줘.

사라지지 않는 욕설을 뒤집어쓰며 스바루는 에밀리아를 안아 들고서 일어섰다.

그대로 풀을 밟고 가지를 꺾으며 천천히 밤의 숲을 거니기 시작했다.

멀리서 짐승의 울부짖음이 울리는 게 들린다.

지금이라면 그 검은 마견(魔犬)과의 만남도 웃으며 받아들일 수 있을 것 같은 기분이다.

혈육을, 마나를, 스바루의 생명을 송두리째 먹어 치워주길 바란다.

그렇지 않으면, 그러하지 않으면 나츠키 스바루는 구원받지 못하니까.

"_____."

스바루는 울부짖는 소리가 들린 방향을 목표로, 어두운 숲에서 더욱 심연을 향해 나아갔다.

지금은 안고 있던 에밀리아의 무게를, 시야가 좋지 않은 산길을 걷는 피로감을 느끼지 않는다.

목적이 명확하고 이를 달성하기 위해 열심이기 때문일까. 얄궂은 이야기였다.

그리고 얄궂은 운명은 그것만으로 그치지 않았다.

"여기…… 이 도랑을, 넘어서…… 그래서."

내리막을 신중하게 지나가 꾸불꾸불한 나무뿌리를 계단처럼 밟고 올라간다.

불타오르기 직전의 촛불처럼, 생명이 최후의 사력을 다하고 있었다. 하지만 망설임 없는 발걸음의 원인은 그뿐만이 아니다. 단순히 본 적이 있는 길이기 때문이다.

왜냐하면, 이 장소는──.

"아아, 있군."

안도한 듯한, 엇나간 감개에 뒤따른 미소가 입가에 맺힌다.

피가 들러붙어 정신이 닳아 없어진 인간만이 지을 수 있는 광소다. 스바루는 그런 식으로 웃는 남자를 알고 있다. 거울을 보면 분명히 자신도 같은 얼굴로 웃고 있을 것이다.

보는 이의 마음을 좀먹으며 생리적인 혐오감을 불러일으키는 흉흉한 웃음.

하지만 그 웃음을 받은 그들은, 그 광소에 친숙해져있던 자들이었다.

"─────."

밤의 숲 속. 스바루를 에워싼 것은 어둠에 동화한 흑의인 무리다.

그림자에서 떠오르듯이 솟은 그들은 스바루를 둘러싸고, 말도 없이, 소리도 없이, 존재감조차 느껴지지 않는 채로 지그시 쳐다보고 있었다.

적의도 호의도 악의도 선의도, 의사라는 의사가 느껴지지 않는 시선의 도가니. 그것을 온몸에 받으면서 스바루는 1회째 세계에서 겪은 그들과의 만남을 회상했다.

"똑……같군……."

스바루의 기억을 모방하듯이 흑의인들이 일제히 그 자리에서 머리를 조아려보였다.

목각 인형처럼 의사가 없던 그들이 스바루에게 처음 보이는 '경의' 다.

그들이 왜 자신에게 경의를 보이는지 스바루는 알지 못한다.

다만 확실한 사항은 이 무리가 마녀교의 신도이고, 그들이 신봉하는 마녀와 스바루가 두른 어둠에 모종의 관계가 있다는 사실뿐이다.

"──비켜."

원래라면 묻고 싶은 말이 많이 있었을 것이다.

이렇게 모든 것에 체념해버리기 전이라면, 캐묻고 싶은 건 산더미처럼 있었다.

그렇지만 지금은 그런 감상조차도 사족에 불과하다.

짧은 스바루의 명령에 흑의인들은 이의를 제기하지 않고 어둠 속으로 녹아들어 사라졌다.

시야에서 그들의 존재가 사라지자 스바루는 세계가 고요로 채워졌음을 깨달았다.

쫓고 있던 짐승의 울부짖음도, 끊임없이 들린 벌레 우는 소리도, 바람 소리도 들리지 않는다.

사는 존재 전부가 마녀교를 혐오하고 있기라도 하단 말인가.

혹은 마녀교뿐만이 아니라 스바루도 있기 때문일지도 모른다. 마녀교와 스바루가 함께 있는 장면은, 세계마저도 동석을 거부할 만큼 혐오스러운 그림인 것이다.

──그편이 더 지금의 자신에게는 어울리는 평가 같았다.

흐릿한 웃음과 함께 스바루는 사라진 마녀교도의 포위를 넘어 더욱 나아갔다.

뿌리를 넘고 흙을 밟는다. 초목을 신발 밑창으로 짓밟다가 이윽고 숲이 트인다.

눈앞에 펼쳐진 암석지대와 우뚝 솟은 단애절벽.

"기다리고 있었습니다. 총애의 신도여."

그 암벽 앞에, 지나치게 깡마른 남자가 스바루와 같은 광소를 띠며 기다리고 있었다.

6

"이런이런이런? 게다가게다가게다가다가다가다가, 그 팔에 안고 계시는 건 혹시…… 반마(半魔)의 소녀가 아닙니까?"

암석지대에 찾아온 스바루와 그 품속의 에밀리아를 본 페텔기우스가 갸웃거렸다. 광인은 목의 각도를 수평으로 꺾은 채, 즐겁게 혀를 내밀어 타액을 흘렸다.

"이럴 수가, 저희의 시련을 받기도 전에 목숨을 잃을 줄이야……. 이 무슨 비운! 이 무슨 비업! 아아! 그리고그리고그리고…… 당신은 어쩜 이리도 근면하단 말이던가! 저희가 일하기보다 먼저! 반마의 몸을! 생명을! 시련에 씌워 빼앗아줄 줄이야!"

팔을 이리저리 휘두르며, 과장스러운 몸짓으로 에밀리아의 죽음을 외치는 페텔기우스.

정신이 들고 보니 어느새 마녀교도들이 페텔기우스의 주위에 모여 전원이 무릎 꿇고 광인의 광태에 귀를 기울이며 경청하고 있었다.

"내가, 근면……?"

"네, 그러합니다! 근면! 훌륭합니다! 당신은 판단이 느리고 슬기롭지 못하고 결단력이 결여된 저희와 다르게, 마녀의 의지를 누구보다 먼저 체현한 겁니다!"

쉰 목소리로 중얼거린 말을 주워들은 페텔기우스는 기쁘게 웃으며 스바루에게 달려왔다. 그대로 그는 미끄러지듯이 무릎 꿇고, 암석지대의 지면에 이마를 찧듯이 오체투지한다.

"그에 비교해! 저와 그 손가락끝은 어찌나 느리고 어리석으며 모자라단 말입니까! 아아, 용서를! 사랑에! 보답하지 못하는 이 몸의 부주의를! 나태한 이 몸의 불성실을! 당신이 내려주신 사랑에 응답하지 못하는 이 우둔한 몸을, 부디 용서해주십시오!"

눈물을 철철 흘리면서 페텔기우스는 암석지대에 팔을 내리치고 이마가 깨지도록 사죄한다.

격한 자해 행위에 피가 튀고 찢어진 손목 상처에서는 **뼈**가 보인다. 그런데도 흥행은 그치지 않고, 주위의 신도들이 광인을 본받아 저마다 자해 행위에 치닫는 실정이다.

피와 고통의 광연. ──그 모습을 보면서도 스바루는 아무것도 느끼지 못했다.

그토록 미워하던 남자를 목전에 두었는데 스바루의 마음에 아무 감정도 싹트지 않는다.

"아아, 그분의 마음에 보답하지 못하는 모자란 저를 대신해, 시련을 이룩한 당신에게 저는 무엇을 할 수 있겠습니까. 가르쳐주었으면 합니다. 저는 제가 나태하지 않음을 사랑으로 증명하기 위해서, 도대체 무엇을 할 수 있다는 말입니까?"

"죽여줘."

바싹 다가서서 이마의 유혈로 피눈물을 흘리는 페텔기우스의 간청에 스바루는 대답했다.

뜬금없는 그 말에, 천하의 광인도 그 표정에 아연한 내색을──

"그런 걸로 괜찮겠습니까?"

띠지 않고, 한순간의 주저도 없이 스바루를 떠밀었다.

페텔기우스는 헛발을 디디며 뒷걸음질 친 스바루를 응시하고, 황홀한 표정을 지었다.

"아아, 훌륭하도다, 훌륭하도도하도다! 시련을 달성하고, 구원을 바라는 신도에게 바란 구원을, 사랑을 불러내는 나의 행위는 근면하도다! 아아, 나태하지 않고 넘어가는 겁니다! 저도 당신도! 당신에게 감사를! 제 근면함에 사랑을!"

한 가지 생각에만 사로잡힌 스바루의 대답에 아무 의문 없이, 자기 행동에 일절 가책 없이, 이 세상의 조리에 무엇 하나 흔들리지 않으며 페텔기우스는 근면을 가장해서 살의를 해방했다.

그 광인의 모습을 본 스바루는 내심 술렁이는 감각을 느끼며 눈을 감았다.

——이로써 적어도 이 순간의, 스바루의 마음은 보답받는 것이다.

"그건 그렇고."

살의가 임박하는 낌새를 피부로 느끼는 스바루. 페텔기우스가 무슨 말을 중얼거린다.

"시련 하나도 넘어서지 못하고, 더군다나 대죄 하나와도 맞서지 못하고, 대망을 품은 끝에 첫 번째 돌멩이에 걸려 끝나버리다니……."

그 말은 잠자는 에밀리아를 쳐다보며 엮어내는 광인의 탄식이었고.

"——아아, 당신. '나태' 하군요!"

그 말은 더없이 에밀리아의 죽음을 모욕하는 발언이었기에.

지나간 세계에서 이 광인이, 소중한 소녀의 목숨을 모욕하던 모습이 떠올라버렸기에.

"————."

감은 눈을 뜬 순간, 스바루는 눈앞에 손바닥 모양의 검은 아지랑이가 짓쳐드는 걸 보았다.

한순간, 뇌리에 스친 고통의 기억에 몸이 움츠러들었다.

하지만 그 마수(魔手)와는 결정적으로 다른 점이 있다. 몸이 움직인다. 발이 움직인다. 팔이 움직인다. 그렇기에 몸을 피할 수 있는 것이다.

훅 짓쳐드는 검은 손바닥을 날렵하게 피한 스바루는 에밀리아를 안은 채 옆으로 뛰었다. 지나쳐간 손바닥이 당혹한 듯 사라지고, 그 모습을 지켜본 스바루가 거친 숨을 내뱉었다.

"……당신. 지금, 보이지 않는 손을 보지 않았습니까?"

떨리는 목소리로 형형히 빛나는 두 눈을 부릅뜬 페텔기우스가 스바루를 주시하고 있었다.

광인은 마른 가지처럼 앙상한 손가락을 입에 찔러 넣고 손끝을 순서대로 하나씩 깨물어 터트렸다. 손가락 하나마다 살점이 터지고 뼈가 깨지는 꺼림칙한 소리가 울린다. 뚝뚝 흐르는 선혈과 함께 말을 잇는다.

"안 됩니다. 안 되는 겁니다. 이상해. 잘못됐어. 그릇됐어. 그르쳤어. 저의 권능을, '나태'의 권능을, 총애에 의해 하사받은 저의 '보이지 않는 손'을! 다른 누군가가 보는 일 따위, 용납받을 수 없는 겁니다!!"

피를 뱉은 페텔기우스가 손톱과 뼈의 파편을 짓씹고 핏발 선 눈으로 스바루를 노려보았다.

──다음 순간, 페텔기우스의 배후에서 검은 팔이 솟아나왔다.

페텔기우스의 그림자가 폭발하고, 물경 여덟 개나 되는 검은 팔이 미친 듯이 들썩인다. 그건 스바루가 금기에 저촉했을 적에 벌을 주는 마수와 판박이어서 스바루의 등골에 공포와 한기가 뻗쳤다.

"하지만, 보이고 몸이 움직인다면야……."

피하지 못할 까닭은 없다.

검은 손아귀의 속도는 결코 빠르지 않다. 사정거리와 인체를 뜯어내는 완력은 위협적이지만, 가장 큰 위협은 '눈에 보이지 않는' 힘이다. 그 가장 큰 강점이 지금의 스바루에게는 통하지 않는다.

스바루는 모조리 불타기 전의 목숨을 태워서는 한계를 넘은 신체 능력을 발휘했다.

"왜냐 왜냐 왜냐 왜왜왜왜왜애애애애…… 피할 수 있는 겁니까?! 보이는 겁니까?! 이것은 저의! 저만의 사랑인데!!"

"네게 죽어주는 것만은, 아주 진력이 났거든."

몸을 돌려 손바닥을 피하고, 뻗어 올라오는 다른 손끝을 전방으로 도약해 회피. 즉각 몸을 굽혀 좌우에서 짓쳐드는 팔을 피하고, 굴러 들어가듯이 페텔기우스에게 접근한다.

광태가 경악으로 일그러지는 모습을 보고 가슴속이 어두운 쾌감으로 들끓었다.

기억이 난 것이다. 자신이 이 광인을 죽이려고 생각했던 걸.

"──푸거억!"

지척에 있는 콧등에 박치기를 때려 박고, 몸을 젖힌 광인의 몸을 난폭하게 걷어찼다.

검은 손아귀가 정밀성을 잃고 이리저리 날뛴다. 스바루도 페텔기우스의 앞니 때문에 찢어진 이마에서 피를 흘리고 있었다. 화려한 출혈이 눈에 들어와 오른쪽 눈의 시야가 막힌다.

──발밑이 미끄러졌다고 깨달은 직후, 스바루의 몸은 발이

잡혀서 내던져지고 있었다.

거목에 내동댕이쳐진 순간, 스바루는 대비할 생각도 잊고서 팔 안에 껴안고 있던 에밀리아의 주검을 세게 껴안았다.

매달리려는 게 아니라, 지키려고.

"——꺼억!"

그대로 등부터 수목에 격돌하고 등골이 치명적으로 삐걱댄 감촉을 느꼈다.

갈비뼈가 여러 대 부서지고 갓 나았던 상처 자국이 한꺼번에 벌어진다. 격통의 대합창이 일제히 시작되어 스바루는 낙하한 땅바닥 위에서 거품을 물며 경련했다.

"꼴불견! 꼴불견이 아닙니까! 아아, 다행합니다. 정말로 다행이야! 이대로 제가 나태하다고 치부되어선 제 행위 전부가 무위로 돌아갈 뻔했습니다! 역시 저는 근면하게, 사랑에 힘쓰……."

"시끄러……워. 얼간아……!"

호흡 소리가 이상해 폐에 심대한 대미지를 받았음을 느낀다.

그런데도 스바루는 입 끝으로 피거품을 뿜으면서 페텔기우스를 비웃었다.

"뭐가 사랑이냐. 멍청아. 네가 받았을, 사랑, 따위…… 내게도 보이지, 않았느냐고. ……바람피웠구만, 쌤통."

"무슨 말을! 하고…… 하고하고고고고곳고고…… 뇌가, 뇌가 떨린다다다다다닷."

머리를 쥐어뜯고 허옇게 눈을 뒤집은 페텔기우스가 격분한다.

광인은 쓰러진 스바루에게 걸어가, 그 품속에 있던 에밀리아를 발로 차서 일부러 스바루에게서 멀어지게끔 주검을 난폭하게 날려버렸다.

구르다가 나무들의 뿌리에 부딪힌 에밀리아의 몸. 그 모습을 흘겨보며 페텔기우스가 비웃었다.

"제 사랑을 모욕하는 건 용서되지 않는 겁니다! 아아, 정했다. 정한 겁니다! 시련을 주어야 할 반마는 숨을 거두었지만 반마를 숨긴 자는 아직 남아있습니다!"

화풀이하듯 발악해대는 페텔기우스의 검은 손바닥이 스바루의 목을 졸랐다.

목이 뽑힐 듯한 완력에 눈이 까뒤집힌다. 격통에 스바루는 소리도 지르지 못한다.

"우선 저택의 관계자부터 근절하고, 다음으로 부근의 마을 사람을 총애에 바칩니다. 하나도 남기지 않습니다. 미비한 것은 '나태'의 증거. 근면을 최고로 여기는 저와 그 손가락끝이 모든 것에 손을 씁니다. ──가도도 안개로 봉쇄되고, 아무에게도 제 사랑을 방해하게 두지 않는 겁니다!"

페텔기우스가 흥분 상태로 침을 튀기며 스바루에게 사악한 방침을 쏟아냈다.

"그 전에, 퍽이나 소중한 듯이 안고 있던 모양이던데…… 그 반마의 육체를 파괴하면 당신은 얼마나 좋은 목소리로 울어줄까요?"

목을 기울이며 입술을 뒤틀고, 잔학한 호기심에 그 눈을 빛내는 페텔기우스.

광인의 배후에서 스바루를 들어 올린 것과는 다른 다섯 개의 팔이 기어 나와서, 각각이 독립된 움직임으로 꿈틀거리며 에밀리아의 주검에 다가든다.

각각이 팔다리를, 그리고 가는 목을 그 손바닥에 잡고.

"보이고 있는 겁니까? 지금부터 무슨 일이 일어날지 알고 있는 겁니까?"

"……그……만둬!"

보이고 있기 때문에 우러나온 공포가 지금이야말로 스바루를 엄습하고 있었다.

보이지 않았을 때 광인의 검은 손아귀가 렘의 몸에 무슨 짓을 했는지 극명하게 떠오른다.

그리고 그것이 지금, 그 파괴충동이 지금 에밀리아의 육체를 노리고 있었다.

흉행을 막을 힘은 없다. 스바루가 한탄하고 페텔기우스의 즐거운 광소가 깊어진다. 그대로 에밀리아의 육체가, 끔찍하게도 찢겨──

『──무슨 짓이지?』

그 목소리는 전조 없이 하늘에서 내려와서 그 자리에 있는 전원의 고막을 차갑게 때리고 있었다.

"──웃."

페텔기우스는 표정을 바꾸어 목소리 주인을 찾아 시선을 이리저리 돌린다.

광인이 낯빛을 바꿀 만큼 그 목소리에는 힘이 서려 있었다. 곤두선 분노가 서려 있었다.

　이윽고 페텔기우스의 시선이 하늘의 한 곳에 고정된다.

　뒤늦게 스바루도 목이 졸리고 있는 자세로 같은 하늘에서 그것을 보았다.

『반복한다.』

　밤하늘을 뒤덮을 듯한 어마어마한 양의 고드름이 모든 방위를 가득 메우고 있었다.

　거칠어진 숨결이 하얗게 물들고, 세계를 얼리는 냉기가 숲을 단숨에 휘어잡는다.

　내내 무릎을 꿇고 있던 흑의인들이, 광소를 띠고 있던 페텔기우스가 말을 잃었다.

『내 딸에게, 무슨 짓이지?——천한 것들.』

　——세계를 하얗게 물들이는, 영구동토(永久凍土)의 종언의 짐승.

　그것이 스바루에 있어, 열 번째 세계를 끝낼 '죽음' 을 끌고 온 존재였다.

7

　이 세계에 불린 이래로 스바루는 수도 없이 거듭거듭 죽음을 경험해왔다.

본래 인생은 누구에게나 단 한 번뿐인 승부다. 그런 당연한 규칙을 짓밟고 벌써 열 번째 도전권을 얻은 스바루는 '죽음'에 관해서만은 누구에게도 뒤지지 않는다.

그렇게 '죽음'에 친숙해져온 스바루만이 감지할 수 있게 된 감각이 있었다.

──목전에 임박한, 명확한 '죽음'의 낌새를 뚜렷하게 알아채는 신경이다.

『하나같이 다, 제 마음대로 해주고 있는걸.』

뼛속까지 얼리는 압력을 수반한 그 목소리는 얼음의 결계가 떠오른 하늘에서 날아왔다.

날카로운 첨단부를 땅에 겨눈 고드름 무리를 거느리고 감정이 얼어붙은 목소리를 뱉는 건, 회색의 새끼 고양이다.

손바닥에 올라갈 만한 체구에, 몸길이와 비슷하게 긴 꼬리. 핑크빛 코에 동그란 눈. 짧은 팔짱을 끼고, 마치 인간처럼 감정 풍부한 표정을 증오로 메꾼 존재.

사람의 말을 다루는 초상적인 존재에, 페텔기우스를 비롯한 마녀교는 침묵을 지키고 있다. 그리고 같은 자리에 마침 있던 스바루 또한 그들과는 다른 충격에 목구멍이 막혀 있었다.

그 존재가, 정령이, 이토록 분노를 드러낸 모습을 보는 게 처음이었기에.

그저 그곳에 있기만 해도, 분노의 여파만으로도 세계가 죽어가는 걸 알 수 있었다.

"……팩."

부유하고 있는 정령── 팩의 주위는 하얗게 아지랑이가 끼어서 부근 일대의 숲이 금이 간 듯한 소리와 함께 변질을 일으킨다. 녹색의 나무들은 색이 빠진 듯이 하얘지며 가지와 잎과 줄기는 표면이 얼어붙고, 마나가 빨려 말라붙어간다.

대지에도 같은 영향이 나타난다. 처음으로 풀꽃이 죽고, 이윽고 흙이, 그리고 그 흙 위에 몸을 둔 스바루의 피부도 따끔거리며 화상 같은 통증이 온몸을 자극했다. 몸 내부에서 서서히 탈력감이 치밀어 올라 호흡이 불안정해지고, 의식이 아득해지기 시작했다.

강제적으로 마나를 빼앗는 힘은 예전에 스바루도 베아트리스에게서 당한 경험이 있다.

노한 팩은 그 힘을 세계 규모로 실행해서 자신의 힘으로 삼고 있다.

신음을 참는 스바루 말고도 페텔기우스가 이마에서 비지땀을 흘리며 뒷걸음질하고, 무릎 꿇은 마녀교도들도 산소를 찾는 물고기처럼 입을 허덕이고 있었다.

『마녀교인가. ──아무리 시간이 지나도 너희는 전혀 변하지 않는군. 어느 시대에도 너희는, 내가 가장 슬퍼하는 짓을 해.』

해충을 보는 눈으로 말한 팩의 눈길은 숲의 한 곳으로 돌아갔다.

시선으로 그쪽을 좇으니 그곳에는 유일하게 팩의 힘에 영향받지 않는 공간이 남아 있었다. 가로누운 소녀의 주검만이 종말의 세계로부터 지켜지고 있었다.

『아아, 가엾은 리아. ……아무것도 알지 못한 채 죽어버렸구나.』

팩은 에밀리아를 쓸쓸하게 바라본 다음, 그 눈을 생존자들에게 돌렸다.

『내 딸의 생명을 잃게 한 죄는 무겁다. 한 명도 살아서 돌아가지 못할 줄 알라.』

"정령 나부랭이가 무슨! 무슨 무슨 무슨 무슨 무슨슨슨슨, 말을 합니까?! 시련에 패한 반마 따위, 너절할 뿐인 가짜입니다! 그 머저리를 지키지 못하고 있는, 당신의 '나태' 야말로 지탄받아야 마땅합니다! 아아! 아아! 아아아아! 뇌가, 떨린, 다다다아아아!!"

팩의 으름장에 하늘을 쳐다보고 두 손을 뻗은 페텔기우스가 격분한다. 광란 때문에 핏발 선 안구의 초점을 맞추지 못하고 거품을 문 페텔기우스의 살의가 폭발적으로 부풀어 올랐다.

"널리 퍼진 모든 사상은, 일어날 수 있는 사상은, 바른 역사는 복음서에 기록된 겁니다! 마녀는 저를 사랑하고, 따라서 그 때문에 저는 근면하게 보답합니다! 나태에 잠겨라, 정령 나부랭이가!"

사랑인 것이다. 페텔기우스에게 마녀에 대한 신앙은 사랑에 보답하는 행위에 지나지 않는 것이다.

마녀에 대한 사랑을 행동으로 표시하는 것이, 광인에게는 모든 것을 우선하는 절대성이다.

마녀가 최상(最上). 마녀가 지상(至上). 따라서 자신의 마녀에 대한 사랑에 거스르는 짓은 그 무엇도 용납할 수 없다.

"반마는 죽고! 당신 또한 나태의 응보를 받는 겁니다! 마녀의 총애에! 마음을 떨어 울리는 진실의 사랑에! 순사하도록 하십시오!"

팔을 미친 듯이 휘두르며 악을 쓴 페텔기우스가 발을 쿵 굴렀다.

페텔기우스의 광태. 그 모습을 내려다보는 팩의 눈은 한없이 차갑다. 연민하는 것도 화내는 것도 아닌, 대상에게서 가치를 찾아내지 못한 까닭에 나오는 선명한 시선이다.

절대로 이해를 나눌 수 없는 의지를 교환한 팩과 페텔기우스의 살의가 교차한다.

"나의 손가락끝이여! 저 천치에게 응보를 받게 해——."

『죽어.』

——쏟아지는 고드름이 모든 마녀교도에 쏟아져, 땅에 꿰어 버렸다.

표본으로 박힌 곤충처럼 몸통과 손발이 꿰여 땅에 고정된 마녀교도.

대기가 들썩이고 절명한 마녀교도의 육체가 얼어붙었다. 암석지대는 얼음상의 전시장으로 변모했다.

"————."

예비 동작 없이, 한순간에 스물에 육박하는 목숨이 팩의 손에 빼앗겼다. 그동안, 팩은 시선 하나 까닥하지 않았고 마주하는 페텔기우스도 그건 똑같았다.

광인은 자신의 지시로 움직였다가 말 그대로 버림돌이 된 신도에게는 눈길도 주지 않고, 팩의 의식이 자신에게서 벗어난 찰나를 틈탔다.

"──뇌가, 떨, 린다."

입술이 음산하게 일그러진 직후, 스바루는 페텔기우스의 그림자가 폭발하는 걸 목격했다.

동시에 스바루의 몸이 내던져지고 도합 일곱 개의 손아귀가 공중에 뜬 팩에게 쇄도한다.

팩의 실력이라면 느릿하게 닥쳐드는 마수 따위를 피하는 건 아무것도 아니다. 그러나 닥쳐드는 손바닥에 팩은 아무 반응을 하지 않는다. ──보이지 않는 것이다.

"팩──!"

『입 다물고나 있어, 스바루. 너만은 따로…… 으흠?』

위기를 알리려고 소리 지른 스바루에게 팩이 보인 목소리와 눈은 얼어붙을 것만 같았다.

그러나 말을 끝맺기 전에 조그만 몸이 검은 손아귀에 사로잡히고 정령의 모습이 사라진다.

"아……."

팩의 조그만 몸은, 어른의 손이라면 충분히 덮을 수 있을 만큼 작은 것이다.

거기에 검은 손아귀가 일곱이나 도달하면 그 모습은 이제 아무도 내다볼 수 없다. 하물며 그 검은 손아귀는 인체를 쉽사리 뜯어버릴 만한 압도적인 힘이 있다.

"방심! 태만! 즉 나태! 당신은 저를 즉각 해치워야 했던 겁니다! 그런 힘이 있으면서도 당신은 해야 할 일을 게을리한 겁니다! 그것이 이 결과를 낳은 겁니다! 겁니다! 겁니다! 겁니다겁니다겁니다거어어어업니다!!"

스바루에게만 보이는 '보이지 않는 손'이, 에워싼 팩의 몸을 찌부러뜨린다.

광희에 춤추는 페텔기우스 앞에서 대정령의 몸은 보기에도 끔찍하게 지워지고——.

『하잘것없어.』

다음 순간, 밀집된 검은 손아귀가 날아간다. 그리고 스바루는 보았다.

『이 정도로 마녀의 이름을 빌리겠다니, 400년 일러. 진정으로 날 죽이고 싶으면——.』

얼어붙은 나무들이 지나친 중량에 버티지 못하고 으스러지고 얼음 파편에 섞여 긴 꼬리가 출렁인다.

얼음상으로 변모했던 마녀교도의 유해가 산산조각 난다. 그 행위를 벌인 앞다리는 발을 딛은 지면을 절대영도의 사지(死地)로 바꾸어간다. 고요한 숨결은 그것만으로도 눈보라에 필적하며, 하얀 아지랑이 속에서 휘황하게 빛나는 금빛 눈동자가 죽어가는 세계를 가차 없이 깔아보고 있다.

『사테라의 절반, 그림자 일천은 뻗어 봐라.』

회색의 체모를 가진, 숲이 다리 사이에 들어갈 법한 거구를 자랑하는 고양잇과의 네발 짐승.

언젠가의 세계에서 저택을 붕괴시키고 스바루를 죽음으로 몰아넣은 종언의 짐승.

──그 당당한 현현이었다.

"_____."

한기의 기세가 한층 더한다. 하얗게 물든 세계에선 눈꺼풀을 뜨는 행위조차 고통을 수반한다.

그 고통을 참고 견디며 스바루는 멍하게 그 짐승을 올려다보고 있었다.

"무, 얼⋯⋯."

떨리는 목소리가 그 극한의 세계에 희미하게 울렸다.

"무얼, 데려온 겁니까?! 당신은!"

페텔기우스의 마른 입술이 지금의 절규 때문에 세로로 찢어지고, 거기에서 피가 희미하게 스며져 나온다. ──하지만 그마저도 눈을 깜빡인 순간에 얼어붙고 통증과 함께 지혈된다.

눈꺼풀을 감으면 두 번 다시 눈을 뜰 수 없지 않을까 싶을 한풍이 불어 닥치는 가운데, 스바루는 방금 외친 페텔기우스의 소리를 되새기고 재차 짐승을 올려다보았다.

"팩⋯⋯인 거야⋯⋯?"

『보면 알잖아? 라는 말은, 심술궂은 얘기인가.』

갈라진 스바루의 물음에, 회색의 짐승이 지나치게 큰 입을 움직여 응답한다.

말 한마디마다 폭풍을 수반하며 빈정거린 거수(巨獸)가 스바루가 품은 의문을 긍정했다.

그 대답에 스바루는 한 가지 이해를 얻었다.

스바루가 전 회차, 전전 회차의 세계에서 마지막에 어떻게 죽게 되었는지를.

"있을 수, 없어."

입을 다문 스바루를 아랑곳하지 않고 페텔기우스가 팩을 노려보며 뇌까렸다.

광인은 무사한 쪽의 손을 입안에 찔러 넣고, 손가락을 깨물어 핏방울을 흘렸다. 마치 그 통증으로 자신의 정상적인 광기를 이 세상에 매어두려고 하듯이.

"이런 일은 있을 수 없어, 있어선 안 되는 겁니다! 단순한! 정령이! 정령 나부랭이가! 이와 같은 힘을 가지다니, 있을 수 없는 겁니다! 그렇다면, 저는……!"

『──에키드나.』

"_____."

입술 끝에 피거품을 흘리며 눈을 부릅뜨던 페텔기우스의 움직임이 멎었다.

광인의 거절에 끼어든 건 팩이 속삭인 어느 단어다. 인명으로 들린 그 말을 듣자마자 페텔기우스의 안색이 변했다.

『마녀교라면, 방금 꺼낸 이름의 의미쯤은 알 수 있겠지?』

침묵한 페텔기우스를 도발하듯이 팩이 대답을 끄집어내려고 했다.

"추잡스러워……!!"

그에 대한 페텔기우스의 반응은 극적이었다. 딱딱한 소리와 함께 페텔기우스의 입에서 피가 넘쳐 나왔다. 어금니다. 분노한 나머지 짓씹은 어금니가 바스러진 것이다.

 "그 이름을 입에 담는 것조차 끔찍해! 아아, 두려움을 모르는 어리석고 가엾은 나태한 이여! 내 앞에서! 사테라 외의, 패잔한 마녀의 이름을 부르다니……!"

 모세혈관이 터졌는지 페텔기우스의 두 눈은 핏발 선 것을 넘어서서 진홍으로 물들었다. 광인은 눈 끝으로 피눈물을 흘리고 물어 끊은 손끝을 팩에게 겨누었다.

 "저의 신앙을! 사랑을! 바친 모든 것에 대한 모욕이나 마찬가지인 겁니다!"

 『──기껏해야 태어나 수십 년인 인간이, 정령 상대로 시간에 대해 거론하지 마라.』

 발을 구르는 페텔기우스에게 차갑게 응수한 팩의 금빛 눈이 요사하게 빛났다.

 그것만으로도 광란에 몸부림치던 페텔기우스의 움직임이 멈추었다. 아니, 의식적으로 멈춘 것이 아니다. 강제적으로, 발밑에서 올라온 동결이 그 움직임을 막은 것이다.

 누운 채로 하얗게 뿌예지는 시야 속에서, 스바루는 원수가 죽음에 직면하는 모습을 지켜보았다.

 얼어붙어가는 페텔기우스 또한 자신의 죽음이 지척에 임박했음을 깨닫고 있다. 그러나 광인은 눈앞에 임박한 죽음이 아니라 끝까지 눈앞의 팩에게 광기를 돌리고 외쳤다.

"신앙의 깊이에 시간 따위 관계없습니다! 유구한 시간을 사는 까닭에, 그 태반을 무익하게 낭비하는 게으름뱅이! 당신 같은 어리석은 자와 함께 취급하지 말아주시길 바라는 바입니다! 아아! 아아, 아아! 뇌가, 떨린다린다린다린다다다다닷!"

자신의 종언을 자각하고도 페텔기우스의 광신에는 일절 흔들림이 없다.

'죽음'이라는 사상의 절대성과 그 공포를 더없이 잘 알고 있는 스바루에게, 그런 페텔기우스의 태도는 그야말로 상궤에서 벗어나 있었다.

죽기 직전에도 자신의 광신을 관철하는 자세. 참으로 순수하게 일탈한 존재라는 증거다.

『죽음이 벌조차도 되지 않아. ──그래서 난 너희가 싫은 거야.』

"시련은 달성되었습니다! 이 몸은 허물어질지언정 제 마음은 존귀한 마녀의 어전으로 부름 받고 총애를 내려받노니. ……아아, 재회가, 기대, 되는군, 요!"

페텔기우스는 두 팔을 펼치고 하늘을 쳐다보며, 낄낄 홍소를 터트렸다.

기세를 더한 눈보라가 그 마른 몸을 하얗게 물들인다. 차츰 목소리가, 움직임이 완만해지다가 멀어진다.

그런데도 여전히 페텔기우스는 웃음을 그만두지 않는다.

그리고 홍소가 끊어지고 명맥이 끊어지는 최후까지, 환한 광기는 관철되었다.

『──이기고 달아났군.』

중얼거린 회색의 짐승이 앞다리를 내리쳐 페텔기우스의 얼음 상을 산산이 부수었다.

부서진 파편이 바람에 날려간다. 광인의 절명을 목격해도 아무 감개도 떠오르지 않았다.

그토록 증오하고, 죽이고 싶던 남자일 터였다. 페텔기우스야 말로 사태의 발단이자, 그를 죽이면 모든 게 잘 풀리리라고 믿었다.

하지만 결과는 어떠한가.

증오스러운 상대의 죽음을 지켜봐도 스바루의 가슴속에 불어닥치는 건 허무함뿐이다.

페텔기우스가 쓰러져서 마녀교의 위협은 제거되었다고 해도 무방하다.

그러나 그 기쁨을 공유해야 했을 렘의 존재는 세계에서 사라지고, 길보를 가지고 돌아감으로써 화해할 수 있었을 에밀리아는 스바루가 직접 죽게 만들었다.

두 사람의 죽음이 자아낸 중책에 마음이 꺾인 스바루는 자신의 죽음을 바랐지만 결국은 그마저 이루지 못했다. 원수 또한 다른 복수자의 손으로 갚고서── 아무것도, 남지 않았다.

아무것도 하지 못했다. 그것만이, 이번 재시도에서 스바루가 얻은 결과다.

『──그럼.』

자신의 무력함에 좌절한 스바루를 짐승의 눈이 조용히 내려다보고 있다.

재차 그 거수의 정체를 팩이라고 의식하자 그 강대함에 몸이 떨렸다.

스바루는 이전에 왕성에서 기사단과 현인회가 팩의 이명에 전율하던 모습을, 마치 남의 일 같은 심정으로 보던 게 떠올랐다.

『이야기를, 해 볼까.』

——지금은 그때 그들의 심정을 사무치도록 알 수 있었다.

추운 나머지, 의식은 몽롱해졌다.

이미 그토록 미쳐 날뛰던 온몸의 통증은 어딘가로 사라지고, 스바루의 몸에도 천천히 '죽음' 의 발소리가 다가오고 있었다.

겨우 종국이 오느냐고, 그 감미로운 예감에 몸을 맡기려다가

——.

『이크, 안 되지. 피가 너무 나오고 있잖아. ——지혈해줄게.』

"——흐악!!"

멀어지고 있었을 통각이, 어마어마한 열에 지져져 각성했다.

목이 격통으로 턱 막히고, 스바루는 자신의 몸 곳곳에 난 상처가 소리와 함께 얼어붙는 광경을 목격했다. 하얀 증기가 피어오르고 몸 내부의 부상도 날카로운 얼음이 잇고 붙여서 유착시킨다.

인체에 대한 배려를 모조리 버린 치료 행위가 스바루의 육체를 폭력적으로 낫게 했다. 눈알 속에서 피가 폭발해 시야가 새빨갛게 물들었다. 아프다, 아프다, 아프단 수준이 아니다.

아픔조차 초월한 그것은 자신의 몸 안에 발생한 지옥이다.

『스바루, 네 죄는 세 가지 있어.』

스바루가 몸부림치며 소리 없는 절규를 지르지만 거수는 아무 일도 없다는 양 말을 이었다.

거대화해서 날카로운 이빨을 여럿 줄지은 입을 움직이고 음성마저도 바뀐 존재임에도, 그 어조만이 여전히 온화하다는 사실이 도리어 무섭다.

『한 가지는, 리아와 한 약속을 어긴 것. 정령술사에게 맺은 약속이 얼마나 무거운지 너는 이해를 못한 모양이야. 경솔하게 계약을 깨트려서 그게 얼마나 리아를 상처 입혔는지…… 너는 알지도 못하겠지.』

팩의 목소리가 무슨 말을 하고 있는지, 이해하기를 뇌가 거부하고 있다.

아니다. 아픔이 뇌를 지배하고 있는 것이다.

내장이 얼어붙고, 부러진 뼈와 뼈가 거추장스러운 살점을 파헤치며 얼음으로 이어진다. 출혈을 일으키던 상처는 환부 일대를 통째로 동결시키고, 새빨간 얼음이 벗겨지는 것을 난폭하게 지혈이라고 주장한다. 상처가 넓어지면 어느 부위도 넓어진다. 아픔이 확대되어 간다. 죽음이 만연해간다. 아프다, 아프다아프다아프다아프다아프다아파아파아파아파아파아파아파아파아파아파아파아파.

『두 번째는, 리아의 부탁을 무시하고 돌아온 것. 너와의 바라지 않는 재회에 괴로워하고 있던 리아가 얼마나 몰려 섰던지. 넌 약속을 짓밟은 것만으로도 모자라 리아의 마음을 마음껏 짓이겼어.』

　하얀 지면 위에 대 자로 누운 스바루에게 얼굴을 들이민 팩이 얼음장 같은 숨결을 내뱉었다. 흐르는 눈물이 안구에 바늘을 찌르는 듯한 격통을 초래하고, 골이 경련을 일으킨다.

『그리고 세 번째는, 리아를 죽게 한 일이다.』

　극치에 이른 통증에 영혼이 톱질당하는 감각을 맛본 스바루는 호흡하는 법도 잊었다.

　온몸의 신경이 마그마에 잠긴 듯한 통증 속에서 스바루는 자신의 얄팍한 생각을 저주했다.

　통증이 '죽음' 보다 가볍다며 착각하고 있었다. 다 허튼 생각이었다.

　'통증' 이든 '죽음' 이든 '공포' 든 간에, 평등하게 나츠키 스바루라는 약자의 마음을 깨트린다.

　나츠키 스바루의 영혼은 이미 막다른 곳에서 아무 데도 가지 못하고 있었다.

『──계약에 따라, 나는 지금부터 세계를 멸한다.』

　느릿한 의식으로 스바루가 두려운 진리를 이해하기 시작할 때, 팩은 선고했다.

　그건 분노를 눈에 드리운 팩이, 이 자리에서 처음 띄운 분노 외의 감정이었다.

『모든 것을 얼음과 눈 아래에 파묻어서 리아에 대한 공물로 삼도록 하겠어.』

　"……그……런, 짓."

『그 아이가 기뻐할지 말지 문제가 아냐. 약속한 일은 어길 수 없어. 그것이 어떤 계약이든지.』

말이 되지 못하는 스바루의 목소리에 대답한 팩은 그 눈을 가늘게 떴다.

『그래도 달성하지 못하고 끝나버릴 소행이겠지. 내가 리아와 살던 숲처럼 얼음의 세계를 퍼뜨려 모든 땅을 뒤덮으려 하더라도…… 반드시 '검성'이 막아설 거야. 나는 그에게 이기지 못해.』

붉은 머리 영웅의 이명을 입에 담으며 팩은 피아의 실력 차를 한탄하듯이 중얼거렸다.

스바루는 그 말이 뜻하는 바를 믿을 수 없었다.

이토록 압도적인 힘을 가진 팩조차, 그 검성에게는 승산이 없다고 단언하고 있다.

도중에 쓰러진다. 그 사실을 이해하면서도 왜 팩은 싸움에 목숨을 버리는가.

"어……째……서."

『──리아는, 에밀리아는 내가 존재하는 이유의 전부야.』

스바루의 의문에 팩이 대답했다.

바람이 냉기를 두드러지게 높인다. 피부를 찌르고 눈꺼풀을 막으며 혈액이 언다. ──종국이 가깝다.

『그 아이가 없는 세상에 내가 있을 의미는 없어. 그 아이를 잃게 만든 채로 세상이 유지되는 것도 용납할 수 없어. ──내 모든 건, 그 아이가 죽었을 때에 끝난 거야.』

팩이 그렇게 말을 매듭짓자, 바람의 기세가 갑자기 거세졌다.

바람이 냉기를 두드러지게 높인다. 피부를 찌르고 눈꺼풀을 막으며 혈액이 언다. ──종국이 가깝다.

『손발 끝부터 서서히 서서히 얼어붙어갈 경우, 대체 사람은 어디쯤에서 죽는 걸까. 흥미는 있어? 스바루.』

"_____."

『침묵은 긍정이라고 받을게. 그리고 그 답은, 스스로 확인해 보도록 해.』

천천히 천천히, 빙결의 침식이 육체를 좀먹어간다.

상처와 내장을 얼리고 있던 하얀 종국이, 스바루의 육체를 사지말단부터 끝내기 시작한다.

통증 때문에 미칠 수가 없다면, 어서 이 정신을 깨트려다오.

찢어발기고 박살 내서, 마음 따위 산산조각 내버리길 바란다. 그렇지 않으면.

『──안개가 다가오는군. 아무래도 성가신 놈이 불려나온 모양이야.』

들리지 않는다. 누군가가, 뭔가를 말하고 있는 것도 들리지 않는다.

『폭식의…… 아아, 지금은 백경이라고 불리던가. 그걸 불러 깨우지, 리아를 죽게 하지, 자신도 목숨을 잃지……. 정말로 넌 도리가 없구나.』

들리지 않는다. 들리지 않는다. 들릴 리 없을 텐데 목소리가 들린다.

웃음소리다. 홍소가, 어디서부터 들리고 있다.

낄낄, 낄낄 하고.

들은 적 있는 웃음소리다. 죽도록 미워한 남자의 목소리다.

어디서 들리는지, 뒤얽힌 의식이 종국을 맞이하기 전에 그 답을 찾는다.

그리고 깨달았다.

낄낄 하고, 참지 못한 웃음소리를 터트리는 자신의 목을.

통증을 알 수 없어지고 쾌락이 뇌를 지배하기 시작했다.

광기의 세계가 퍼지고, 편안할 정도로 완전히 뒤틀린 경치에 발을 들이민다.

홍소가 멎질 않는다.

그것은 자신을 조소하는 웃음소리였다.

렘을 죽게 하고, 에밀리아를 죽이고, 자신조차도 개죽음당한다.

아아, 그야말로, 참으로, 뭐랄까.

『——나태하구나, 스바루.』

뚝 소리와 함께 의식이 끊어졌다.

그리고 끊어진 건 필시 의식이나 목숨 같은 것만이 아니다.

——좀 더, 줄곧, 어떻게든 잡아두고 있던 뭔가가 지금 소리와 함께 끊어진 것이다.

뚝 소리와 함께, 끊어진 것이다.

제5장 『제로부터』

1

모든 게 다 하얀 세계 안으로 사라져간다.

 얼어붙은 자신의 육체는 녹았는지, 또는 부서졌는지, 혹은 영원히 얼음상 안에 계속 남았는지 확실하지 않다.
 남겨진 육체의 결말 따위 지금의 자신에게는 정녕 아무래도 좋았다.
 또렷하게 이해한 사항이 딱 한 가지.
 반복하고 반복해서, 반복할 때마다 무참한 결말을 지켜보고. 반복을 거듭할 때마다 상황을 악화시키고, 끝내는 가장 지키고 싶었던 이를 이 손으로 부수고서야 깨달았다.

 ──나츠키 스바루는 누구에게도, 자기 자신에게도 기대받진 않았다고.

 잃은 오감이 갑자기 되돌아오는 감각은 몇 번 경험해도 익숙해질 만한 게 아니다.

　몸의 심지까지 얼어붙어 차갑다는 감각조차 잃고, 하얀 종국 속에 하염없이 잠겨드는 상실감.

　모든 것을 잃어가는 감각이 별안간 사라지고, 눈을 깜빡인 직후에는 모든 게 다 원래대로 돌아오는 것이다.

　그토록 시달리던 손발에 피가 흐르고 얼음에 침범된 신경은 고통을 망각한다. 살을 에는 냉기가 가시고 햇살은 흐릿하게 살갗을 태울 정도로 쨍쨍하게 내리쬐고 있었다.

　"_____."

　"——으."

　"——아."

　북새통에서는 한 귀에서 한 귀로 소리가 오가며, 죽어 있던 청각을 가차 없이 제 임무로 복귀시킨다.

　의미가 없는 잡음을 처리하면서 스바루는 자기 몸 상태를 확인. 얼어붙은 손발도, 손상된 등골도, 셔벗이 되었던 내장도 문제없이 활동하고 있다.

　모두 원래대로 돌아왔다. 잃은 육체의 제어가 돌아와서 스바루는 안도했다.

　그리고 무엇보다도 스바루에게 평안을 초래한 것은.

　"스바루 군, 무슨 일 있나요? 멍해져서."

　카운터 너머로 렘이 살짝 갸웃하며 걱정스럽게 자신을 바라보고 있었다.

　모든 것에 다 외면당하고 어쩔 도리도 없을 정도의 무력감에 깨져서, 자업자득의 실망감과 상실감에 절망하다가 속수무책으로 개죽음당해 되돌아와서.

"──렘."

"네, 스바루 군의 렘이에요. ……왜 그러세요?"

렘은 자신을 부르는 목소리에 대꾸한 다음, 카운터를 넘어서 가게 밖으로 나왔다. 우두커니 서 있는 스바루 앞까지 온 렘은 손을 뻗어 뺨을 만졌다.

걱정스럽게 눈썹을 찡그린 렘은 그 단정한 얼굴에 우려의 기색을 내비치고 말했다.

"죄송해요. 눈치채지 못해서. 인파에 지쳐버린 거군요. 가장 중요한 소임을 잊고 있다니, 렘은 메이드 실격이에요."

"지쳤다. 아아, 그래……. 응."

뺨을 만지는 렘의 손을, 들어 올린 손으로 위에서 살며시 누른다. 그 접촉에 렘은 놀라서 눈썹을 치켜 올리지만, 초췌한 스바루의 목소리와 표정에 말을 잃었다.

뭐라고 말하고 싶은 듯한 렘의 모습에 눈길을 돌리지도 않으며, 스바루는 손바닥 안에 분명하게 있는 렘의 존재── 그 온기에 매달리듯이, 결코 놓치지 않으려는 듯이 잡았다.

"떨어뜨리고, 닳아버려서…… 지쳤지, 응."

그런데도 잃어버렸던 렘은 분명하게 이곳에 있어줬기에.

"스바루 군?"

──이젠 눈앞의 그것만은 놓지 않기로 스바루는 결단했다.

2

북새통 속을 빠른 걸음으로 주파하며 완만한 비탈길을 내려간다.

바로 옆을 지나가는 용차의 흙먼지에 얼굴을 찌푸려도 스바루의 시선은 곧았다.

목적한 장소로 달리는 발걸음에 헤매는 눈치는 없다.

——생각해 보면 지금까지 겪은 반복한 나날에서 스바루는 헤매기만 했었다.

자신의 마음가짐을 어쩔지 헤매고, 에밀리아의 마음이 어디에 있는지 헤매고, 자신의 존재의의에 헤매고, 최선의 미래를 위해서 할 수 있는 일에 헤매고, 광기의 도가니에 헤매고, 이세계에 헤매어 들어온 미아이기도 했다.

하지만 그렇게 발을 옮겨야 할 방향조차 또렷하지 못하던 스바루는, 지금 전에 없을 만큼 명확한 의지와 함께 힘차게 나아가고 있다.

겨우겨우 이해한 것이다.

이 답에 도달한 지금, 반복한 나날은 헛되지 않았다.

육체적으로나 정신적으로나 참된 의미로 내몰려서야 비로소 스바루는 깨달은 것이다.

스바루가 할 수 있는 일을.

스바루가 해야 할 일을.

"——군!"

혜매는 마음이 트인 시선은 목적을 응시하고, 땅을 디디고 나아가는 발은 힘차다.

몸이 가볍다. 마음이 중압에서 해방된 지금의 스바루에게는 두려워할 건 아무것도 없었다.

"스바루 군, 말 좀 들어주세요!"

팔을 끌어 비탈길을 다 내려가니 큰 길거리가 보인다.

왕도에서도 최대급의 도로 너비를 자랑하는 거리는, 강고한 외벽에 둘러싸인 도읍의 정문으로 이어지고 있다.

나가든 들어가든 왕도의 출입은 그 정문을 지나갈 필요가 있다. 왕선의 포고 이후로 사람의 왕래가 왕성해진 도읍의 큰 길거리는 지금도 많은 사람들로 성대하게 북적이고 있었다.

그 오고 가는 사람들 틈을 누비듯이 빠져나가, 스바루는 인파에 거스르면서 전진했다.

문득 건물 그늘을 지나친 순간에 햇살이 시야로 스며든다. 하얀빛에 스바루는 손으로 차양을 만들고 얼굴을 들어서, 정문에 새겨진 '왕도 루그니카'의 글자를 보았다.

앞으로 한 발짝이면, 스바루 일행은 그곳에서——.

"스바루, 군!"

그때까지 어영부영 따라오던 발이 멈춘다. 잡고 있던 팔이 억지로 당겨진다. 생각 못 한 저항에 스바루가 돌아보자, 버티고 선 렘이 곤혹감에 눈을 일렁이고 있었다.

"왜 그러는 거예요. 무슨 일 있었어요? 설명해주지 않으면 렘도……."

이어진 상태의 손을 푼 렘이 기분 탓인지 몸을 움츠리며 간청한다.

그 말을 들은 스바루는 렘이 의문을 품는 건 당연하다고 납득했다.

렘의 눈에 스바루의 변화는 표변으로밖에 여겨지지 않았으리라. 억지로 팔을 끄잡고 여기까지 끌고 왔는데 설명도 없어서야 렘이 화내는 것도 당연했다.

"아아, 미안해. 나도 좀 여러 가지로 정신이 없었어. 제법, 뭐랄까, 생각해야 할 게 많이 있었거든. 그래서 설명은 생략해버렸네. 미안."

"참, 이럼 어떡해요. 스바루 군이 여러 가지로 생각해주고 있는 건 렘도 알지만, 그래도 얘기를 해주셔야죠. ……억지로 하는 것도 싫진 않지만."

살포시 붉게 물든 뺨에 두 손을 얹은 렘이 안도의 한숨을 내쉬었다.

스바루의 목소리에 억양이, 평정이 돌아온 것을 감지하고 종전까지의 기묘한 태도에 지나치게 걱정했다고 판단한 모양이다.

과연. 렘의 안도하는 모습을 보고 있으니 점점 더 자신의 배려 부족이 한심스럽다.

'사망귀환' 한 직후의 스바루의 변화는 1초 전까지의 스바루밖에 모르는 렘에게는 극적인 것으로 여겨질 뿐이리라. 1초 만에 며칠을 경험한 스바루로 변화한 것이다.

더욱이 이날, 스바루의 갑갑한 내심은 자기가 생각해도 눈을 돌리고 싶은 꼴이었다.

　왕선의 무대에서 추태를 벌이고, 연병장에서 율리우스에게 반죽음당했다. 에밀리아와의 사이에는 치명적인 도랑을 낳아 왕도에 방치되어서 존재의의를 잃었다.

　크루쉬의 저택에서 무위한 시간을 보내면서 자신이 무엇을 할 수 있을까, 무엇을 해야만 하느냐고 찾을 수 없는 답을 하염없이 찾고 찾으며 헤매고 있었을 때다.

　어처구니없다고밖에 할 도리가 없다. 지금의 스바루는 특히 그렇게 생각한다.

　그런 스바루의 미혹이 갑작스럽게, 렘에게는 말 그대로 눈 깜빡일 사이에 개인 것이다. 이걸 청천벽력이라고 하지 않고 뭐라 할까.

　"걱정 끼쳐서 미안해. 이젠 괜찮아. 이리 치이고 저리 치이고, 풀 죽어서 볼썽사나운 모습만 보였던 느낌이지만, 겨우 알았으니까."

　"아니요. 스바루 군을 생각하는 시간은, 렘에게는 행복한 시간이니까요. ……겨우 알았다, 라고요?"

　탁 트인 눈으로 스바루가 얘기하자 렘도 들뜬 듯한 목소리로 대꾸했다.

　이렇게 말을 주고받는 것도 오랜만이라 스바루도 조촐한 기쁨을 감출 수 없었다.

　그리고 말꼬리에 이은 렘의 의문에 스바루는 쑥스럽게 웃으며 끄덕였다.

"고민만 줄창 하다가 헛도는 바람에 곳곳에 폐만 끼쳐대서 솔직히 죄송하단 기분이 장난 아니지만, 겨우겨우 원만하게 수습할 방법을 알았어. 아니, 새삼 생각하자니 처음부터 뻔했고 배우기도 했을 테지만…… 난 제때 포기를 못하니까."

"그 점이 스바루 군의 멋진 부분이라고 생각하는데요……."

작게 말을 흐린 렘의 대답에 스바루는 쓰게 웃었다.

그 뒤에 하늘을 쳐다보고, 그 넓이와 높이에 가슴이 훌쩍 가벼워지는 걸 느꼈다.

줄곧 스바루를 내려다보고 있던 세계에게는 분명 답답한 시간이었으리라.

하지만 그런 갑갑하기만 하던 시간도 겨우 끝내줄 수 있다.

답은 줄곧, 바로 코앞에 있던 것이다.

스바루가 어떤 곳에 향하더라도, 어떤 무모함에 도전해도, 어디까지 어리석은 소행에 빠지더라도 불평도 없이 그 등을 따라와 주고 있었다.

그래──.

"결심했는데, 렘."

곧게, 손만 뻗으면 닿는 거리에 서 있는 소녀의 눈을 쳐다보았다.

짧게 친 파란 머리가 바람에 살랑이고, 옅은 청색의 맑은 눈에 스바루가 비친다.

작은 몸을 감싼 흑색 기조의 개조 에이프런 드레스. 고지식할 만큼 착실하게 빼입은 모습에 소녀의 고결하고 견실한 품성이 넘치고 있다. 화사한 꽃의 머리장식이, 작고 반듯한 이목구비가 깜찍한 그녀의 조형을 섬세하게 꾸미고 있었다.

"네, 스바루 군."

분홍색 입술이 미소를 그리고, 가늘어진 눈이 자애와 함께 스바루를 꿰뚫었다.

울려 퍼진 목소리는 너그러워서 뇌가 황홀해질 친애로 차 있었고, 단 한마디를 입에 담으려는 스바루를 고혹적으로 매료했다.

"우선 용차를 빌리자. 왕선 때문에 번잡해서 수배하긴 어려운가 보지만, 최악이라도 비기가 있어. 아나스타시아의 소개가 없으니 가능하다면 정규 수단으로 입수하는 게 이상적이겠지."

발이 빠르고 체력이 있는 지룡이 좋다. 괜찮다면, 애교가 있으면 최고다.

계속 달릴 필요가 있다. 밤낮을 불문하고 경쾌하게, 쉴 필요 없이 계속 달릴 필요가.

"용차, 말인가요⋯⋯?"

고개를 갸웃하며 스바루가 입에 담은 단어를 반복하는 램.

그 눈에 당혹감이 떠오른다. 결론을 너무 서두른 스바루의 설명은 좀처럼 전해지지 않는다.

하지만 스바루는 그런 램의 당혹감을 알아채지 못한 척하며 대정문을 가리키고 말했다.

"용차를 고를 동안에는 시간 잡아먹을지도 모르니, 괜찮으면 빈 시간엔 식량이라도 사들이는 편이 나을지도 모르겠는데.
아, 난 휴대 식량을 먹더라도 퍼석퍼석한 계통 것은 쥐약이야.
그쪽 거라면 물만 먹는 쪽이 나아."

원래 세계에서는 체험 학습인지 뭔지로 보존식 및 간이 휴대
식량을 실제로 먹은 적이 있다. 스바루 입장에서는 양쪽 다 '엑
스'라는 딱지를 붙일 수밖에 없는 찝찝한 기억이었다.

원래 세계에서 그 지경이다. 이쪽 세계의 보존식이라면 더더
욱 신뢰도가 낮을 것이다.

"아니, 반대로 마법적인 힘의 은혜 때문에 오히려 보존식이
더 맛있을 가능성도 있나……? 마요네즈도 만들 수 있었으니,
의외로 도전해 보면 성적 괜찮게 뽑힐지도……."

"어, 저, 스바루 군?"

"응, 아, 미안. 좀 사고가 이상한 방향으로 빠져버렸었어. 왜
그래?"

스바루는 옆길로 샐 뻔한 대화를 정정하고 부드럽게 웃으며
렘을 보았다.

그 웃음에 렘은 아주 살짝 침묵했다가, 망설임을 뿌리치듯이
고개를 들었다.

"그, 죄송해요. 렘의 눈치가 좋지 않아서, 스바루 군이 뭘 하
려고 하는지 모르겠어요. 저기, 뭘……?"

"아아! 그렇군, 실수했어! 미안, 전혀 눈치를 못 챘어! 아니,
나 지금 완전히 이미 할 일 다 얘기하고 예정 세우려는 생각이었
어. 창피하네!"

무릎을 친 스바루는 자기 실수를 인정하고 대수롭지 않게 웃어 보인다.

"깨우침 받은 거랑 깨우친 거 하고, 뭐 다양한 경험을 거쳐서 내가 이러고 있는데, 답은 꽤 전부터 나왔더랬지."

고소(苦笑). 정녕 쓴웃음이 떠오른다.

쓴맛을 보았다. 후회를 곱씹었다. 불합리와 부조리에 눈물을 흘리고, 잔혹한 운명에 놀아나 자신과 다른 이의 피로 범벅되어 바보처럼 몇 번씩 죽었다.

그 모든 것의 답을, 지금은 뚜렷하게 알고 있다.

"렘."

그 이름을 부른 스바루는 천천히 소녀에게 손을 뻗었다.

내민 손을 본 렘이 다음에 이어질 스바루의 말을 기다린다.

그런 렘의 요구에 부응하듯 스바루는 솟구치는 정념을 혀에 싣고——.

"나랑 같이 도망치자. 어디까지고."

운명에 대한 패배를, 또렷하게 선고한 것이었다.

3

"……에?"

선고받은 말의 의미를 알 수 없었는지 렘의 목에서 새어 나온 건 갈라진 숨결뿐이었다.

렘의 그 반응을 무리도 아니라고 생각하면서 스바루는 고개를 가로젓고 말했다.

"지금부터 난 왕도를 나가서, 한참 서쪽으로…… 아니면 북쪽으로 갈 거야. 남쪽 제국에는 못 들어간다니 둘 중 하나일까……. 추운 건 질색이니 개인적으론 서쪽을 밀겠어."

"저기, 어, 아니, 저……."

"까놓고 말해 긴 여행이 될지도 모르는데다 엄청난 벼락 출발이니 여로가 편하진 않겠지. 그리고 또 애초에 빌릴 용차도 반납할 수단이 없군. 어떡하면 된담. 용차는 빌리는 게 아니라 매수한단 얘기로 가야 하나?"

용차 수배는 렘에게 전적으로 맡겼었다. 렌트카 같은 시스템인가. 스바루는 그 부분부터 모르고 있다. 구입 시세도 당최 불명하다.

타고 달아나게 두지 않을 대책이 있으니 성립할 장사라고는 생각하지만──.

"자, 잠깐만요!"

그때, 골똘히 생각에 잠겨있던 스바루에게 렘이 제지했다.

렘은 스바루에게 손바닥을 향한 채, 그 얼굴에 드물게도 초조의 감정을 드리웠다.

"도망친다니…… 그, 무슨 의미죠? 방금 스바루 군의 말투면 마치, 루그니카가 아닌 다른 나라로 가려고 하는 것 같은데……."

자신의 발언에 반신반의하며 렘은 시선을 오락가락한다. 그리고 그녀는 "아." 하고 표정을 바꾸며 손뼉을 쳤다.

"다름 아닌 스바루 군이니 혹시 또 뭔가 굉장한 생각이 떠오른 거죠? 에밀리아 님이나 로즈월 님의 도움이 될 만한, 그런 뭔가를……."

"그런 건 없어, 렘."

"엑……."

렘은 매달리듯이, 스바루가 한 말의 참뜻을 어떻게든 호의적으로 해석하려 했다.

하지만 자신을 단단히 믿고 있는 렘 앞에서 스바루는 그 생각을 딱 부러지게 부정했다.

"말했잖아. 도망치는 거야. 왕도에 있어도 난 아무것도 못해. 그렇다고 저택에 돌아가봤자 무력한 건 변함이 없어. ──그걸, 안 거야."

무력감이, 공허감이, 세계의 불합리성이 스바루의 몸을 무겁게 짓누르고 있었다.

부정하려면 할수록 부조리는 스바루의 몸에 엉겨 붙어 떨어지지 않는다. 그런데 한 번 그 사실을 인정해버리니 마음이 어찌나 홀가분하단 말인가.

그때까지 갈등하던 게 거짓말처럼 지금의 스바루는 자신을 치장하지 않을 수 있다.

"그러니까 나랑 도망치자, 렘. 이곳에 있으면 안 돼. 모두가 다 내게 계속 그렇게 말했어. 난 그 말을 인정하고 싶지 않아서 필사적으로 부정해왔지만…… 아아, 맞아. 난 약했던 거야. 아무도 나를 필요로 하지도 않았어."

자만하고, 있었던 것 같았다.

잘못 생각했던 것이다. 착각하고, 우쭐대고 있던 것이다.

이세계에 와서 운명을 되풀이할 수 있는 힘을 얻고 살짝 그걸로 운 좋게 일을 진행해서, 두 번이나 누군가를 구했다는 기분을 느낀 바람에 착각한 것이다.

자신에게는 누군가를 구할 수 있을 만한 힘도 마음도, 자격조차도 없었건만.

"그렇……지는……!"

"않다고 말하지는 마. 똑똑히, 들었어. ──계속 들어왔어."

너 따위는 필요 없다고.

1회째 세계에서 스바루는 에밀리아의 소원을 무시하고 크루쉬의 별장을 뛰쳐나갔다. 만류하는 렘의 말도 듣지 않아 결과적으로 전멸의 대참사를 불렀다.

2회째 세계에서는 모두를 죽게 만든 결말의 대가도 치르지 못하고, 현실도피한 끝에 렘의 생명을 장렬하게 꺾고 또다시 아무도 구하지 못했다.

3회째 세계가 가장 혐오스러운 결과를 낳았다. 지나가던 행상인을 끌어들이고 렘을 백경에 바쳤으며, 이 손으로 에밀리아의 생명을 앗았다. 마녀교는 팩에게 몰살당했지만, 스바루의 사후에 팩이 선언한 대로 세계를 멸하려고 한다면 그 피해는 지금까지와 비교가 되지 않을 것이다.

'사망귀환'의 힘과 관계없는, 재시도할 수 없는 시간으로 거슬러 올라가면 어떠한가. 왕성에서 후보자들이 모였을 때, 그 자리에서 스바루는 에밀리아의 발목을 장렬하게 잡아당겼다.

에밀리아의 곁에 서기는커녕 부주의한 말로 그녀의 평가를 떨어뜨리고, 만회하기는커녕 더한 추태를 결투라는 모양새로 드러내는 전말. 종국에는 에밀리아와 사이가 틀어져 화풀이에 불과한 감정론을 발산해서 그 마음을 상처 입혔다.

"……크핫."

목에서 메마른 웃음이 터지는 걸 알 수 있었다.

돌아보자니 걸작이다.

자신의 행동을, 사고를 침착하게 돌아보고서 그 역귀 같은 꼴을 톡톡히 통감한다.

에밀리아를 위해 힘을 빌리고 싶다?

나밖에 구할 수 없는 사람들이 있을 터?

내가 없으면 틀림없이 다들 망할 거다?

이 무슨 망언. 이 무슨 거드름. 아아, 이 무슨 오만이더냐.

스바루의 행동이라곤 에밀리아의 입장을 해치고, 그런데도 마음 써주는 그녀의 마음을 성대하게 배신한 것. 그리고 그런 자신과 함께해준 렘을 무참하게 죽게 한 우행에 불과하다.

대단하다. 이렇게 대단할 수 있나. 다들 이렇게 될 줄 알고 있었던 게 틀림없다.

그래서 다들 스바루더러 얌전하게 있으라고, 아무것도 하지 말라고, 네 힘 따위 필요 없다고, 빠져 있으라고, 없어져버리라고 그렇게 말해주었던 것이다.

스바루에게 그렇게 말한 주위 사람들 쪽이 훨씬 더 미래를 알고 있다. 알고 있을 텐데도 아무것도 못하고, 알지 못하고, 이해 못한 스바루와 천지차이다.

혹시 다른 사람들 쪽이야말로 루프하고 있는 게 아닌가?

"안 그렇다면, 나 같은 추태를…… 누가 저지르는데."

비참했다.

이 이상 없을 만큼 자신이 가여워서 방법이 없었다.

광대는 자신이 남에게 웃음 살 것을 각오하고 웃기게끔 행동하므로 광대라고 부르는 것이다. 그렇다면 관객에게 손가락질 당하며 웃음 살 자각이 없던 스바루는 광대조차 아니다.

——단순한, 구제할 도리 없는 어리석은 자였다.

"그래서 난, 없어지기로 결심한 거야. 그러면 될 테지. 될 거라고. 나 따위가 뭘 해 봤자 시체가 하나…… 경우에 따라선 더 늘 뿐이야."

시체, 시체, 시체, 시체, 시체.

모르는 누군가의 시체. 낯익은 누군가의 시체. 소중한 누군가의 시체. 귀중한 누군가의 시체. 믿고 있던 누군가의 시체. 믿고 싶던 누군가의 시체. ——스러운 누군가의 시체.

이젠 지긋지긋했다.

왜 이런 꼴을 봐야만 하는가. 이토록 괴로워하고 있으니 보답받아도 좋지 않는가. 노력이 반드시 보답받는다든가, 목표를 정해 열심히 노력하면 뭐든지 이루어진다든가. 그런 말이 꿈같은 이야기임은 스바루도 알고 있다.

그래도, 그렇더라도, 자그맣게나마 최악을 회피하고 싶다고 소망하는 건 잘못인가.

잘못이었던 것이다. 그래서 스바루는 결과에게 계속 배신당해온 것이다.

"도망치자, 렘. 나나 너나, 이곳에…… 이 나라에 있으면 안 돼."

죄다 내던지고 모든 것을 무시하며, 스바루는 도망칠 것을 결의했다.

그리고 그 도피행에, 모든 이에게 뒷손가락질을 받을 결단에 눈앞의 소녀를──렘만은, 함께 데려가고 싶다며.

전부를, 모든 것을 내던지려다가 놓지 못한 것이 있었다.

고독은 무섭다. 고독은 두렵다.

이 넓은 세계에, 아무것도 알 수 없는 암흑의 세계에서 잃지 않기 위해서는 아무것도 가지지 않는 게 정답이라고 알아도 단 혼자만 남아버릴 두려움은 스바루를 놔주지 않는다.

그런 겁쟁이의 여로에, 렘만은 함께 와주지 않을까 기대가 있었다.

지금까지 겪은 반복한 나날 중에 렘만은 스바루와 함께 있어주었다.

저지른 추태도, 보기 흉한 언동도, 빗나간 삶의 방식도 곁에서 보고 있어주었다.

그런 렘이기 때문에 스바루는 마지막에 도박할 가치가 있노라고 생각했다.

──반복한 시간에서 세 번. 모든 세계에서 스바루는 렘을 죽

게 했다.

램을 죽게 하지 않으려면 저택에 돌아가선 안 된다. 저택에 도착해도, 그 도중에도 램은 장렬하게 생명이 스러질 결말을 맞이해버린다.

왕도에 잡아두면 구원할 수 있느냐면 그렇다고 단언할 수도 없다. 왕도에서 안온하게 지내도 램에게서 저택의 이변이 전해지면 램은 반드시 왕도를 뛰쳐나간다.

그렇게 됐을 때 스바루는 램을 말릴 수 없다. 그리고 그녀의 말로도 변하지 않는다.

스바루에게는 또다시 램을 잃고 텅 비어버린 자신의 모습이 또렷하게 보이는 것이다.

램을 죽게 하지 않으려면, 램에게는 아무것도 알려선 안 된다.

진정 램을 구하고 싶다면, 왕국에 그녀가 있으면 안 되는 것이다.

"그런 말 갑자기 들어도, 램은 어떡해야 할지……."

거듭되는 스바루의 애원. 그러나 램은 작게 고개를 가로저었다.

그것은 부정의 몸짓이 아니다. 램의 가슴속을 점한 망설임이 겉으로 삐져나온 것이다.

램은 갑작스러운 스바루의 주장을 쉽게 이해하지는 못하고 있다. 결단을 촉구하기에는 스바루가 판단 재료로 제시한 내용이 너무 적은 것이다.

갑자기 모든 걸 다 버리고 함께 도망치자는 말을 해도 수긍할 턱이 없다.

그 부조리를 이해하고 있으면서도, 그래도 스바루는 사정을 그 이상 얘기하지 않는다.

이미 스바루는 그 마녀의 마수 앞에서 내밀 수 있는 정보량의 한도를 알 수 없는 것이다.

무슨 얘기를 하더라도 마녀의 저주에 저촉되고 말 듯한 느낌이 든다.

어떤 행동을 일으켜도 부조리한 운명의 희생이 될 듯한 예감이 있다.

그렇게 됐을 때 희생되는 건, 스바루가 아니라 소중한 다른 누군가가 아닐까.

"————."

——속수무책이다. 팔방색이다. 운명의 막다른 골목에 갇혀버렸다.

그러니까 스바루가 쓸 수 있는 수단은 이제 애원밖에 남지 않았다.

오로지 렘의 양심에만 호소한다. 그게 비겁하기 짝이 없는 짓임을 이해하면서도. 그녀가 스바루에게 품는 의존심을 이용하는 짓임을 알면서도 말이다.

"시간이 없어. 갑작스러운 건 정말로 미안하게 생각해. 정말, 정말로야. 진심으로 네게 미안하다고 생각 중이야. ……하지만, 선택해줘."

"선택한다……."

"나인가, 나 말고 다른 것인가……. 선택해줘."

내려준 정보가 적은 와중인데, 그것도 뜬금없이 꺼낸 사정인데 이런 선택을 채근하는 자신의 비겁함이, 절박한 상황이 밉다.

그러나 렘에게 천천히 생각할 시간을 주면 사정이 좋지 않은 것도 사실이었다.

스바루는 이 절박한 상황을 자신에게 유리하도록 이용하지 않았다고는 단언할 수 없다.

생각할 시간이 한정된 상황에 눈앞에서 애원하는 스바루라는 의존 대상을 두고, 이때 렘이 어떤 판단을 내릴까. ──승산은, 있었다.

승산, 혹은 그건 염원에 가까운 희망일지도 모른다.

렘만은 스바루의 도피를 용서해주지 않을까 하는 이기적인 희망일지도.

"용차를 손에 넣고 서쪽으로 가자. 루그니카를 나가서 훨씬 서쪽…… 카라라기였던가? 그곳에 작은 집이라도 사서 둘이 사는 거야."

스바루는 빠른 말로 마음에 그린 미래도를 얘기하기 시작했다.

그것은 평범하고 평온하며, 필시 부조리와도 잔혹함과도 무관할 미래.

"노잣돈에 손대는 거니 로즈월에게는 미안하지만, 뭐하면 빌린다고만 하고 언젠가 갚아도 돼. 일단은 생활할 전망이 서면

나도 착실하게 일해 보겠어. ……제대로 일한 적은 없지만 아마 괜찮을 거야."

고등학교는 등교 거부하다가 중퇴. 최종 학력은 중졸이다.

노동 종사 경험은 이쪽 세계에서 견습 사용인을 한 것뿐. 그것도 허드렛일이라고는 말하기 어려운 잡무 미만의 애들 심부름이나 마찬가지다.

분명히 제대로 된 직업에 정착하는 것도 한 고생이겠지만, 세상없어도 꼭 직업을 얻어 보겠다. 아픈 일, 괴로운 일, 죽는 일에 비교하면 훨씬 속 편한 것이다.

생각하면 생각할수록 스바루의 미래는 열려 있었다.

단 하나의 미래만을 노리고 발버둥 치고 바르작거리다가 최악의 재앙을 불러들이던 나날을 생각하면, 그게 얼마나 행복하단 말인가.

"힘든 일이 있어도 너만 있으면 꼭 힘낼 수 있어. 누가 웃는 얼굴로 집에서 기다려주고 있기만 해도, 아무리 지쳐도 렘이 기다려준다고 생각하면 꼭……!"

도망친 곳에 두고 온 모든 사람들에게 규탄받는 처지가 되더라도, 옆에 렘만 있어주면 꼭 견딜 수 있을 것 같다.

그러니, 부탁이니, 이 이상의 소원은 아무것도 없으니까―.

"나를, 선택해줘……!"

손을 내밀며 스바루는 쥐어짜내듯 애원했다.

"나를 선택해주면 내 모든 건 네게 바치겠어. 내 일생은 전부, 네 것이야. 네게 헌신할게. 너만 위해서 살 거야……. 그러니까."

정면에 선 렘의 얼굴이 지금은 보이지 않는다.

무슨 얼굴인지 볼 용기가 없다. 용기라곤 한 톨도 가진 바가 없다.

그게 있었더라면 아마도 더 다른 결말을 맞이할 수 있었을 것이다.

겁 많고 비겁하고 한심한 자신에게는 더 이상 아무것도 남지 않았으니까.

"나랑 도망치자……. 나랑, 살아줘……!"

너만은 죽지 말아달라고, 마음속 깊이 애원한다.

말라붙은 목소리로 속마음을 모조리 쏟아낸 스바루의 심장박동은 빠르고 숨은 가쁘다.

전력으로 질주한 듯한 피로감과, 기력을 잃은 정신적 소모가 세차게 스바루를 덮치고 있었다. 그리고 그런 스바루에게 얹히는 침묵의 압박감.

렘의 대답은 없다.

북새통 소리도 지금은 멀다. 공중의 면전에서 이런 대화를 나누는 두 사람을 주위가 어떻게 보고 있을까. ──그런 사소한 사항은 지금은 일절 의식에 끼어들지 못했다.

렘이 전부였다. 지금의 스바루에게는 그녀의 존재만이 전부였다.

견디다 못한 스바루는 단단히 감고 있던 눈을 떠서 눈앞에 서 있는 렘의 표정을 살폈다.

어쩌면 그 표정에 대답이 떠올라 있을지도 모른다는 공포에 겁을 집어먹으면서.

"_____."

렘은 말없이, 스바루가 보는 것도 눈치채지 못한 채 입술을 앙다물고 있었다.

그 얼굴은 애써 무표정을 유지하려 하지만 미간과 눈초리에 희미한 무리가 생겨서 평소의 그녀를 구성하지 못했다.

미혹이, 당혹이, 주저가 렘 안에서 소용돌이치는 걸 알 수 있었다.

지금 스바루가 입에 담은 말들이 렘의 마음을 크고 강하며 세차게 뒤흔들고 있다.

영원으로 착각할 만큼 긴 갈등이, 스바루의 등을 초조감으로 자글자글 태워간다.

그러나 이윽고, 그 시간도 종말을 맞이했다.

"──스바루 군."

다정하게, 자애에 찬 음향이 스바루의 이름을 불렀다.

그 음색을, 그 여운을 들은 순간, 스바루는 자신의 소원이 가닿았다고 확신했다.

렘은 스바루를 받아들여준다. 스바루의 약한 마음을 용인하고, 그것까지 뭉뚱그려서 나츠키 스바루라는 인간을 껴안아준다.

만감의 마음이 치밀어 오른다. 처음으로 보답받은 듯한 기분이 들었다.

그리고 스바루는 고개를 들고──.

"렘은, 스바루 군과 도망칠 수는 없어요."

매우 슬픈 얼굴의 렘에게 소원을 딱 부러지게 거절당했다.

"왜냐면."

"―――――."

"미래의 얘기는, 웃으며 해야 하는 거잖아요?"

울고 웃는 듯한 표정으로, 렘은―― 예전에 스바루가 했던 말을 입에 담은 것이다.

4

――도박에 졌다.

울고 웃는 렘의 표정과 옛날 자신의 말에 깨진 스바루의 내심을 메운 감각은, 모든 것을 던진 승부에 패배한 탈력감이었다.

스바루에게 강한 의존심을 품는 렘이라면 혹시 모른다고 그는 믿었다. 아니, 소망했다.

어쩌면 모든 걸 다 내버리고 자신을 선택해주지 않을까 하고.

덧없는 꿈이었다. 거드름피운 생각이었다. 처음부터 알고 있었을 터였는데.

자기 자신에게 아무 가치도 찾아내지 못했기 때문에, 도망치자는 선택지를 택하는 행위에 이르렀을 터였는데 무슨 기대를 하고 있었단 말일까.

"지금……은…… 웃지 못할지도 모르지……만…… 왜, 막상 실행에 옮겨보면 분명히 웃을 수 있을 거고…… 응, 그럴 거야. 그러니까, 저기……."

이미 결론이 나왔는데도 스바루의 입에서는 미봉책에 불과한 나약한 소리가 흘러나온다.

렘의 말에 효과적인 반론이 떠오르지 않는다. 그렇지만 무슨 말이든 계속하지 않으면 소망이 끊긴다. 행여나 아직 변심해줄지 또 모른다.

계속 얘기를 걸면 아마—— 그 또한 편하게만 생각하는 사고 방식이겠지만.

"……렘도, 생각해 봤어요."

그때, 매달리는 듯한 스바루를 쳐다보고서 렘은 흐릿한 미소와 함께 중얼거렸다.

그녀는 그 고운 얼굴을 살짝 위로 들고 말을 이어갔다.

"카라라기에 도착해서 우선 여관을 빌려요. 생활 기반을 마련하기 위해서 집은 가지고 싶은 바지만 수중의 돈을 고려하면 배부른 소리는 할 수 없죠. 우선은 수입부터 안정시키고."

손가락을 하나 세운 렘은 방금 나온 스바루의 미래 예상도에 덧붙이듯 얘기했다.

"다행히 렘은 로즈월 님의 주선으로 교육을 받고 있어서, 카라라기에서도 일을 찾아내는 건 꽤 손쉬울 테죠. 스바루 군은…… 육체노동을 찾아주든가 렘의 내조를 봐줘야 할지도 모르겠네요."

렘은 작게 웃으며 스바루가 아무것도 못하는 점을 그렇게 너스레로 넘겼다.

이 세계의 교양이 없고 기술적으로 미숙한 스바루의 정당한 평가라고 할 수 있을 것이다.

"수입이 안정되면 좀 더 번듯한 주거지를 찾아보죠. 스바루 군은 그동안에 착실한 직업을 가지기 위해서 공부를 해주고…… 실제로 일할 수 있기까지 1년이나 그즈음. 스바루 군이 노력해주는 몫만큼 일찍 독립할 수 있다고요."

이래 봬도 뜻밖에 렘의 교육방침은 스파르타식인 것이다.

람을 대신해 그녀가 교편을 잡을 때, 가르치는 방식은 자상하지만 지적하는 데에는 인정사정없다. 자기 자신에게 엄격하기 때문일 거라고, 입으로는 불평을 뱉으면서도 바람직하게 느끼고 있었다.

"둘이 일해서 어느 정도 돈을 저축하면…… 집을 사도 될지 모르겠네요. 뭔가 가게를 해도 될지 몰라요. 카라라기는 상업이 번성한 곳이니, 아마 스바루 군의 엉뚱한 발상을 살릴 수도 있을 거예요."

즐겁게 손뼉을 치며 지나치게 낙관적일 만큼 미래에 희망을 그리는 렘.

스바루에게도 그런 그녀가 환상하는 광경이 선명하게 보이는 것 같았다.

그곳에는 변함없이 스바루가 렘에게 폐를 끼치면서, 응석 부려가면서, 그런데도 다소나마 책임감을 가지고 열심히 땀을 흘리고 있는 모습이 틀림없이 있을 것이다.

그렇게 되면 좋겠다. 정녕 그렇게 생각한다.

그녀를 위해, 그녀를 위해서만, 분발할 수 있으면 얼마나 행복할까.

"일이 궤도에 오르면…… 그, 창피하지만, 아이……라도. 오니와 인간의 혼혈이 되니 분명히 개구쟁이인 아이가 태어나겠죠. 남자아이든 여자아이든, 쌍둥이든 세쌍둥이든 귀여운 아이가 될 거예요."

렘이 뺨을 발그레 물들이며 약간 앞질러간 상상에 꿈지럭대었다.

렘이 손가락을 꼽으며 수를 헤아리고 그 횟수가 무섭게도 열 번을 넘었을 즈음.

"틀림없이 즐거운 일만 있지는 않을 테고, 이렇게 상상대로 잘 풀릴 일만 있지도 않을 거예요. 남자아이가 태어나지 않고 여자아이만 이어지는 바람에 스바루 군이 가정 내에서 어깨 펴지 못할 일도 있을지 모르죠."

"……렘."

"그래도 있죠. 아이들이 커져서 스바루 군을 매몰차게 대할 나이가 되어도 렘은 스바루 군 편이에요. 이웃에선 유명한 원앙 부부라는 말을 듣고, 천천히, 비슷하게 시간을 보내고 늙어가서……."

"……레엠."

"스바루 군에게는 미안하지만요. 가능하면 렘을 먼저 보내주세요. 침대 위에서 스바루 군이 손을 잡아주고, 아이들과 그 자식들에게 둘러싸인 채 조용히 '렘은 행복했어요.'라고, 그런 말과 함께 떠나보내주어서……."

얼굴을, 들고 있을 수 없다.

렘이 얘기하는 미래 예상도가 스바루의 마음을 잔잔하고 자상하게 상처 입힌다.

"행복하게, 행복하게…… 인생을, 끝낼 수 있는 거예요."

"거기까지……!"

들뜬 듯한, 듣고 있자니 근지러워질 듯한, 가슴속을 다 들어내고 싶어질 듯한 그런 비통한 행복에 찬 미래를 렘이 마무리 지었다.

다 들은 스바루의 가슴에는 말로 할 수 없는 애절함에 찬 격정만이 남아 있었다.

목이 떨린다. 위 깊숙이 무거운 것이 가라앉아 있다. 머리가 아프다.

눈시울에 뜨거운 것이 한없이 치밀어 올라서 그걸 얼버무리려고 머리를 흔들었다.

"거기까……지…… 생각해준다면……!"

스바루와 함께, 어디까지고 끝까지 도망쳐주어도──.

그러나 스바루의 그 애원은.

"스바루 군이 웃으며 그 미래를 바라준다면…… 렘은 그렇게 죽어도 좋다고 진정으로 생각해요."

스바루 이상의 슬픔을 머금고, 그러고도 미소 짓는 그녀에게는 닿지 않았다.

해연히 놀란 스바루는 그 아픔마저 느껴지는 미소를 응시하고서야 마침내 이해했다.

설령 아무리 매달리더라도 렘의 이 의지를 뒤집을 수는 없다고.

자신은 이미 정녕 어쩔 도리도 없을 만큼 똑똑히 도박에 졌다고.

"──────."

묵직하니 어깨에 무거운 것이 얹히는 듯한 피로감이 엄습했다.

그대로 그 자리에 허물어져버릴 것만 같은 탈력감. 가까스로 그 추태만은 어떻게 버텨낸 스바루는 자신의 얼굴을 손바닥으로 가리면서 절망했다.

렘에게 동행을 거절당해버렸다.

그리고 그 말은 즉, 렘을 구하기 위한 수단이 끊어졌음을 의미한다.

이대로 렘을 지키기 위해서 곁에 있으면, 기다리는 건 저택에 향하는 그녀를 덮치는 잔혹한 미래. ──그리고 바꿀 수 없는 비극과, 무자비한 운명의 막다른 골목이다.

그렇다면 렘을 방치하고 혼자서 이곳에서 도망치면 되는가.

그러면 고독은 피할 수 없더라도 눈앞에 임박한 절망에게만은 달아날 수 있다. 물론 스바루가 있든 말든 저택을 에워싼 사람들의 결말은 아무것도 바뀌지 않는다. 그저 단순히, 눈과 귀를 막고 모르는 척하는 스바루가 현실을 직시하지 않고 넘어갈 뿐이다.

설령 그 정도에 불과한 구원이어도 지금의 스바루에게는 매달리고 싶을 만큼 갈망하는 것이었다.

그렇지만 홀로 그것을 받아들여서 무슨 구원이 있다는 말일까.

싸움에 도전해도, 광기로 도망쳐도, 모든 것을 내던지려고 하는 것마저도 운명은 결코 용납해주지 않는다.

그렇다면 도대체, 스바루에게 무엇이——.

"스바루 군과 살아갈 수 있으면…… 스바루 군이 도망치자고 생각했을 때, 렘과 함께 있고 싶다고 여겨준 게, 지금은 진정으로 기뻐요. ——하지만, 그럼 안 되는 거예요."

스바루가 내민 손을 거부한 렘은 그런데도 만감 어린 마음으로 뺨을 발그레 물들이며 고개를 숙였다.

도망치고 도망치다가 도망친 곳에서, 아까 그녀가 얘기한 꿈 같은 이야기가 현실이 될 것을 다름 아닌 그녀 자신이 알고 있다. 바라고 있다.

행복하다. 그렇게 단언하는 그 이야기. ——그런데도 렘이 그것을 부정하는 이유는.

"왜냐면 틀림없이, 지금 함께 도망쳐버리면…… 렘이 가장 좋아하는 스바루 군을 놔두고 가버릴 듯한 느낌이 드니까요."

"_____."

무슨 말을, 하고 있는 걸까, 렘은.

느릿느릿 얼굴을 들어 올린 스바루는 멍청한 눈으로 그녀를 본다.

렘은 서글픈 미소로 스바루를 보고 있다. 그런데도 눈에는 의연한 감정을 드리우고 꿰뚫어 보고 있었다. 그 눈길에 압도된 스바루에게 그녀는 마저 말했다.

"스바루 군. 무슨 일이 있었는지 렘에게 얘기해주세요."

고개를 젓는다. 무리다. 그랬다간 렘은 죽는다.

"얘기할 수 없다면 믿어주세요. 렘이 꼭 어떻게든 해 보일게요."

고개를 젓는다. 무리다. 그랬다간 렘은 죽는다.

"……최소한 지금은 돌아가죠? 천천히 시간을 들여서, 침착하게 생각하면 지금과는 다른 답을 찾을 수 있을지도 몰라요."

고개를 젓는다. 무리다. 그걸 기다리다간 모두가 죽는다.

"벌써 고민했었어. 생각했었어. 괴로워했었어. ……그러니까 포기한 거야."

아무도 스바루를 믿지 않는다.

아무도 스바루에게 기대하고 있지 않다.

누구나 스바루더러 아무것도 하지 말라며, 그 어리석음에 손을 털었다.

그 말을 계속 무시하고 야금야금 꺾여가다가 실컷 허탕을 치고서, 지금 이 상황에 도달했다.

그 시간은, 그 마음의 마모는 스바루에게──.

"──포기하는 건 쉬워요. 하지만."

별안간 렘이 입에 담은 스바루의 허약한 말에 대한 반론.

──포기하는 건, 쉽다.

그 말이 귀에 들어간 순간, 스바루의 온몸에 영문 모를 충격이 퍼졌다.

정수리부터 벼락을 맞은 듯한 압도적인 충격. 말로 표현할 수 없는 그건 스바루의 가슴속에서 폭발해 온몸의 모공이 벌어진 듯 불타는 감각이 온몸을 지배했다.

"포기하는 건…… 쉬워……?"

"스바루 군?"

"웃기지, 마……!"

당혹해하는 렘에게 이를 짓씹은 스바루의 원념 어린 목소리가 새어 나왔다.

농담이 아니다. 포기하는 게 쉬워? 선뜻 목적을 내던지고 등 돌린 채로 두 손을 탁탁 털고 도망치는 건 자못 속 편한 일 아니냐고?

그런 말 같잖은 얘기가 있을까 보냐.

"포기하는 게, 쉬울 리 있겠냐고!!"

참을 길 없이 맺혀 있던 감정이 작렬하고 곧장 스바루의 목울 대를 흔들었다.

스바루가 터트린 노성에 렘이 놀란 듯이 몸을 움츠린다. 왕도의 대로를 오가는 사람들도 격앙한 스바루의 모습에 무슨 일인지 눈길을 보냈다.

군중의 노골적인 그 시선도 개의치 않고서 스바루는 눈앞에 서 있는 렘만을 노려보고 외쳤다.

"내가 아무것도 안 하고, 아무 생각도 안 하고, 몽땅 다 싹둑 잘라내고, 쉽사리 이도저도 다 내던지고, 그래서 포기한 거라고! 넌 그렇게 생각하냐?!"

쓰디쓴 결단이었다. 피눈물을 흘리고, 외치는 소리로 목이 터질 듯한 경험을 거쳐서, 그러고도 여전히 닿지 않는다고 뼈저리게 느꼈기 때문에 나온 결단이었다.

모든 것을 포기한다. 말로 표현하면야 그뿐인 결론이지만, 그 결론에 도달하기 위해서 얼마나 많은 희생을 치렀던가. 그것을 가볍게 보는 것만은 누구라도 용납할 수 없다.

"포기하는 것도 쉽지 않았어⋯⋯! 싸우겠다고, 어떻게 해주겠다고, 그렇게 생각하는 편이 훨씬 편했다고⋯⋯! 하지만 어떻게 안 되더라! 길이 아무 데도 없어! 포기하는 길로밖에, 이어지지 않았어⋯⋯!"

운명의 막다른 골목은 제시된 모든 길을 막고 스바루를 비웃는다.

도전해도 도전해도, 맞서도 맞서도, 작전을 가다듬더라도, 다른 이에게 맡기려고 해도, 그리고 도망치려고 하는 것마저도.

모든 것을 건져내는 건 이미 불가능한 것이다.

구하고 싶던 사람들에게마저 뻗은 손을 거절당했다. 그런데도 어떻게 아직 노력하자는 말을 할 수 있나. 포기하는 게 너무 이르다는 말을 누가 스바루에게 하고 있는가.

스바루와 똑같은 경험을 하고, 스바루와 똑같은 고통과 곤경을 맛보고, 스바루와 똑같은 지옥을 본 다음, 같은 말을 뱉을 수 있단 말인가.

"어떻게 할 수 있으면…… 나도…… 나도……!"

어떻게 하고 싶다고, 진정으로 생각한다.

구하고 싶다고, 구해내고 싶다고, 빼앗기는 게 싫다고 진정으로 생각한다.

그런데 닿지 않는 것이다. 닿게 해주지 않는 것이다.

이 또한 전부, 스바루가 지금까지 쌓아온 하루하루가 스바루 자신에게 이를 드러낸 결과다.

그러니까 스바루는──.

"스바루 군."

목소리를 쥐어짜내고 감정을 모조리 털어내고서 고개 떨군 스바루. 그에게 렘이 말을 건다.

이명이 심해서, 볼썽사나운 속내를 드러내버린 것이 한심해서 스바루는 그녀의 얼굴을 쳐다볼 수도 없다.

그토록 비참하고 구제할 도리가 없으며 방법이 없는, 운명에 진 패배자에게.

"포기하는 건 쉬워요."

"_____."

"하지만."

방금 스바루를 격앙시킨 말을 한 번 더 반복하는 렘.

그런 그녀의 말에 믿을 수 없는 감각을 느낀 스바루는 아연실색하면서 고개를 들었다.

왜, 알아주지 않는 건가.

이만큼 해도 스바루의 고뇌는 그녀에게 이해받지 못하는가.

그런 내심의 울분이, 불만이, 화풀이 같은 감상이.

"──스바루 군에게는 어울리지 않아요."

스바루의 검은 눈을 곧게 주시하며 단언하는 렘 앞에 사그라졌다.

렘은 마치 그것이 반드시 옳은 사실이라고, 그렇게 믿는 것처럼 똑똑히 말했다.

"스바루 군이 얼마나 괴로운 경험을 했는지, 무엇을 알고 그렇게 괴로워하고 있는지 렘은 모르겠어요. '이해해요.' 라고 경솔하게 말하면 안 된다고도 생각해요."

"_____."

"그래도, 그런데도 렘 또한 이해할 수 있는 게 있어요."

"_____."

"스바루 군은 도중에 뭔가를 포기하는 짓은 못하는 사람이란 사실을요."

눈앞에서 비탄에 잠겨 모든 것을 내던지고, 지금 막 포기를 입에 담은 남자에게 렘은 주눅 하나 없이, 두려움 없이, 흔들림 없이 말했다.

"렘은 알고 있어요."

"_____."

"스바루 군은 미래를 바랄 때, 그 미래를 웃으며 얘기할 수 있는 사람임을 알고 있어요."

렘과 도망친 곳에 있는, 분명히 따스하고 안녕에 가득 찼을 세계. 그것을 죄책감과 후회로 얼굴을 형편없이 망치고서 얘기한 남자에게 렘은 실망하지도 않고서 올곧게 말했다.

"렘은 알고 있어요."

"_____."

"스바루 군이 미래를 포기하지 못하는 사람임을, 알고 있어요."

렘은 이를 악물듯이 고개 숙인 스바루에게 그렇게 말을 맺었다.

그녀의 눈에는 진지한 빛만이 서려 있으며, 그곳에는 스바루에 대한 신뢰만이 존재했다.

그 세차고 강한 빛에 스바루는 압도되었다.

왜냐면 그건 렘의 그릇된 생각에 불과하다. 우스꽝스러울 정도의 착각.

스바루라는 인간을 지나치게 높이 산 발언에 불과한 것이다.

렘의 눈에 비치는 스바루가 얼마나 고결하고 긍지 높은 인격자인지는 모른다.

그렇지만 진짜 스바루가 그렇게 대단한 인간일 턱이 없다.

약한 소리를 뱉으며 역경에 꺾이고, 비참하고 한심한 자신이 왜소하다고 울부짖으며, 패배감에 나동그라져 도망치려고 한다. ──그게 나츠키 스바루다.

"안 그래……. 난, 그런 인간이 아냐……. 나……는."

"그렇지 않아요. 스바루 군은 모두를…… 에밀리아 님도, 언니도, 로즈월 님과 베아트리스 님, 다른 사람도 포기하진 않았을 거예요."

강한 어조로 부정되었다.

하지만 착각이다. 스바루는 그녀들을 내던졌다.

"포기했어. 포기했다고. 전부 건지다니 애초부터 못할 일이었어……. 내 손바닥은 작고, 전부 흘러 떨어져서 아무것도 남지 않았어……!"

"아니요. 그렇지 않아요. 스바루 군에게는──."

끝까지, 한없이 끝까지 렘은 스바루의 포기를 부정해 보였다.

어째서 이렇게까지, 여기까지 추태를 드러낸 스바루를, 그런 스바루의 잘못을 인정하려고 하지 않는가. 그녀에게는 스바루가 어떻게 비치고 있는가.

그것이 너무나도 불쾌해서, 견디다 못해서.

──네가, 얼마나, 무슨 말을 하든지 간에.

"──네가! 나의 뭘!! 네가 나의 뭘 안다는 거야?!"

격정이, 가슴 내면에 불타 끓어오르는 불길이, 작열이 되어 힘차게 터져 나왔다.

노성과 함께 스바루는 바로 옆의 벽에 주먹을 후려쳤다. 딱딱한 소리. 부서진 주먹에서 붉은 피가 벽에 튀고, 그 손을 거칠게 펼친다.

　"난 이 수준의 남자란 말이야! 힘이라곤 없는데도 바라는 것만 높지, 지혜도 없는데 꿈만 꾸지, 할 줄 아는 일도 없는데 쓸데없이 발버둥 치지……!"

　누구에게도 무언가 하나쯤은 장점이 있다.

　그리고 누구나 그 하나의 장점을 키워서 격에 맞는 장소를 목적하는 것이다.

　──하지만 나츠키 스바루에게는 그조차 없다.

　그조차 없는데, 바라는 장소의 높이만은 과분하도록, 너무나 높아서.

　"나는……! 나는, 내가 정말 싫다고!!"

　실실 웃으며 얼버무리고. 익살 떨며 변죽 울려서 도망쳐 다니고. 진지하게 마주보려고 하지 않던 현실── 그것을 앞에 둔 스바루는 비로소 속마음을 쏟아냈다.

　나츠키 스바루는 자기 자신이, 그 누구보다도 가장 싫었다.

　"만날 입만 살아가지고! 뭘 할 줄 아는 것도 아닌데 으스대고! 스스로는 아무것도 안 하면서 불평할 때만은 번듯해! 지가 뭐라도 되는 줄 아나 보지?! 잘도 참, 부끄러운 내색도 없이 살 수도 있군그래! 아니야?!"

　자신을 향상시킬 줄은 모르니 상대적으로 다른 이를 깎아내려 자신을 높이 보이게 하려는 비겁함. 다른 이보다 뒤떨어진다는 사실을 인정하고 싶지 않기에 다리나 거는 짓을 해서 자신의 얄팍한 자존심을 지키려 하는 비천함.

"텅 비었어. 내 알맹이는 숭숭 뚫렸어. 안 그렇겠어……. 아아, 당연하지. 당연히 그렇지! 내가 이곳에 올 때까지, 이렇게 너희와 만나게 될 때까지 뭘 해왔는지 알아?!"

이세계에 떨어지기 전.

원래 세계에서, 아무 일도 변함없는 평범하고 따분한 나날 속에서 무엇을 해왔던가──.

"──아무것도, 하질 않았어."

게으름을 탐닉하며 나태에 잠겨서, 노력과도 연마와도 무관한 나날을 보내왔다.

그렇다고 자기 자신을 포기한 것도 아니고, 뭔가 그때만 오면 진짜 실력을 내주겠다고 형편 좋은 생각뿐.

"아무것도 하질 않았어……. 난 뭐 하나도 하질 않았어! 그만큼 시간이 있고! 그토록 자유가 있고! 뭐든지 할 수 있을 텐데, 아무것도 하질 않았어! 그 결과가 이거야! 그 결과가 지금의 나야!"

넘쳐나는 시간을 유용하게 이용했으면 분명히 스바루는 무엇이라도 될 수 있을 것이다.

하지만 현실의 스바루는 주어진 시간을 매우 헛되이 낭비하고, 결과적으로 무언가를 얻을 일도 없었거니와, 무언가를 만들어내는 일도 하질 않았다.

그래서 막상 무언가를 하고 싶다고 진심으로 마음먹었을 때에 이를 이룩하기 위한 힘도 지혜도 기술도, 아무것도 체득하지 못한 것이다.

"내 무력도, 무능도, 전부 다 전부! 나의…… 썩어빠진 마음가짐이 이유야……! 아무것도 하질 않았는데 뭔가를 성취하고 싶다며 기어오르는 짓에도 한도가 있고말고……. 게으름피워 온 대가가, 내 성대한 인생의 낭비벽이 나와 너를 죽이는 거야."

구제할 도리가 없는 자신. 어쩔 도리도 없는 자신.

만약 다시 태어나더라도 분명히 자신은 같은 길을 지나가 같은 시간을 똑같이 낭비하고, 같은 마음가짐으로 이곳에 와서 같은 후회를 얻으리라.

썩어빠진 마음가짐은 변하지 않는다. 나츠키 스바루라는 인간에게는 그렇게 속이 얕은 인간성밖에 없다. 그 사실은, 확고하다.

"그래, 마음가짐은 별달리…… 이곳에서 살아가겠다고. 그렇게 생각해도 아무것도 바뀌질 않았어. 그 영감님은 나의 그런 구석도 빈틈없이 간파하더라고. 그렇지?"

왕도에 남은 스바루는 크루쉬의 별장에서 빌헬름의 검에 사사했다.

몇 번이고 거듭 쓰러진다. 그렇게 넝마가 되어가면서도 여전히 덤벼드는 스바루. 그러나 그 모습을 본 노인은 그 참뜻을 간파하고 있었다.

『강해지는 선택지를 버린 상대에게, 강해지기 위한 마음가짐을 이르는 건 그다지 의미가 없지 않나 싶었기에.』

수련의 나날 중에 검을 휘두르는 자의 마음가짐을 설파한 다음, 노인은 그렇게 고개를 저은 것이다.

그때 스바루는 빌헬름이 무슨 말을 하는지 모르겠다고 노인의 말을 부정했지만── 본심으로는 그게 무슨 뜻인지 똑똑히 깨닫고 있었다.

"강해지려던 것도, 어떻게 되자고 마음먹은 것도 아냐…….나는 그냥, 아무것도 하지 않는 게 아니라고, 노력하고 있다고…… 그렇게, 알기 쉬운 시늉을 취하며 자신을 정당화하고 있었을 뿐이야……."

에밀리아에게 버림받고, 왕선의 무대에서 이 이상 없을 만큼 비참한 모습을 드러내고.

그런 자신을 보는 주위의 눈이, 의식이 견딜 수 없었기에 그 시선에 보이도록 '노력하는' 분위기를 가장해 자기 자신을 지키려고 했던 것이다.

그렇게 타협의 이유를 찾아서 그 행위에 다다랐을 뿐이다.

바뀌려고 하고 있다. 그 생각 자체가 아무것도 바뀌지 못한 가장 큰 증거였건만.

"어쩔 수 없다는 말을 하고 싶다! 어쩔 수가 없다는 말을 듣고 싶다! 단지 그뿐이지! 단지 그것만을 위해서 난 그렇게 몸을 던지는 짓을 했던 거야! 너를 옆에 앉히고 공부하던 것도, 그 거북함을 얼버무리기 위한 시늉이었다고! 내 알맹이는, 자기 보신 때문에 남의 눈만 신경 쓰는 작고 비겁하고 너절한 내 알맹이는 아무것도! 아무것도 안 바뀌었어……!"

벗겨진다. 허세가. 무너진다. 허영이.

다른 이가 나쁘게 여기길 바라지 않는다는 허영심이, 자신은 틀리지 않았다고 주장하고 싶어 하는 이기심이 얄팍한 껍질을 깨고 넘쳐 나온다.

"……사실은 알지, 알고말고. 전부 내가 잘못이라는 것쯤은."

누군가의 탓으로 만들고 무언가를 이유로 삼아서, 그것을 소리 높여 공격하고 있자니 편했다.

진짜 자신을 보지 않고 넘어간다. 진짜 자신을 보이지 않고 넘어간다. 허울만을 겉에 꾸미고 있으면 그 내면에 무엇을 떠안고 있는지는 보이지 않고 넘어간다.

약하고 이기적이며 왁왁거리기만 하는 주제에 사랑받고 싶다.

그런 추한 자신을 보이지 않고, 그런 추한 자신을 보지 않으며 넘어가니까.

"난 형편없는 놈이야. ……나는, 내가 정말 싫다고."

가슴속에 그득 쌓인 어두컴컴한 어둠을 전부 토해낸 스바루는 거친 숨을 몰아쉬었다.

탁해질 대로 탁해진 오탁 같은 그것을, 이세계에 오고 나서── 아니, 원래 세계에 있었을 적부터 맺혀 있던 그것을 내키는 대로 실컷 쏟아내주었다.

스스로 생각해도 구역질이 나올 만한 인간성이라고 생각한다.

모조리 토해내고서도 속이 뒤집힐 것 같은 감개가 사라지지 않는다. 쌓여 있던 것을 토해냈는데 조금은 가벼워져야 마땅하지 않은가.

눈곱만큼도 편해지지 않는 데다가 말로 표현함으로써 더욱 선명하게 자각해버린 자신의 어리석음에, 지금 당장 죽어버리고 싶을 정도의 수치심이 끓어올랐다.

그리고 그만한 오탁을 쏟아낸 그 참에, 자기 생각만 하는 약한 면모가 무엇보다도 같잖았다.

지금 눈앞에서, 스바루를 단단히 믿고 있던 렘에게 네가 보고 있는 빛은 모조리 가짜라며 아름다운 그림을 더럽게 먹칠하는 짓을 하고서도 스바루는 그녀를 걱정하기보다 자기 보신을 우선했다.

결국 다 그런 것이다.

자신의 싫어하는 부분을, 악덕을, 결여된 부분을 인정해서 실감해 봤자 즉각 개선될 일은 없다. 오히려 그 바람구멍의 터무니없는 깊이와 어둠에, 어떻게 하겠다는 기개마저 빼앗겨버렸을지도 모른다.

연민 받을 값어치조차 없는 나츠키 스바루의 본성.

스바루의 심부에 잠겨 있던 지저분한 자아의 본모습에 파란 머리의 소녀조차 마침내──.

"렘은 알고 있어요."

"─────."

"스바루 군이 아무리 앞이 보이지 않는 암흑 속이어도, 손을 뻗어줄 용기가 있는 사람이란 사실을."

──그런데도 렘은 스바루를 단념해주진 않았다.

절대적인 친애에, 전폭적인 신뢰에, 스바루는 전에 없던 초조감을 느꼈다.

이만큼 악의적으로 욕했는데도, 그만큼 추한 본심을 드러냈는데도, 정면으로 모든 건 허위이며 구제할 도리 없는 쓰레기라고 고백했는데도.

──어째서 그녀는 그렇게 자애에 찬 눈으로 스바루를 보고 있는가.

"스바루 군에게 머리를 쓰다듬어지는 게 좋아요. 손바닥과 머리카락을 통해서 스바루 군과 마음이 통한다는 느낌이거든요."

갑자기, 렘은 잔잔하게 부드러운 목소리로, 입을 다문 스바루에게 그런 얘기를 하기 시작했다.

"스바루 군의 목소리가 좋아요. 한마디 들을 때마다 마음이 따뜻해지는 걸 느끼거든요. 스바루 군의 눈이 좋아요. 평소에는 날카로워도 누군가를 자상하게 대하려고 할 때 부드러워지는 그 눈이 좋아요."

렘은 아무 말도 못하는 스바루에게 연거푸 밀어붙이듯이 말을 이었다.

"스바루 군의 손가락이 좋아요. 남자아이인데 고운 손가락이고, 그래도 잡으면 역시 남자아이라는 느낌을 주는 억세고 가는 손가락이죠. 스바루 군의 걸음걸이가 좋아요. 옆에서 같이 걷고 있으면 이따금 잘 따라오고 있는지 확인하듯 돌아봐주는, 그런 걸음걸이가 좋아요."

마음이, 절규를 지르고 있었다.

렘이 그렇게 말을 이을 때마다 스바루의 마음에 비명이 메아리치고 있었다.

"······그만해."

"스바루 군의 자는 얼굴이 좋아요. 갓난아기처럼 무방비하고, 속눈썹이 살짝 길고. 뺨을 만지면 온화해지고 장난으로 입술을 건드려도 눈치채지 못해서····· 엄청 가슴이 아파져서, 좋아해요."

"어째서······."

그런 말을 이어갈 수 있는가.

이만큼 어리석으며 아무것도 없는 스바루에게, 어째서 그런 말을 계속 던질 수 있는가.

"스바루 군이 자신을 싫어한다고 말한다면, 스바루 군의 좋은 점이 이렇게나 많음을 렘이 안다는 걸 알아주길 바라서 그래요."

"그런 건, 헛것이야······!"

렘이 보고 있는 건 자기 입맛에 맞는 환상이다.

진짜 스바루는 그런 인간이 아니다. 진짜 스바루는 더 더럽다. 렘이 그렇게 호의적으로 보아주는 것과는 정반대인, 더 추악한 스바루야말로 진정한 스바루인 것이다.

"너는 모르고 있을 뿐이야! 자기 일은, 자기가 가장 잘 알아!"

"스바루 군은 자기 일밖에 몰라! 렘이 보고 있는 스바루 군을,

스바루 군이 얼마나 알고 있단 건데요?!"

반사적으로 스바루가 언성을 높이고, 그 목소리에 새로이 겹치듯이 렘이 외쳤다.

이곳에 오고 처음으로 언성이 커진 그녀에게 스바루는 놀랐다.

놀라서 숨을 집어삼켰다가, 애써 무표정을 유지하려는 렘의 눈에 굵은 눈물이 고여 있음을 간신히 알아챘다.

스바루의 고백을 듣고 그녀가 상처 입지 않았을 리가 없다.

스바루의 갈 데까지 간 자학을 듣고 마음 착한 그녀가 가슴 아파하지 않았을 리가 없다.

그런데도 그녀는 스바루를 믿고 있는 것이다.

그만큼 악의적으로 얘기해버린 내면을 알고도 렘은 스바루를 믿고 있다.

"어째서…… 그렇게, 나를……. 나는 약하고, 초라하고…… 도망쳤는데……! 지난번에도 똑같이, 도망쳤는데, 그런데도 어째서……."

이다지도 한심하고 믿음직스럽지 못하며 자신의 약한 마음에 지고만 있는 나를, 어째서 그렇게까지 믿어주는 거지. 나 자신이 믿지 못하는 나를, 어째서 믿어주는 거야.

"──왜냐면 스바루 군은 렘의 영웅인걸요."

무조건적으로, 전폭적인 신뢰를 보내는 그 말에 스바루의 마음은 잔잔하게 떨렸다.

어떤 악조건을 겹치더라도, 무슨 결점을 내보이더라도 그 단 한마디에는 그것들 전부의 악의를 튕겨낼 만한 소망이 담겨 있었다.

그리고 스바루는 너무 늦게서야, 간신히 깨달았다.

착각하고 있었다. 잘못 생각하고 있었다. 오해밖에 하지 않았다.

그녀는, 렘만은 스바루의 타락을 마냥 허용해주리라 믿고 있었다. 아무리 약하고 한심스러운 추태를 드러내더라도 용납해줄 거라 착각했다.

그건 틀렸다. 착각이다. 치명적으로 어리석은 인식이다.

——렘만은 스바루의 어리광을 절대로 용서치 않는다.

아무것도 하지 않아도 된다고, 얌전히 있으라고, 누구나 스바루에게 그렇게 말했다.

누구나 스바루에게 기대 따위 하지 않고, 그 행위가 무익하다고 계속 말했다.

——렘만은 그런 스바루의 약한 모습을 용서치 않는다.

그녀만은 일어서라고, 포기하지 말라고, 모든 것을 구하라고 계속 말한다.

아무도 스바루에게 기대하지 않는다. 스바루 자신조차 내버린 스바루를, 그녀만은 절대로 내버리지 않고, 포기하는 짓 따위 인정도 하지 않는다.

그것은 나츠키 스바루가 그녀에게 건 '저주'였다.

"그 컴컴한 숲에서, 자신에 대해서도 알 수 없어진 세상에서, 그저 날뛰고 다니는 생각밖에 못한 렘을 구하러 와주었던 것."

"————."

"정신을 차리고 움직이지 못하는 렘과 마법을 너무 써서 기진맥진한 언니를, 도망쳐 보내기 위해서 미끼가 되어 마수와 맞서려고 가준 것."

"————."

"승산이라곤 없고 목숨도 정말로 위험했는데, 그런데도 살아남아서…… 온기를 남긴 채로 렘의 팔 안에 돌아와준 것."

"————."

"깨어나서 미소 짓고, 렘이 가장 원하던 말을, 가장 말해주길 바랐을 때에, 가장 말해주길 바란 사람이 말해준 것."

스바루가 그녀에게 건 '저주' 들이, 그녀의 입을 통해 이야기된다.

그 '저주' 는 깊고 자상해서, 그녀의 마음을 신뢰라는 이름의 사슬로 칭칭 얽어매고, 지금도 이렇게 굳고 단단하게 묶고 있다.

"렘의 시간은 줄곧 멈춰 있었어요. 그 불꽃의 밤에, 언니 외의 모든 걸 잃은 그날 밤부터, 렘의 시간은 줄곧 멈춰 있던 거예요."

장렬한 과거의 단편을 입에 담은 렘은 스바루를 빤히 바라보았다.

거기에는 한 치의 어긋남도 없는 믿음과 사랑이 담겨 있고.

"멈춰 있던 시간을, 얼어붙어 있던 마음을 스바루 군이 부드럽게 녹이고 다정하게 움직여준 거예요. 그 순간에, 그 아침에 램이 얼마나 구원받았는지. 램이 얼마나 기뻤는지는, 스바루 군이라도 절대 몰라요."

'그러니까.' 하고 가슴에 손을 얹은 램이 말을 잇는다.

"──램은 믿고 있어요. 아무리 괴롭고 힘든 일이 있어 스바루 군이 꺾일 것 같아도, 온 세상의 모두가 다 스바루 군을 믿지 못하고 스바루 군 본인도 자기 자신을 믿지 못하겠다고 하더라도── 램은 믿고 있어요."

얘기하고, 램이 한 발짝 간격을 좁힌다.

램은 손이 닿을 거리에서 두 손을 뻗어, 고개 숙인 채 움직이지 않는 스바루의 목에 팔을 둘렀다.

끌어당기는 힘은 강하지 않은데도 저항하지 못하는 스바루는 속절없이 그녀에게 끌어 안겼다.

신장차가 있는 램의 가슴에 머리가 안기고, 바로 위에서 목소리가 내려오는 걸 듣는다.

"램을 구해준 스바루 군이, 진짜 영웅이라고."

이마에 입술이 다가오고 따뜻한 감촉이 그곳에 닿는 걸 알 수 있었다.

닿은 감촉에서 열이 퍼지고, 스바루의 가슴속에 뭐가 뭔지 알 수 없는 감정이 부풀어 오른다.

움직이지 않던 손발에 피가 흐르고, 두개골을 가득 메우고 있던 노이즈가 사라진다——.

　"아무리 노력해도, 아무도 구하지 못했어."
　"렘이 있어요. 스바루 군이 구해준 렘이, 지금 이곳에 있어요."

　"아무것도 하지 않은 텅 빈 나야. 아무도, 귀를 기울여주지 않아."
　"렘이 있어요. 스바루 군의 말이라면 뭐든지 들어요. 듣고 싶어요."

　"아무에게도 기대받지 못해. 아무도 나를 믿지 않아. ……나는, 내가 정말 싫어."

　"렘은, 스바루 군을 사랑해요."

　뺨을 만지는 손이 뜨겁고, 지척에서 스바루를 쳐다보는 눈이 촉촉하다.
　그 모습이, 그녀의 자태가 그 말의 진지하기까지 한 '진실'을 긍정하고 있었기에.
　"나, 따위로…… 되는, 거야……?"
　몇 번 도전해도 몇 번 재시도해도, 그때마다 모든 걸 망쳐왔다.
　다들 죽었다. 손이 닿지 않았다. 모두 죽게 했다. 생각이 모자랐다.

 텅 비고, 무력하고, 머리가 나쁘고, 행동이 늦고, 누군가를 지키고 싶다는 마음조차도 허우적허우적 흔들리는 어정쩡한 놈인데.

 그런 자신이라도 되는 걸까.

 "스바루 군이, 좋아요."

 "_____."

 "스바루 군이 아니면, 싫어요."

 스스로도 믿을 수 없는 자신을, 믿어주는 사람이 있다면.

 나츠키 스바루는 싸워도 되는 걸까.

 ──운명과 싸우는 것을 포기하지 않아도 되는 건가.

 "텅 비고 아무것도 없어서, 그런 자신을 용서할 수 없으면──지금, 여기서부터 시작하죠."

 "어떤, 걸……."

 "렘의 멈춰 있던 시간을 스바루 군이 움직여준 것처럼, 스바루 군이 멈춰 있다고 생각하던 시간을 지금 움직이겠어요."

 아무것도 하지 않았던 과거를, 아무것도 하지 못했던 지금까지의 나날을, 무익하게 보내왔던 그 시간들을 후회하고 부끄러워하다가 포기로 바꾸려고 했었다.

 그런 스바루에게 렘은 미소 지으며 말했다.

 "지금부터 시작하죠. 하나부터…… 아뇨, 제로부터!"

"―――――."

"혼자서 걷기 힘들다면 렘이 부축할게요. 짐을 함께 나누고, 서로서로 부축해주면서 걷자. 그날 아침에, 그렇게 말해주었죠?"

어깨동무하고, 웃으며 미래를 얘기하자고 스바루는 말했다.

기대어서 서로 지탱하며, 그렇게 걸어가자고 스바루는 말했다.

"멋있는 모습을 보여주세요. 스바루 군."

꼴사나운 모습만 계속 보이고 말았으니까.

그녀에게 사라지지 않을 '저주'를 건 사람은 스바루 자신이니까.

스바루에게는 그 책임을 다할 의무가 있는 것이다.

"……렘."

"네."

부르는 소리에 렘은 조용히 응답했다.

얼굴을 든다. 앞을 본다. 렘의 눈을 바라본다.

온화하고 다정스럽게, 스바루가 말할 대답을 기다려주고 있다.

그래서 스바루는, 그녀가 사랑해준 나츠키 스바루로 있고 싶기에.

"――나는, 에밀리아를 좋아해."

"――네."

스바루의 고백에 렘은 모두 알고 있는 미소로 끄덕였다.

그 미소에, 그녀의 정에 스바루는 잔혹하다고 알고 있으면서도.

"에밀리아의 웃는 얼굴을 보고 싶어. 에밀리아의 미래를 거들어주고 싶어. 방해된다고 들어도, 오지 말라고 들어도…… 난 그 아이 곁에 있고 싶어."

변하지 않는 그 마음을, 렘의 마음을 받은 지금 재확인한다.

하지만 그 불이 번지는 마음을 느끼는 방식은 이전의 그것과는 다르고.

"좋아해서 그렇다고, 마음을 면죄부로 삼아서 뭐든지 다 이해해주길 바라는 건…… 오만이겠지."

"_____."

"이해해주지, 않아도 돼. 지금 난 에밀리아를 돕고 싶어. 힘들고 괴로운 미래가 그 아이를 덮치면, 다 같이 웃고 있을 수 있는 미래로 데려가주고 싶어."

그러니까.

"도와, 주겠어?"

손을 내밀고 바로 곁에 있는 렘에게 묻는다.

보내온 그녀의 마음에 응답해줄 수 없다고 대답해놓고서, 비겁하다고 알면서, 그녀의 정을 이용하고 있음을 알면서도, 그런데도 소중한 사람의 미래를 포기하지 못하는 스바루를 그녀가 사랑해주고 있었기에.

"나 혼자론 아무것도 못해. 나는 순 부족한 것뿐이야. 똑바로 걸을 수 있다는 자신감이 없어. 약하고 여리고 초라해. 그러니까 내가 똑바로 걸을 수 있도록, 잘못해도 알아챌 수 있도록 손을 빌려주겠어?"

"스바루 군은 너무한 사람이에요. 차버린 직후의 상대에게 그런 부탁을 하는 거예요?"

"나도 일생일대의 프러포즈를 거절한 상대에게, 이런 부탁하기 힘들어."

힘없이 스바루가 웃고, 렘이 못 버틴 것처럼 작게 웃음을 터트렸다.

서로 한바탕 같이 웃는다. 그 뒤에 렘은 자세를 바로하고 우아하게 치맛자락을 손끝으로 잡아 완벽한 커트시(curtsy)를 보이면서 대답했다.

"삼가, 받아들이겠습니다. 그래서 스바루 군이── 렘의 영웅이, 웃으며 미래를 맞이할 수 있다면."

"그래, 보고 있어줘. 특등석에서."

내민 손을 그녀가 잡는다. 맹세를 주고받은 렘을 스바루가 끌어당긴다.

렘이 작게 "아." 하는 목소리가 새고, 자그마한 그녀의 몸은 스바루의 가슴속에 폭 들어갔다. 그 부드럽고 뜨거운, 자신을 좋아해주는 여자아이의 존재에 감사하며 선언한다.

"──네가 반한 남자가, 최고로 멋있는 히어로가 되겠다는 모습을!"

가슴속이 뜨겁다.

껴안은 렘이, 스바루의 가슴에 얼굴을 밀어붙여 그 표정을 숨기고 있다.

숨결이 뜨겁다. 비벼대는 이마가, 뺨이 뜨겁다.

필시 그녀의 눈에서 흘러나오고 있는 눈물이, 가장 뜨겁다.

──지금도 스바루는 자기 자신을 좋아할 수는 없다. 여전히 싫어한다.
하지만 그런 스바루를 좋아한다고 말해준 아이가 있으니까.
그런 스바루여도, 좋아한다고 생각해주길 바라는 아이가 있으니까.

──에밀리아가 보고 있어. 렘이 보고 있어. 그러니까, 고개 숙이지 않아.

"――――."

지금부터, 제로부터 시작하자.
나츠키 스바루의 이야기를.

──제로부터 시작하는, 이세계 생활을.

제6장 『분배받은 카드』

1

　방에는 침묵이, 그리고 팽팽한 긴장감이 가득 차 있었다.

　그 긴장감을 피부로 맛보면서 스바루는 마른 입술을 혀로 축이고, 우선은 상황의 제1단계를 갖출 수 있었던 것에 감사했다.

　모든 것의 대전제로서, 스바루에게는 지금 이곳에 참가한 면면들이 꼭 모여야 했다.

　힘도 없다. 지혜도 부족하다. 능력도 인맥도 결여된 자신이 할 수 있는 일이 있다면, 그건 지금까지의 죽음을 허위로 돌리지 않는 일뿐이니까.

　"이제야 저녁 식사 시간을 늦추어 모은 취지가 이해될 것 같군."

　소파에 앉아 무릎 위에 손을 깍지 낀 크루쉬 칼스텐이 그 침묵을 깨트리고, 그 늠름한 얼굴에 이해의 빛을 띠고서 중얼거렸다.

　"그런가요오? 페리는 솔직히 아직두 의심하구 있지만요. 그토록 허당끼 내던 남자아이가 갑자기 웬일이면 저런 눈이 되는 걸까냥—하구."

　어조와 표정이야 경박함을 가장하고 있지만, 스바루를 보는
그── 페리스의 눈초리에는 방심이 없다. 그 자세에선 어떠한
위험으로부터도 주군을 지키겠다는 기개가 넘치고 있었다.

　"──────."

　그런 페리스와 대조적으로 빌헬름은 크루쉬의 왼쪽 옆에서 침
묵을 고수하고 있었다.

　허리에 검을 차고 눈을 감은 노검사에게서는 갈고닦인 검기
(劍氣)만이 감돌고 있어서 성 밑에서 돌아온 스바루 일행을 마
중해줄 적의 온화한 분위기는 먼지만큼도 남아있지 않았다.

　지금은 개인이 아니라 주군인 크루쉬가 가진 한 자루 검의 역
할에 몰두하고 있는 것이다.

　스바루가 크루쉬 일행과 마주한 곳은, 스바루에게는 별로 좋
은 추억이 없는 크루쉬 저택의 응접실이다. 과거에 두 번, 스바
루는 이곳에서 쓰라림을 맛보고 말았다.

　자리에 모인 면면들은 크루쉬, 페리스, 빌헬름 세 명. 그리고
그곳에 스바루가 있는 것까지는 전과 동일. 하지만 다른 점도
존재한다. 그건.

　"한 번 나갔는데 도로 돌아오는 건 다소 불편한 법입니다. 나
츠키 님에게는 이 불편한 기분을 털어낼 만한, 그런 이야기를
기대하고 있습니다."

　그런 말과 함께 빛바랜 금발에 멋부린 턱수염이 특징적인 매
끈한 남자가 스바루에게 웃음을 던졌다.

왕도에 큰 영향력을 가진 상업 조합의 대표자 러셀 펠로, 바로 그였다.

이쪽을 견제하는 듯한 러셀의 말에 스바루는 소탈한 기색으로 어깨를 으쓱였다.

"지금 렘이 또 한 사람을 부르러 갔으니 조금만 더 기다려줘. 와줄지는 확실하지 않지만…… 승산은, 있어."

"조속한 도착을 기다리겠습니다. 덧붙여서 승산의 근거를 여쭈어도 될까요?"

짐짓 재는 스바루의 발언에 대해서도 러셀의 응수는 막힘이 없다.

스바루는 자신보다 머리도 입도 혀도 돌아가는 진품 상인을 상대로 입 끝을 일그러뜨렸다.

"간단한 이야기지. 돈 냄새에는 민감하다고 자기 입으로 말했거든. 그게 사실이라면 반드시 얼굴을 내비칠걸. 러셀 씨도 그런 축이잖아?"

"이건 참, 아픈 곳을 찔렸군요."

한 판 졌다는 말이라도 하고 싶은 듯 이마에 손을 짚는 러셀. 물론 그 행동을 액면 그대로 받을 만큼 스바루도 태평하게 굴고 있을 작정은 없다.

자신이 얼마나 위험한 외줄타기를 하려는지 그 정도 자각은 있다. 그리고 지금은 겨우 밧줄을 낭떠러지 양쪽에 묶기를 마친 단계에 불과하다.

건너는 건 지금부터, 지금부터인 것이다.

스바루를 지탱해주고 있는, 빌려온 용기에 힘을 받으면서.

"여러분, 대단히 기다리셨습니다."

그 몇 분 뒤, 응접실의 문을 열고 한 소녀—— 렘이 모습을 드러냈다.

"오케이예요."

오른손 엄지를 세우고 윙크. 스바루 옆으로 걸어와서는 귀에 얼굴을 살그머니 다가대었다.

"도착은 좀 늦어질 것 같지만, 반드시 와주시겠다고."

"——그래. 좋아, 잘 해줬다고, 렘."

이로써 스바루의 외줄타기를 위한 준비는 완료되었다.

교섭의 탁자에 앉기 전에, 교섭을 원하는 모양새로 이끌기 위한 절차를 마련한다.

그것은 아직 기억에 선한 세계에서, 스바루가 몸소 경험한 한 가지 답안이었다.

"마지막 참가자는 조금 도착이 늦어진다고 하지만 일단 배우는 다 모였어. 더 이상 기다리게 하는 것도 뭐하지. ——시작해 볼까."

스바루의 선언에 분위기가 바뀌고, 방에 있는 얼굴들이 각각 반응한다.

크루쉬가 희미하게 웃고, 페리스가 딱딱하게 입술을 앙다문다. 빌헬름은 오로지 침묵에만 전념하며 표정을 바꾸지 않고, 러셀은 느긋하게 의자에 몸을 파묻었다.

그 반응들을 보면서 스바루는 심호흡해 마음을 가라앉혔다.

심장이 높고 세차게 우는 것을 느낀다.

온몸에 피가 돌고, 동시에 커다란 불안이 고개를 쳐들어 눈앞이 깜깜해질 것만 같다.

하지만.

"스바루 군."

살그머니, 옆에 있는 렘이 불안해지는 스바루를 안심시키려고 소매를 건드렸다.

손을 잡는 것도 아니고 자신의 존재를 새삼스러이 주장하는 것도 아니다. 그런 렘다운 자그마한 배려. 스바루는 마치 천군만마의 조력을 얻은 듯해 안심했다.

렘이 보고 있다. 멋대가리 없는 짓거리 따위를 감히 할 수 있을 턱이 없다.

"——좋았으."

대담하게 웃어 공포를 그 웃음의 뒤에 감춘 스바루는 최초의 벽에 도전했다.

바늘구멍을 지나는 듯한 조건을 헤치고 나가 해피 엔딩을 맞이하기 위해서.

자신을 좋아한다고 말해준 여자아이가 믿는, 영웅에 한 발짝이라도 더 다가가기 위해서.

"한 가지 확인하고 싶은 사항이 있다. 나츠키 스바루."

기합을 넣고 앞을 보는 스바루에게, 손가락을 하나 세운 크루쉬의 목소리가 닿았다.

"이 모임의 취지를. ——경의 입으로 말이지."

팔걸이에 팔을 세워 한쪽 뺨을 괴면서 스바루를 쳐다보는 냉철한 눈초리.

이미 답을 알고 있을 텐데도 스바루의 입으로 그 이야기를 시키려는 크루쉬의 자세는 일관되게 혹독하다.

대화의 시작 방식 하나를 두고 봐도 이미 승부는 개시된 것이다.

그 사실을, 실패를 계속해온 지금이기 때문에 알 수 있다.

"그야 물론——."

그렇기에 스바루는 크게 몸짓하며, 크루쉬의 찌르는 듯한 시선에 삼켜지지 않도록 자신을 유지하면서, 예전의 실패를 반복하지 않도록 드세게 웃었다.

"에밀리아 진영과 크루쉬 진영의, 대등한 조건으로 맺는 동맹. ——그러기 위한 교섭을 하고 싶어."

막아서는 여러 장애들, 그 최초의 관문에 대한 도전이 시작되려는 순간이었다.

2

——큰 길거리에서의 렘과의 대화로 말미암아 스바루는 참의미에서의 리스타트를 결심했다.

그것이 마음속을 모조리 까놓고, 그리고도 여전히 스바루를 믿는다고 말해준 렘에 대한 성의다. 그리고 그 덕분에 자신이

해야 할 일을 똑똑히 자각할 수 있었다.

"그걸 감안하고서, 뛰어넘어야만 하는 벽이 너무 많군⋯⋯."

막아서는 벽들에 상황이 외통수 일보직전이라는 건 변함이 없다.

"그래도 어떻게 해야 하겠지. 거들어주라고? 렘."

"네, 스바루 군이 바란다면 무엇이든지."

머리를 긁고 사고를 정리하려고 하는 스바루에게 렘은 선뜻 그렇게 끄덕였다.

속마음을 다 털어놓아도 렘의 눈에는 변함없는 신뢰가 맺혀 있어서 스바루의 내면에 용기와 의무감 두 불꽃을 지핀다.

이제 와서 렘 앞에서 자신의 추태나 속수무책의 초조를 감추려는 생각은 스바루도 하지 않는다.

어쨌거나 반은 울먹이며 자신의 콤플렉스부터 몽땅 다 쏟아낸 것이다. 렘의 가슴속을 폭로한 사실도 있어서, 참된 의미로 스바루와 렘은 운명공동체가 되었다.

그렇게 마음을 정했기 때문에 스바루의 머리는 굉장히 맑게 유지되고 있었다.

"우선 남은 시간을 재확인하자. 지금이 돌아오고 약 한 시간⋯⋯ 그래서⋯⋯."

이전에도 검증한 대로, 메이더스령에 마녀교에 의한 변이 일어날 때까지의 리미트는 닷새 동안── 기실 나흘 반가량의 유예밖에 없는 게 현실이다.

그 유예도 가도의 봉쇄를 고려할 필요가 있다. 준비에 쓸 수 있는 건 실질적으로 이틀뿐.

"해서, 그 이틀 만에 뛰어넘을 전망을 세워야만 하는 문제가 좌우간 잔뜩."

돌파해야만 하는 관문은 많고, 그 질도 지금까지의 루프와는 비교가 되지 않는다.

각각 독립되고 절망적인 벽들이, 대거 몰아닥치는 걸 전부 돌파할 필요가 있다.

첫 번째 문제는 당연히 마녀교다. 페텔기우스가 이끄는 광신자들을 어떻게 해서 막지 않으면, 저택은 물론 마을의 주민들도 누구 한 명 살아남지 못한다.

두 번째는 이래도 저래도, 반드시 찾아드는 렘의 죽음이다.

스바루와 동행해도 렘만이 선행해도, 운명의 막다른 골목은 반드시 그녀의 죽음으로 귀결되고 있다. 눈이 닿지 않는 곳에서 죽은 1회째. 그리고 눈앞에서 잃은 2회째와 3회째의 절망감. 그것들의 충격이 스바루에게 포기의 길을 달리게 부추겼다고 해도 과언이 아니다.

그리고 세 번째는 에밀리아의 죽음이 방아쇠인, 대정령 팩의 무차별적인 폭주다.

돌이켜보면 이번 차례의 루프에서 스바루의 사인은 모두 팩의 손에 의한 것일 가능성이 높다. 1회째부터 3회째까지, 매번 같이 동사한 것을 생각하면 거의 확실하다.

어느 벽이나 강대하지만, 어느 것 하나라도 놓치고 흘리면 그 뒤의 세계는 나츠키 스바루가 바라는 미래가 아니게 된다. 그것은 렘이 믿는 영웅상을 배신한다는 것이기도 했다.

"——몇 가지."

문제점을 밝혀내고 있던 스바루가 불쑥 뇌까렸다.

말없이 숙고하는 스바루를 지켜보고 있던 렘은 그 뇌까림에 아무 말도 않는다. 스바루의 뇌까림은 맞장구를 바라고 있지 않다. 그저 그 뒤에 이어질 답을 기다리고 있다. 그것을 알고 있는 것이다.

가장 사랑하는 영웅에게 가장 좋은 판단을 기대하고 가장 큰 공헌을 하는 것.

그것이 지금 렘이 추구하는 자세이자, 그것이 지금 렘이 할 수 있는 최대한의 애정 표시인 것이다.

렘이 지켜보는 앞에서 스바루는 한정된 시간 속, 한정된 시간의 제약을 뛰어넘은 기억을 재생해서 한 톨의 실마리를 찾아 사고를 몰아쳤다.

——머리를 짜내, 마음을 불태워.

몸이, 능력이, 지금은 이상(理想)에 따라잡지 못하니까.

——떠올려, 사고해.

세 번의 자신의 죽음을 허투루 돌리지 마. 세 번씩 죽게 만든 소녀의 의지를 허투루 만들지 마. 세 번 끝난 세계의 모든 것이 스바루의 마음을 무겁게 짓누른다.

만난 사람들, 주고받은 대화. 결별, 조우, 분노, 광기, 슬픔, 절망, 재기.

그리고——.

"가능성은 있……나?"

불현듯 뇌리를 스친 것은 한 줌의 가능성에 지나지 않는다.

하나하나의 실은 가늘고 약해서, 억지로 이어붙인 그것은 언제 끊어져버릴지도 확실하지 않은 여린 것이다. 모든 것을 맡기기에는 너무 불안스럽다.

──그렇기 때문에, '올인' 할 가치가 있다.

"렘. 꼭 얘기해야 할 사항하고, 묻고 싶은 사항이 몇 개쯤 있어."

"네."

막 떠올린 초안을 정리하기 위해서 스바루는 렘의 협력을 요구했다.

"에밀리아의 왕선 참가가 공포되어서 마녀교 놈들이 움직이기 시작하려 해. 놈들이 에밀리아를 노리면 저택과 마을에도 피해가 나올 거야. 나는 그걸 막고 싶어."

"마녀교……."

한순간, 그 단어를 들은 렘의 눈에 서슬 퍼런 감정이 떠오른다.

하지만 렘은 자제심으로 그 감정을 억제하고, 스바루의 말에 주억인다.

"마녀교가 움직일 가능성에 대해서는 로즈월 님도 위험스레 여기고 계셨어요. 렘도 자세한 사정은 듣지 못했지만, 검토되고 있었으면 대책도 세워져 있는 게 아닐까 싶습니다."

"하지만 그것만으론 부족해."

사실로 따져 로즈월이 마녀교에 대해 어떤 대책을 세웠는지는 불명하다.

 그것이 불발로 끝났는지, 혹은 효과가 없었던 건지는 모른다. 단지 결과적으로 그 사전준비는 결실을 맺지 못하고, 그 지옥은 반드시 펼쳐진다.

 그 미래를 알고 있는 이상, 스바루는 로즈월에게 의지하지 않는 형태로 자위 전력을 확보해야만 한다. 그것이야말로 저택과 마을 사람들의 생명을 지키기 위한 수단인 것이다.

 "마녀교는 단기결전을 걸어올 거야. 렘, 저택의 전력은?"

 "……전하기 어려운 사실이지만, 사실 로즈월 님은 저택에 계시지 않을 가능성이 높아요. 왕도에서 돌아가시고 바로, 영내의 유력자를 방문할 예정이었기에."

 말끝을 흐린 렘의 대답은 전 회차와 동일. 로즈월 부재 소식이다.

 저택에는 현재 에밀리아와 람, 그리고 베아트리스밖에 없다.

 고작 세 명. 게다가 베아트리스다. 비협력적인 그녀가, 마녀교와의 전투에 참전해줄지는 대단히 미심쩍다.

 전 회차에 얼마 안 되는 짧은 시간이긴 해도 베아트리스와 주고받은 대화가 떠오른다.

 스바루가 죽여달라고 부탁하자, 마치 기대를 배신당한 어린아이 같은 눈으로 보던 베아트리스의 얼굴이──.

 "지금은…… 그건 뒤로 미루자."

 스바루는 울 것 같은 소녀의 시선을 어떻게 뿌리치고 렘을 다시 보았다.

"그럼 싸울 수 있는 건 두 사람. 나와 렘만 돌아가도 밑 빠진 독에 물붓기로군."

"본대 전력의 태반은 로즈월 님 개인의 능력에 의존하는 점을 부정할 수 없어요. 프레데리카가 남아주었더라면 아직 이야기는 달랐을지도 모르지만요."

이전에 저택에 있었다는 동료의 이름을 꺼낸 렘이 분한 듯이 시선을 떨어뜨렸다. 스바루는 위로하듯이 그 어깨를 토닥이면서, 정보가 어긋나지 않도록 세세한 부분을 따지고 있었다.

마녀교와 저택의 보유 전력에 대해서는 더 이상 할 얘기는 없을 것이다.

그렇다면 다음 화제가 본론이다.

"렘."

자세를 바로잡은 스바루가 곧게 렘을 응시했다.

그리고 바뀐 분위기를 알아챈 렘이 고개를 드는 모습을 쳐다보고 말했다.

"네가 왕도에 남아서 무엇을 하고 있었는지, 로즈월에게 명령받았던 내용을 가르쳐줘."

"_____."

스바루는 렘이 의아한 표정을 짓거나, 혹은 허를 찔려 놀랄 거라고 생각했다.

그러나 그 말을 들은 렘의 반응은, 스바루의 예상을 모조리 배신하고 있었다.

"——네. 스바루 군이 바라는 대로."

렘은 스바루의 말에 끄덕이고, 마음속 깊이 기뻐하는 미소와 함께 눈물을 한 방울 그 눈초리로 살짝 흘린 것이었다.

3

"동맹……이라."

시간은 돌아와 장면은 크루쉬 저택의 응접실로 이동한다.

전원의 시선을 일신에 받으며 스바루가 대답한, 회담의 목적에 크루쉬가 중얼거렸다.

크루쉬는 골똘히 생각하듯이 살짝 턱을 당긴 다음, 흘끔 렘 쪽을 보았다. 그 살피는 시선의 의미를 조용히 짐작한 렘은 느릿느릿 고개를 가로저었다.

"로즈월 님의 분부대로, 렘은 아무것도 말씀드리지 않았습니다. ——모든 건 스바루 군이, 스스로 도달한 사항입니다."

"경의 충의를 의심한 건 아니네. 한데, 그런가……."

납득했다기보다 수긍이 갔다는 표정으로 이해를 표시하는 크루쉬.

"하면 이번 교섭 역은 렘에게서 경—— 나츠키 스바루에 권한이 위양되었다고 받아들여도 되는 거로군?"

"아아, 그렇게 돼. 로즈월도 심보 고약한 짓을 다 해줬지만 말이야."

과장스럽게 탄식한 스바루는 뇌리에 떠오른 광대 낯짝의 주인에게 속으로 혀를 내밀었다.

스바루에게는 내밀히, 렘에게만 하달되었던 왕도에서의 밀명. 그 내용은 스바루가 스스로 알아채지 못하는 한, 결코 렘이 먼저 전달하지 않도록 엄명을 받았다고 한다.

"처음부터 찜찜하긴 했지. 애당초 우리 진영의 일손 부족은 자명한 이치니. 그런 상황에 기일도 정하지 않고 렘을 왕도에 남긴다? 저택에서 가장 능력적으로 빠트릴 수 없는 렘을? 있을 수 없지. 더 일찍 알아채야 했어."

물론 자기 영지의 위기를 구한 스바루에게 치료와 배상 책임을 지기 위해서도, 시중 역 한 명조차 딸려 보내지 않아서는 얘기가 되지 않는다는 명분도 있다.

"그런데 그런 갸륵한 이유로 그 괴짜가 이 시기에 렘을 놔두리라곤 생각할 수 없지. 뭔가 뒷사정이 당연히 있다. 그렇게 생각을 파고드니……."

"자연히, 가장 회견의 기회가 많던 당가의 존재에 맞닥뜨린다는 말인가."

다리를 바꿔 꼰 크루쉬는 스바루의 말을 이어받아 결론을 읊었다.

"그리고 밤마다 렘과 크루쉬 씨가 밀회하고 있다는 말은 들었거든. 무슨 이야기를 하고 있느냐는 부분까지 생각하지 않은 자신이, 정말로 멍청하기 짝이 없어서 끔찍해지지만."

지금까지 얼마나 자기밖에 보지 못하고 있었던가. 그런 자조밖에 떠오르지 않는다.

렘이 정말로 넌지시 로즈월이 숨긴 의도가 스바루에게 전해지도록 힌트를 뿌리고 있었는데, 세계를 네 번 다시 보고서야 겨우 알아챈 판국이니.

"매일 밤 치르는 회담 내용은 동맹 체결에 관해서. 그러기 위해 우리 쪽이 제시한 조건에 관해서는 한 차례 렘에게서 착실하게 들었어."

"엘리오르 대삼림의 마광석(魔鑛石), 그 채굴권의 분양이 주요 거래 재료지."

암시만 하려던 스바루의 말을, 숨길 만한 사항은 아니라고 선뜻 크루쉬가 폭로해버렸다.

그 즉시 그걸 주워듣고 눈을 빛낸 사람은 이 자리에서 유일한 장사꾼이다.

"그건 또, 들어 넘기지 못할 이야기로군요."

지금껏 침묵을 지키고 있던 러셀이 눈을 빛냈다. 겨우 자신에게도 소득 있는 내용이 되었다고 기뻐하는 마음을 어조로 알 수 있었다.

"마광석 채굴권은 근년의 마석 세공 기술의 약진을 생각하면 앞으로 점점 더 가치가 있습니다. 더군다나 그것이 아직도 손이 타지 않은 땅의 물건이라면 더욱더 그렇지요."

예상 이상으로 혹한 상인의 반응에 스바루는 내심 놀람을 감추지 못했다.

렘에게서 처음에 채굴권 이야기를 들었을 적에는, 크루쉬가 좀체 고개를 아래위로 흔들지 않는다는 얘기로 보아 썩 매력적인 조건이 아니지 않나 싶었다.

"러셀 씨가 크게 기뻐할 만한 가치는 있는 이야기인가 보지?"

"당연합니다. 마석 세공에 뛰어난 카라라기와의 교역도 있고, 우리 나라의 마석 세공 장인도 해마다 실력이 향상되고 있습니다. 요즈음에는 저잣거리에도 그 혜택이 하나둘 보이기 시작했지요. 마광석은 현재 있으면 있을수록 좋습니다. 지금까지는 북쪽 구스테코와의 교역에도 꽤 의지하고 있던지라 윤택한 광맥의 이야기는 대환영이지요."

손가락을 세운 러셀은 낭랑한 음성으로 스바루의 질문에 대답했다.

"마광석은 마나를 함유한 순수한 마력의 결정입니다. 속성은 토지의 영향, 가공하는 장인의 실력에 크게 의존하지요. 그 대신, 실력이 좋은 장인의 솜씨라면 용도에 따라 다양한 마석 세공으로서 활용할 수 있습니다. 강도도 뛰어나고 잘못된 방식으로 사용하지만 않으면 사용 가능 햇수에도 신뢰를 둘 수 있습니다. 상품으로서의 매력이야 말할 필요도 없겠지요."

"단, 마석으로 세공할 수 있는 장인은 적다. 마석에 한 번 가공의 손길을 대버리면 도로 무를 수도 없어. 채굴장 다수는 왕국이 관리하고, 마광석은 대부분이 공공사업 쪽으로 돌리는 게 현재 형편이지. 저잣거리에 나돌고 있다고 해도 일부에서의 이야기에 불과하다."

마광석 가치의 좋은 부분을 열거한 러셀에 반해 크루쉬가 그 가치의 나쁜 부분을 쌀쌀맞게 열거했다. 그러나 러셀은 그에도 굴하지 않고 "그렇기 때문에."라고 말을 이었다.

"손이 타지 않은 채굴장의 발견에는 달려들지 않을 수가 없지요. 메이더스 변경백은 대대로 미발견의 광맥을 맞추는 걸로 재산을 쌓은 실적이 있습니다. 여기에 왕선의 후보자인 에밀리아 님의 기사가 내린 보증도 있고. 신빙성과 신용은 매우 높지요."

열기가 담긴 어조로 말하면서, 러셀은 스바루를 곁눈질로 쳐다보며 뻔뻔스럽게 얘기했다.

왕성에서 벌인 스바루의 추태를 알고 있고, 그런데 그걸 가지고 보증이라고 단언하는 고약한 성미다. 채굴권의 화제에 어쭙잖게 달려드는 분위기를 가장하며 스바루를 견제하는 것도 잊고 있지 않다.

러셀은 이제 와서 듣지 못한 걸로 칠 수는 없다고, 스바루에게 그렇게 다짐을 받고 있는 것이다.

하기야 물러설 작정이라곤 스바루 쪽에도 털끝만큼도 없다.

"그래, 그 점은 신용해줘도 상관없어. 지금부터 오래 끌 왕선 중에서, 처음에 손을 잡으려는 상대에게 블러프 걸 만큼 악당이 아닐 거거든."

채굴권의 분양을 제시한 건 로즈월이다. 그렇기 때문에 느끼는 안심감이 있다.

그런 스바루의 대답에 러셀은 짐짓 몸을 빼고 말했다.

"과연. 아무래도 교섭 역으로서의 각오는 하고 계신 듯하군요. 시험하는 투로 말한 무례를 사과드립니다."

"아니, 됐어. 이쪽도 지금부터 이어질 대화에서, 러셀 씨의 말참견에는 팍팍 도움을 받을 작정이니까."

원래부터 러셀의 스바루에 대한 평가가 높으리란 기대는 하지도 않았다.

스바루의 능력을 의문시해 이 자리에서 확인당할 것도 예상하던 바와 같다.

딴죽 걸기 쉬운 화제를 준비해서 본론에 들어가기 전에 번거롭게 딴죽 당할 걸 회피하려는 꿍꿍이는 있었지만, 바란 모양새대로 물어줘서 안도감은 숨길 수 없었다.

굳은 뺨을 숨기기 위해 무의미하게 거물 흉내를 내버린 건 애교다.

"그렇다고는 해도 이렇게 사과받은 이상은, 한두 번의 실언은 못 본 척해주거나 지원 사격을 기대하고 싶은 바지만 말이죠?"

"그러길 기대해서 러셀 펠로를 동석시켰나. 경도 생각 외로 허투루 보지 못할 사내로군."

스바루의 너스레에 크루쉬는 옅게 웃으며 방금 대화의 평가를 끝낸 모양이다. 회담이 중단되지 않은 이상, 채점은 낙제점을 모면한 모양이다.

첫 번째 식은땀 흥건한 관문을 극복한 스바루는 사교성 웃음과 함께 크루쉬를 쳐다보고 말했다.

"돈벌이 이야기 내비친 다음에 조언자 확보라는 것도 물론 노림수이긴 하지만…… 러셀 씨를 부른 건, 이다음의 본론에 관계가 있기 때문이지."

"호오, 본론이라."

뒤이은 스바루의 말에 실내 분위기가 다시 팽팽해졌다.

그때까지 어디까지나 회담 자리에 앉아있을 뿐이던 크루쉬가 자세를 바로잡고 찬찬히 한 번 눈을 감았다. 그런 다음 천천히 뜬 호박색 시선이 스바루를 꿰뚫었다.

바람이 불었다. 그렇게 착각할 정도의 위압을 앞에 두었음에도 스바루는 기죽지 않았다.

폭력적인 위압감이라면 이미 진저리칠 만큼 맛본 것이다. 그와 비교하면 크루쉬의 안광에는 스바루에게 겁을 주려는 어두운 감정이 일절 없다.

있는 것은 마주하는 상대의 등골을 바로 펴게 하며, 마음을 다잡게 하는 곧은 감정뿐이다.

"인정하지, 나츠키 스바루. 경이 메이더스령의 대리인, 및 에밀리아로부터의 정식 사자라고. 이 교섭장에서 경과 나 사이에 주고받은 내용은 그대로 에밀리아와 나 사이에 주고받은 것이라고."

정면에 임한다. 인간이란 단지 그것만으로도 이만큼 기세에 눌리는 법인 것이다.

크루쉬는 지금 노리고 스바루를 위압하고 있는 게 아니다.

그녀는 순수하게 그때까지 유지한 개인으로서의 크루쉬에서, 공인으로서의 크루쉬 칼스텐으로 의식을 전환했을 뿐.

칼스텐 공작가 당주의 존재감 그 자체가, 이만한 힘을 가지고 있는 것이다.

——이것이 이 루그니카 왕국에서 지금 가장 왕좌에 가까운 여걸의 참모습이다.

소름이 돋고 감탄부호가 머릿속에 뒤섞인다. 그런 고요한 동요에 떠는 스바루에게 손을 뻗은 크루쉬는 시작을 고한 교섭의 포문을 직접 열었다.

"이미 들었겠지만 재차 묻도록 하지. 나와 렘 사이에 나눈 교섭은, 채굴권의 분양을 제시된 다음에 합의에 이르지 못했다. 그것은 숙지하고 있을 터겠지?"

"……그래."

자신의 힘이 부족하다고 한탄한 렘의 모습이 떠오르는 반면, 그런 렘의 고뇌를 전혀 눈치채지 못하고 있던 자신의 못난 안목에 대한 한심함도 반절을 차지한다.

한탄을 둘 모아 후회로 삼은 스바루는, 미래의 후회를 먼저 느낀다는 행운을 실컷 이용하기로 했다. 그러기 위해 전 회차까지 실패를 겪은 것이라고.

"이쪽도 확인해두고 싶은데, 실제로 지금 조건으로는 부족하단 거지? 양측 진영에게 과도한 간섭 없이 엘리오르 대삼림의 채굴권 분양. 채굴된 마광석 자체에 관한 취급의 세부 사항은 나중에 따진다고 쳐도."

"초안은 렘 쪽에서 제시되었다. 과연 메이더스 변경백이라고 해야 하겠더군. 자기 진영의 이익을 충분히 확보한 다음에 당가를 납득시킬 수 있을 만한 이익을 제시하고 있어. 본래라면 거절할 일은 있을 수 없지. 바로 동의서를 준비하고 싶어질 조건이지만……."

그쪽 부분의 숫자에 관한 대화에서 스바루가 참견할 수 있는 구석은 없다.

섣부르게 참견하다간 "그럼 채굴권은 전부 줄게!"라는 말을 꺼낼지도 모른다.

"이번 경우에는 교섭 뒤의 영향이 문제야. 알 수 있겠지?"

"로즈월을 신용할 수 없다……는, 얘기가 아니겠군."

만약 로즈월의 소행이 문제시되고 있다면 앞으로는 깨끗하고 바른 생활을 보내도록 교정해갈 의견이지만, 크루쉬가 문제점으로 삼고 있는 곳은 그 부분이 아니다.

그건 피할 수가 없는, 에밀리아에게 내내 붙어 다니는 문제다.

"왕선의 대립 후보, 하물며 하프엘프……. 반마라는 비방을 받는 에밀리아와의 거래가 돼. 나중 일을 감안하면 신중해지지 않을 수 없지."

낮은 목소리로 그렇게 읊은 크루쉬의 말에 스바루는 뜻밖의 감상을 느끼고 낙담했다.

스바루가 크루쉬에게 품고 있던 인상은, 말로 표현하자면 '위풍당당'이나 '성실' 같은 올곧은 것이 어울린다.

왕선에서의 소신 표명에서 그야말로 그 인상을 체현하는 위세를 드러내던 크루쉬다. 그 발언을 들었기 때문에 지금의 세평을 신경 쓰는 태도에는 위화감이──.

"설마, 거절을 내세우기 위한 허울인가?"

"────."

"스바루 큥—? 중요한 교섭 장면에서 생각 없이 그런 말 흘리는 건 페리는 좀 좋지 않은데— 싶기도 한데?"

부주의한 스바루의 발언에 그때까지 잠자코 교섭을 보고 있던 페리스가 웃는 얼굴로 화냈다.

이마에 핏대를 띄운 그의 모습에 스바루는 허둥지둥 입을 막고 머리를 숙였다.

"이거야 원, 난감한 노릇이군."

그때, 그 대화를 보고 있던 크루쉬가 희미하게 입 끝을 누그러뜨리며 말했다.

"순순히 허울이 밝혀지면 도리어 내 쪽이 수치를 느끼는군. 이건 공부가 되었어. 이런 기회라도 없으면 좀처럼 이와 같은 경험은 얻지 못하지."

스바루에게는 알기 어려운 논법으로 지금의 무례는 못 본 척 해주는 크루쉬.

그렇다고는 해도 상대의 넓은 도량에 구원받고만 있어선 입장이 없다.

"즉, 허울은 허울이고…… 속내 부분에선, 크루쉬 씨는 에밀리아와 동맹을 맺는 것 자체에 대한 기피감은 없다고 생각해도 될까?"

"나츠키 스바루, 한 가지 생각을 바로잡겠다."

손가락을 세운 크루쉬는 그 세운 손가락을 스바루에게 들이밀었다.

"그 사람의 가치는 영혼의 참모습과 어떻게 빛내는지로 정해지는 법이다. 출신과 환경이 그 사람의 본질을 규정하는 결정적인 요인은 되지 못해."

물론 그것이 간접적인 요인이 되는 건 크루쉬도 알고 있으리라.

에밀리아의 환경이, 하프엘프라는 존재에 대한 풍파가 얼마나 부조리한 가혹함을 그녀에게 강요해왔는지 떠올릴 상상력이 없는 것도 결코 아니다.

"그 왕선의 자리에서 에밀리아가 얘기한 말에 거짓은 없었다. 그곳에 확실한 각오와 긍지가 있었기에 비로소 나는 에밀리아를 대립 후보 중 하나라고 인정했지."

"알기 어렵군. 즉?"

"연극조인 건 내 취향 문제다. 용서해라."

자신의 호들갑스러운 말투는 자각하고 있는지 크루쉬는 작게 입술을 누그러뜨리다가 눈을 깜빡인 다음 표정을 다잡았다.

"에밀리아가 하프엘프라는 점을 근거로 내가 동맹을 거절할 일은 없다. 오히려 정책적으로 적대하는 것도 아닌 에밀리아의 존재는 내게 적극적으로 적대할 필요가 없는 상대라고도 할 수 있지. 동맹 이야기도 인색할 것 없다."

"그렇단 말은…….."

"대답에 조급해하지 마라, 나츠키 스바루. 경의 제의를 받을지 말지는, 이다음 나올 경의 응답에 좌우된다고 해도 과언이 아니므로."

촉이 좋은 대답에 앞으로 몸이 기울어진 스바루를 나무란 크루쉬가 재차 물었다.

예컨대, 교섭을 위양 받은 스바루가 무엇을 들고 나올지를.

"엘리오르 대삼림의 채굴권, 크게 이쪽에 소득이 있지. 하지만 그런 반면, 나는 왕선의 형세를 서둘러 진행할 필요는 없다고 느끼는 것 또한 사실. 기한은 3년이다. 너무 조급하게 상황을 움직여버리면 훗날 화근을 남기게 되겠지."

"에밀리아와 동맹을 맺는 일의 메리트가, 그 디메리트에 걸맞지 않다고?"

"조금 다르군. 현재 메리트와 디메리트는 상쇄되고 있다. 당가의 생각으로선 앞으로 한 걸음 더, 이쪽 등을 밀 구실을 바란다는 형편이다."

크루쉬 자신의 의향으로서는 동맹 체결에 내키는 마음인 것처럼 보였다.

한편, 크루쉬의 의지로 모든 게 생각대로 움직일 만큼 단순하지 않은 것이 공작가라는 지나치게 커진 입장의 굴레이기도 한 것이리라.

그렇기에 그녀는 요구하고 있는 것이다.

상황을 움직이고 주위의 목소리를 입 다물게 할 정도의 '무언가'를, 스바루에게서 받을 수 있기를.

"————."

말을 뱉으려던 스바루는 자신의 목이 막힌 듯한 감각에 살짝 놀랐다.

긴장과 불안이 가슴속에 부풀어서 내디디던 스바루의 목을 막은 것이다.

지금부터는 완전히, 지금까지의 경험에도 없는 완전한 애드리브다.

누구에게 확실성을 확인한 적도 없다. 헛다리짚은 엉뚱한 표적일 가능성도 있다.

하지만 분명히 크루쉬는 넘어온다.

──그렇다. 스바루는 자신의 생각을 믿었다.

"동맹 체결에 향해, 우리가 내미는 건 채굴권과…… 정보다."

"──정보."

그 말을 들은 크루쉬는 자신의 긴 머리카락을 만지면서 뒷말을 재촉했다.

아직, 판단되지 않았다. 지금부터가 고비다.

"아아, 그래. 내가 내밀 수 있는 건 어떤 정보라는 뜻이야."

"들어보지. 경이 말하는 그것이, 과연 이쪽을 움직일 수 있는 것인지."

크루쉬는 머리카락을 만지던 손을 내밀고 스바루의 말을 기다렸다.

자연히 불안과 긴장이 스바루의 온몸에 떨림을 초래했다.

하지만 그것은 희미하게 팔꿈치 부근에 느껴지는 온기가 없애주었다.

렘이 스바루의 팔에 손가락을 얹어서 빌려온 용기에 불을 지펴주었으니까.

스바루는 숨을 들이켜고 단숨에 그 말을 입에 담았다.

"──백경의 출현 장소와 시간, 그게 내가 뽑을 수 있는 카드
야."

《끝》

후기

감사합니다! 6권입니다, 나가츠키입니다, 네즈미이로네코이기도 합니다.

이번에는 가장 먼저 감사 인사로 들어갔습니다.

그것도 이 『Re : 제로부터 시작하는 이세계 생활』이라는 작품에 여기까지 어울려주신 데에 정말로 감사드리고 있기 때문입니다.

원래 인터넷에 게재하고 있던 이 작품은 이 6권의 내용에 도착하는 것을 하나의 목표로 삼아 시작한 꼴입니다.

인터넷에 게재할 때에도 이 내용을 쓴 순간에 한 가지 달성감이 있었습니다. 그 달성감을 서적이라는 모양새로 한 번 더 맛볼 수 있던 건 마냥 기쁘고 영광스러운 일입니다. 정말로 감사합니다.

이 이야기에 여기까지 어울려주신 여러분, 이번 내용은 어땠을까요. 작가로서는 매우 정력을 쏟은 부분으로, 인터넷판에서도 가장 반향이 컸던 부분이기도 합니다.

당시의 인터넷판 독자 여러분과, 작가의 달성감. 이 책을 읽어주신 분도 느껴주시면 더할 나위 없겠습니다.

인터넷판의 감상에서는 "여기서 끝날지도 모를 기세군요(웃음)."이란 말도 들었지만 재기와 반격의 전개는 빠짐없이 이어지므로 안심해주십시오.

욕구불만이 크게 쌓이는 전개를 지금까지 따라와주신 여러분이 납득하실 수 있게끔, 주인공과 함께 노력하겠습니다.

그럼 후기의 철칙대로 이번에도 끝으로 감사의 말을.

담당자 I 님, 이 시리즈 통틀어 정말로 신세를 지고 있습니다. 6권의 내용은 그야말로 말씀을 걸어주시는 데에 가장 큰 계기가 됐다고 여기므로, 여기까지 도착할 수 있던 데에 감사합니다.

일러스트의 오츠카 선생님, 이번 권은 특히 그림에 대한 주문이 많아서 죄송합니다. 내용 누설이 되지 않을 권두 그림부터 시작해 여러 삽화들. 특히 마지막 삽화에 관해서는 대단히 고민해주셔서 감사에 또 감사입니다. 그리고 이번에는 표지 그림이 두 종류. 통상판과 특장판이 너무 귀엽군요. 특장판이 특히 대단하기 그지없습니다. 당신이 신이시나이까.

그리고 디자이너 쿠사노 선생님, 이번에도 착 뽑아주셔서서 감사합니다. 이번에는 표지 일러스트만으로 그치지 않고, 리제로에 관련해 크게 실력을 발휘해주셔서서 감사하고 황송할 뿐입니다. 앞으로도 잘 부탁합니다.

그리고 리제로의 만화판도 절호의 상태! 제1장이 월간 코믹

얼라이브에서 마츠세 다이치 선생님, 제2장이 월간 빅 간간에
서 후게츠 마코토 선생님께서 연재해주고 계십니다. 양쪽 만화
판 모두 이번 6권과 합쳐서 간행해주셨습니다. 억지 부려 죄송
합니다&감사합니다. 마츠세 선생님께는 앞으로 제3장 쪽에도
신세를 집니다. 잘 부탁합니다.

　그밖에도 MF문고J 편집부, 영업 담당님, 교열 담당님에 각
서점분들. 언제나 늘 정말 감사합니다. 여러분의 협력이 있어
야 빛을 볼 수 있는 작품입니다.

　그리고 무엇보다 늘 따뜻한 메시지와 팬레터를 주시는 독자
여러분께 진심으로 감사를. 이번 권, 읽어주셔서 감사합니다.

　그럼 또 다음 권에서 만나뵙겠습니다. 작가와 주인공의 분투
에 기대해주십시오.

2015년 2월 나가츠키 탓페이

《새해 첫 사인의 연월일을 잘못 쓰면서》

스바루

Subaru

"아~, 그런 이유로 매번 친숙한 다음 회 예고 코너야. 이번에는 이번 권에도 계속 출연해서 그런지 파트너십 만세인 나랑 램이 보내드린다. 힘내자고."

"네, 맡겨주세요. 램은 스바루 군을 위해서라면 얼마든지 힘낼 거예요."

"본편이 본편이다 보니 팍팍 들이대는군! 믿음직스럽지만 낯 뜨거워!"

"후후, 쑥스러운 걸 얼버무리는 스바루 군도 근사해요. 자, 소개 들어가죠. 이번에도 공지할 게 많이 있는 거죠?"

"오, 오냐, 그 말대로지! 먼저 월간 코믹 얼라이브와 월간 빅 간간에서, 리제로의 만화판 호평 연재 중! 얼라이브판은 제2권, 빅 간간판은 제1권이 이 서적 제6권과 동시 발매하고 있다고! 특전도 그득하니 체크 잘 부탁해!"

"얼라이브에서는 리제로의 단편 소설도 매달 연재 중이에요. 그 내용과 새로 쓴 글을 더한 단편집 제2탄의 발매도 6월에 예정되어 있어요. 저택에서 분발하는 스바루 군을 많이 볼 수 있으니 램은 행복한 사람이네요."

렘

Rem

"내 출연이 많다고 기뻐하는 건 진귀한 감각인데, 제2탄이라고 하면 그것도 제2탄! 돌아온 미니스톱 합동 프로젝트! 리제로, 다시금 편의점 전개!"

"스바루 군의 안는 베개가 마침내 나오는 건가요? 백 개 살게요."

"아니, 자세한 내용은 리제로 공식 사이트와 트위터에서 체크해주기를 바라지만 아마 내 안는 베개는 없을걸?! 전의 기획보다 못하지 않은 울트라 팬 상품 줄줄이 행진이다!"

"그런가요. 안는 베개는 안 나오나요……. 유감이니 그 기분은 월간 코믹 얼라이브와 서적 특장판에 부속되어 있는 러버 스트랩을 보고 위로할게요."

"이 흐름에서 아름답게 소개로 연결 짓는 수법…… 렘, 무서운 아이!"

"월간 코믹 얼라이브에서는 제3장, 이쪽도 마츠세 다이치 선생님이 담당해주시기로 결정되었습니다. 단편집에 본편 7권까지, 점점 더 스바루 군에게서 눈을 뗄 수 없네요."

"나뿐만 아니라 모두의 활약에 모쪼록 기대를! 그런 이유로, 기다려라 다음 권!"

"쑥스러워서 도망쳐버리는 스바루 군도 귀여워서 근사해요."

※ 연재 및 부록 등의 정보는 일본어판 기준입니다.

Re:제로부터 시작하는 이세계 생활 6

2015년 06월 25일 제1판 인쇄
2022년 11월 15일 제16쇄 발행

지음 나가츠키 탓페이 | **일러스트** 오츠카 신이치로

옮김 정홍식

발행 영상출판미디어(주)
등록번호 제 2002-000003호
주소 21315 인천광역시 부평구 부평대로 283 A동 702호
전화 032-505-2973(代) | **FAX** 032-505-2982

ISBN 979-11-319-3254-4
ISBN 979-11-319-0097-0 (세트)

Re : ZERO KARA HAJIMERU ISEKAI SEIKATSU volume 6
ⓒTappei Nagatsuki 2015
First published in Japan in 2015 by KADOKAWA CORPORATION, Tokyo.
Korean translation rights arranged with KADOKAWA CORPORATION, Tokyo.

노블엔진(NOVEL ENGINE)은 영상출판미디어(주)의 라이트노벨 및 관련서적 브랜드입니다.

나가츠키 탓페이
작품리스트

성적이 곧 전투력인 세계,
소년소녀들의 파란 가득한 스쿨 배틀 러브코미디 개전(開戰)!

스쿨워즈

1

초판한정 특별부록
고급 일러스트 책갈피

바야흐로 IT 시대, 성광고에는 스마트폰을 이용한 특별한 놀이가 있다.

학생의 모의고사 성적 1점이 총알 한 발이 되는, 증강현실 FPS 게임 〈스쿨워즈〉.

새로 건설된 신관을 두고 갈등하던 성광고 학생들은 스쿨워즈로 승부를 내자고 합의, 남학생팀과 여학생팀으로 나뉘어 대결하는 〈신관전쟁〉이 결정되었다!

학교 전체가 남녀로 갈라져 싸우는 상황. 여학생팀의 소녀를 짝사랑하던 견양은 고뇌에 빠진다. 그런 그에게 소녀는 약속한다. "함께 싸워준다면, 네 소원을 들어줄게"

하지만 그의 성적은 단 1점. 전교 꼴찌인 견양은 열세인 여학생팀을 승리로 이끌 수 있을까?

**"주사위는……
아니, 통화버튼은 눌러졌다!"**

레이창 지음 | OFFCAR 일러스트

청춘의 상상, 시동을 걸어라!

「이 세계가 게임이라는 건 나만이 알고 있다」의 우스바 최신작!

천계적 이세계 전생담
1

초판한정 특별부록
고급 일러스트 책갈피

사고로 죽은 고등학생 하가네 앞에 나타난 것은, 세 살짜리 게이머 여신 시로냐. 그녀는 '전생'을 관장하는 신이라고 한다. 비디오 게임기를 빼닮은 시로냐의 자작 〈전생 에디터〉로, 다음 인생을 위한 캐릭터를 만들라는 재촉을 받은 하가네는, 어떤 계기를 통해 통상치의 20만배에 해당하는 전생 보너스를 손에 넣는 데 성공! 치트에 가까운 전생을 할 수 있는 찬스라고 기대하지만, 정작 손에 들어온 건 상상을 초월한 쓰레기 능력?!
신이 준 치트(쓰레기) 능력이 작렬하는 희대의 전생담, 개막!

Illustration:nyanya
ⓒ2014 Usber
PUBLISHED BY KADOKAWA CORPORATION
ENTERBRAIN

우스바 지음 | nyanya 일러스트 | 박용국 옮김
청춘의 상상, 시동을 걸어라!

하이스쿨DXD

DX. 1

초판한정 특별부록
고급 일러스트 책갈피

"시, 시시시시시시시시시시시시시, 시스터 그리젤다! 어, 어어어어어어어어어어어어째서 이, 일본에 있는 거야?!"

나, 효도 잇세이는 당황할 대로 당황한 제노비아를 신기하다는 듯이 바라보고 있었다.

이리나가 평소에 뭘 하는지 궁금해진 나와 아시아, 제노비아는 그녀의 일터에 견학을 하러 왔다.

그리고 그곳에서 소개받은 이리나의 상사가 바로 제노비아를 이렇게 주눅 들게 만든 시스터 그리젤다였다.

그녀도 여간내기가 아닌 것 같네…….

한 번 내달리기 시작하면 멈추지 않는
학원 배틀 판타지 코미디, 신 시리즈 제1탄.

이시부미 이치에이 지음 │ **미야마 제로** 일러스트 │ **이승원** 옮김

NOVEL ENGINE
청춘의 상상, 시동을 걸어라!